KB241424

무림독서생 新무협 판타지 소설
FANTASTIC ORIENTAL HEROES

戰鬼

전귀

전귀 3

무림독서생 新무협 판타지 소설

초판 1쇄 찍은 날 § 2008년 4월 11일
초판 1쇄 펴낸 날 § 2008년 4월 17일

지은이 § 무림독서생
펴낸이 § 서경석

편집장 § 문혜영
편집책임 § 심재영

펴낸곳 § 도서출판 청어람
등록번호 § 제1081-1-89호
등록일자 § 1999. 5. 31
어람번호 § 제2-1464호

주소 § 경기도 부천시 원미구 심곡1동 350-1 남성B/D 3F (우) 420-011
전화 § 032-656-4452 팩스 § 032-656-4453
http://www.chungeoram.com
E-mail § eoram99@chollian.net

ⓒ 무림독서생, 2008

ISBN 978-89-251-1267-1 04810
ISBN 978-89-251-1216-9 (세트)

무림독서생 新무협 판타지 소설
FANTASTIC ORIENTAL HEROES

戰鬼
전귀

[전쟁터, 그리고 변화]

청어람

目次

第一章
북원 정벌군(北元征伐軍)

戰鬼
전귀

1

주원장이 몽고가 세운 원(元)을 멸하고, 남경(南京)에 도읍을 정한 후 명(明)을 세운 지 육십여 년이 지났다.

당금의 대제국인 명나라를 다스리는 황제는 태조(太祖) 홍무제(洪武帝)의 넷째 아들인 태종(太宗) 주체였고, 연호를 '영락(永樂)'이라고 썼다.

주체는 수많은 나라를 토벌하여, 소부족들을 규합해 동으로는 조선과 맞닿아 있는 장백산(長白山:백두산)에서 북으로는 고비 사막과 서남 지역에는 포달랍궁이 위치한 서장의 깊숙한 곳을 정벌해 역사상 가장 넓은 영토를 다스리고 있었다.

황제는 환갑을 훌쩍 넘긴 나이에도 젊은 장수들 못지않게 말을 타고 전장을 내달릴 정도로 정력이 넘쳤다.

영락제는 과거 연왕으로 북경의 제후였다가 주원장이 죽은 이후 자신의 조카이며, 어린 나이에 황제가 된 건문제 주윤문의 목을 베어 정난의 변을 일으켜 황제의 위(位:자리)에 올랐다. 그리고 벌써 스물두 해가 지났다.

그는 그동안 수많은 제후들에게 나뉘어져 있던 명의 권력을 강력한 힘과 군사력으로 뭉쳐 황권을 강화했고, 비밀 감찰 기관인 금의위와 동창을 두어 지방의 토호들과 관리들이 함부로 역심을 품지 못하도록 했다.

영락 제위 이십이년.

황제는 치세 팔년에 시작되어 지금까지 이어져 내려온 달단(몽고)과의 전쟁을 십사 년 동안이나 이어오고 있었다.

주원장에 의해 무너진 원의 세력들은 수많은 소부족으로 갈라져 반명을 꿈꾸면서 명의 국경을 괴롭혔고, 이에 영락제 주체는 북원의 잔당들을 몰아내기 위해 벌써 다섯 번이나 친정(親征:임금이 참여하는 전쟁)을 하였다.

"좌장군."

은색으로 빛나는 철제를 엮어 만든 비늘 모양의 갑옷에 뾰족한 정수리에 금색 수실을 단 투구를 쓰고, 허리에는 간장검을 비껴 찬 대명의 황태손인 주첨기는 갑옷과 비슷한 색의 경갑을 입혀놓은 백마 위에 앉아 전장을 바라보면서 좌장군 황엄을 불렀다.

좌장군 황엄.

영락제가 건문제를 폐사할 당시 그를 수행한 공적을 인정받아 오호대도독 중 좌의도독부를 맡은 장수로, 거의 오십여 년을 전쟁터에서만 살아온 무장이었다.

주첨기의 부름에 황엄은 공손하게 군례를 취하면서 답했다.

"예, 태손 저하. 말씀하소서."

주첨기는 손을 들어 보병들과 북원의 군사들이 난전(難戰)을 펼치고 있는 곳을 가리키면서 물었다.

"저기, 저 장수는 누구인가?"

황엄은 주첨기의 손가락을 따라 주름진 눈을 들어 전장을 바라보았다.

그곳에는 마치 전신과도 같은 모습으로 북원의 잔당들의 목을 베어내고 있는 한 명의 장수와 그를 따라 검을 휘둘러 대는 병사가 보였다. 그 둘은 마치 살육을 위해 태어난 듯이 창검을 휘둘러 몽고병의 머리를 베고, 찌르면서 전장을 누비고 있었다.

갑옷은 걸치지도 않은 채 빛살과도 같은 움직임으로 전장을 누비며 적을 유린하는 무장과 그 뒤를 따라 적을 베어내는 병사.

그중 한 명은 황엄도 무척이나 잘 알고 있는 무장이었고, 절대 잊을래야 잊을 수 없는 인물이었다.

"저 무인은 북원 정벌군의 장수가 아니옵니다."

"뭐라? 장수가 아니다?"

주첨기는 좌장군 황엄의 공손한 대답에 백마의 머리에 턱을 괴고 의아한 표정으로 물었다.

"그렇습니다, 폐하. 저들은 북원 정벌군에 소속된 자가 아닙니다."

황엄은 잠시 뜸을 들인 뒤 공손하게 말을 이었다.

"저곳에서 검은 창을 들고 달단의 부족들을 베어내는 자는 '흑무'라 하는데, 과거 폐하께서 최초로 친정을 하셨던 전쟁에서 그 이름을 드높였던 무장이었지요. 십사 년 전쯤에 어느 날 남루한 복색으로 검은색의 창을 들고 제게 와서 정벌에 참전을 요구했던 자였습니다. 아실지는 모르겠지만 태손께서 어린 시절, 폐하께오서 두 번째 친정을 하실 당시 와자의 왕자였던 텐누르라는 자가 있었지요."

주첨기는 황엄의 말에 잠시 고개를 갸웃대다가 생각난 듯이 손뼉을 때렸다.

"아! 그 용장(勇壯) 말이군. 폐하께오서 자주 말씀하신 기억이 나는군. 보기 드문 용장이었다면서 칭찬이 자자했었지."

"예, 태손 저하."

"그런데 갑자기 그를 어찌 말하는 건가?"

"혹여 기억하실지 모르겠사옵니다만, 그때의 전장에서 텐누르의 일만 돌격대를 몰살시킨 자가 있었습니다."

"그래? 그런 전투가 있었던가?"

"당시에 패색이 짙었던 전장 상황으로 인해 정벌군은 북원의 세력들에게 쫓겨 내몽고의 국경으로 피신해 성문을 닫고 공성을 하려 했었습니다. 그때 나타난 것이 바로 '흑무'라는 자였습니다. 그 전투에서 그는 마치 전신과도 같은 모습으로 홀로 일만의 대군을 막아내었지요. 그 전투가 끝난 후 그를 찾았지만, 그는 이미 사라져 버린 뒤였고, 그 이후로 병졸들 사이에서는 '광풍창 흑무(狂風槍黑霧)'라는 위명으로 불렸었습니다."

"광풍창!"

주첨기는 황엄의 말에서 '광풍창'이라는 단어가 나오자 경악성을 내뱉었다.

언제고 자신의 할아버지이자 황제인 주체가 한 말이 생각이 났다.

"대단한 자였다. 마치 야수와도 같았다. 그는 폭풍처럼 전장을 누비더구나."

황제 자신이 그에게 큰상을 내리려 했으나 그 전투 이후로 사라져 버린 장수. 북원 정벌을 시작한 이후 그가 사라진 십 년 동안이나 전 중원에 수소문해 찾아보았지만, 그 어디에서도 발견할 수 없었다고 하는 전쟁의 영웅이었다.

주첨기는 전쟁에 참전하는 동안 수도 없이 그에 관한 말을 들어왔었다.

"저자가 진정으로 광풍창이란 말인가? 그렇다면 그는 의당 대명의 무장이지 않은가? 그가 폐하의 명에 의해 명예직이긴 해도 전륜대장군(戰倫大將軍)이라는 칭호를 하사받은 것으로 아네. 그런데 어찌 그가 대명의 무장이 아니라 하는가?"

주첨기는 분명 자신이 알기로는 광풍창이 자신의 할아버지이자 대명의 황제에 의해 전륜대장군 칭호를 하사받았다는 것을 알고 있었다.

물론 전륜대장군이라는 직책 자체가 어떠한 권력을 가진 것이 아니라 황제가 부여한 직위였을 뿐, 귀속 권한이 없는 명예직임을 알고 있었다. 하지만 그 또한 황제가 내린 군부의 직위였다.

그런데 황엄 장군은 대명의 무장이 아니라고 했다. 주첨기는 문득 호기심이 발동했다.

"태손 저하, 황망하기 그지없는 말이오나, 그는 그런 인물입니다. 과거 저희 군에 속해 있었으되 속하지 않은 무장이었고, 전륜대장군이란 직책을 어떠한 직위로 구속할 수 있는 방법은 없었습니다. 황권과 군법은 그에게 있어 그다지 큰 효력을 발할 순 없습니다."

"뭐라? 저런 무도한 놈이 있나. 감히 대명의 천자께오서 내리신 황명을 저버린단 말인가!"

주첨기는 짐짓 화난 표정을 지었다.

지금 황엄이 말하고 있는 것은 대역죄에 해당하는 내용이었다.

아무리 전쟁의 영웅이라고 해도 감히 천자가 내린 직위를 거부하고 독불장군마냥 행동하는 무장을 용서할 정도로 그는 이해심이 넓지 않았다.

수많은 전장과 벌써 다섯 번째나 북원 정벌을 하며, 얻은 병환으로 몸을 가누지 못하는 황제를 보필하여 자신의 삼촌인 대장군 직의 한왕(漢王), 주고후와 함께 황제의 간장검(干將劍)을 하사받고 좌군으로 참전한 전쟁.

황제를 따라 북원 친정에 참가한 것도 벌써 세 번째였다.

하나 그 전쟁은 무엇 하나 부러울 것이 없는 대명의 황태손에게 흥미를 느끼게 할 수는 없었다. 그에게 있어서 단지 황제가 되기 전까지의 작은 경험에 불과한 전쟁이었다. 하지만 이번 전쟁에서 과거 북원 정벌의 영웅이자 위대한 무인인 '광풍창', 또는 '흑무'라 불리는 무장을 만나게 된 것이다.

무려 일만의 몽고 정병이었다고 했다. 과거 선대를 살았던 대무장 미염공 관우가 만부무장으로 칭해진 것처럼 광풍창이라 불린 사내 역시 일만의 무사를 홀로 베었다고 들었다.

드넓은 초원에 깃발 하나만을 꽂아둔 채 단 한 자루의 창으로 일만의 정병을 물리친 그 전투는 전쟁터를 살아가는 수많은 장수들의 가슴을 벅차오르게 했다.

하지만 주첨기는 대역죄나 다름없는 죄를 범하고 있는 무인 '광풍창'에 대해 화를 내었다.

"본 태손이 저놈을 만나보아야겠다. 감히 대명 황실을 무시하다니……."

짐짓 화가 많이 난 듯이 말고삐를 쥐고 천천히 말 머리를 돌리는 주첨기를 보면서 황엄은 음흉한 미소를 지었다.

'저걸 구실로 옆에 두시려는 게군. 하나 태손 저하, 쉽지는 않으실 겁니다. 폐하께서 억만금을 준다 해도 거부했던 자인데 설마 태손 저하의 부름에 응하겠습니까?

벌써 오 년 이상을 황제를 따라 전쟁터를 나선 황태손을 보필하여 온 황엄이었다.

항상 전선을 앞서서 달려온 황태손 주첨기와 함께하며 수많은 죽을 고비를 넘긴 노장군은 이미 그 말과 행동 하나에 대한 숨겨진 의도나 뜻을 지레짐작할 수 있었다.

분명히 황태손은 그를 자신의 휘하로 끌어들이고 싶은 것이리라.

영웅에 대한 선망 같은 것일 수도 있으나, 황엄이 알기로 황태손 주첨기는 냉철하고 머리가 비상한 사람이었다. 위대한 무장을 곁에 두는 것만으로도 군부의 힘을 장악함에 있어 얼마나 많은 도움이 될지를 벌써 계산하고 있을 것이다.

이미 현 황제는 잦은 출정과 병으로 인해 노쇠해져 있다. 다음 황권을 이어가야 할 황제의 아들이자 주첨기의 아비. 황태자 주고치는 어린 시절부터 몸이 약해 황위에 오른다 해도 그 제위 기간이 불투명했다.

그에 비해 현 황제의 신임을 한 몸에 받고 있는 황태손 주첨기는 어릴 때부터 머리가 비상했고, 황제로서의 과단성을 가진 인물이었다.

아직 나이가 스물여덟으로 황제가 되기에는 경륜이 부족했지만, 그는 제왕의 기상을 타고난 남자였다. 그런 주첨기에게 반해 모든 무장이 영락제의 차남이자 낙양의 제후인 한왕 주고후를 따르고 있었음에도 자신만은 끝끝내 그의 오른팔을 자처했고, 수많은 암살의 위협에서도 곁에서 그를 지켜온 것이다.

주첨기는 지금 야인이나 다름없는 전장의 악귀에게 손을 내밀려고 하는 것이다. 더욱이 그를 옭아맬 밧줄 하나를 들고서 말이다.

'태손 저하, 조심하시는 것이 좋을 것입니다. 그는 태손 저하가 준비하려는 올가미에 걸릴 정도로 쉬운 인물이 아니니까요.'

황엄은 천천히 자신의 백마를 후군의 지휘 천막으로 몰아가는 주첨기의 뒤를 따라가면서 실소를 지었다.

'하지만 과연 저 태손 저하가 얼마만큼의 인물일지를 봐두는 것도 좋겠지. 만약 진정으로 광풍창의 마음을 얻을 수 있다면, 앞으로의 향방에 큰 힘 하나를 얻을지도 모르니까.'

2

늦겨울이 지나 봄의 초입에 들어선 춘삼월인데도 무척이나 쌀쌀한 날씨.

전장으로 불어온 아침녘의 삭풍은 군막의 휘장과 군영(軍營)의 깃발을 휘날리면서 불어갔고, 대명의 정병들은 군데군데 모닥불을 피운 채로 몸을 녹이고 있었다.

일부의 병사들은 며칠 동안 지속된 고된 전투의 피로로 인해 늦잠을 청하고 있었고, 나머지 병사들은 이곳저곳에 몰려

앉아 아침 식사로 배급받은 육포와 국을 먹으며 이야기를 주고받고 있었다.

북원 정벌군 좌군 돌격대의 진영.

달단과의 다섯 번째 전쟁을 시작한 지 벌써 열흘째. 북원의 잔당들은 노도와도 같은 정벌군의 기세에 쫓겨 벌써 한참을 북으로 밀려났다. 정벌군은 열흘간의 전투에서 잠시 동안 휴식을 취하기 위해 군영을 설치했고, 비교적 편안한 하룻밤을 보냈다.

군막들이 군집을 이룬 곳에서 약간 떨어진 곳.

군영의 구석진 곳에 두 명의 남자가 휴식을 취하고 있었다.

한 명은 허름한 흑색의 무복을 입은 채 작은 바위를 깔고 앉아 헝겊으로 창에 말라붙은 피를 닦아내고 있었고, 한 명은 철판을 덧대어 만든 갑옷을 입고 고기 몇 점 떠 있지 않은 국물로 아침을 대신하고 있었다.

갑옷을 입은 남자는 벌써 며칠 동안 제대로 잠을 청하지 않은 듯 피곤한 기색이 완연했다. 깎지 않은 수염이 턱 주위로 덥수룩하게 자라 있었지만 왠지 전쟁터와는 조금 어울리지 않는 곱상한 외모를 가지고 있었다.

그 둘은 바로 무림맹 멸마단 이대주인 장영과 남궁가휘였다.

"힘드냐?"

창날을 닦아내고 있던 장영이 창의 손질을 멈추고 나지막하게 물었다.

평소의 남궁가휘 성격이라면 분명히 투정이라도 부리면서 짜증을 낼 법한데, 남궁가휘는 왠지 슬퍼 보이는 듯한 얼굴로 말없이 고개를 저었다.

그런 남궁가휘의 모습을 잠시 동안 물끄러미 바라보던 장영은 묵묵히 자신의 창을 집고 일어섰다.

새벽녘만 해도 어슴푸레하게 비쳐 오던 햇볕이 사라지고 어느새 하늘에 가득 낀 먹구름이 금방이라도 비나 눈 따위를 쏟아낼 듯하였다.

드넓게 펼쳐진 대지는 막 피어나는 새싹들에 의해 푸릇푸릇하게 변했고, 산에 자란 나무들은 겨우내 동안 앙상했던 가지에 새 생명을 피워내고 있었다.

"봄에 내리는 눈인가? 십 년 전에 전장을 떠나올 때도 눈이 내렸었던 것 같은데."

무언가 자신의 손등에 내려앉아 바스라지며 작은 물방울을 만들자 장영은 고개를 들어 하늘을 바라다보았다. 하늘에서는 눈송이가 바람을 타고 내려오기 시작했다.

뿌우우, 뿌우우우웅.

그때, 뿔 나팔 소리가 길게 군영 안에 울려 퍼졌다.

전투의 시작을 알리는 소리.

"크크, 다시 전투인가? 가자, 꼬맹아."

장영은 자신의 창을 등 어림에 비스듬하게 들고는 걸음을 옮기면서 남궁가휘에게 짧게 말했고, 남궁가휘는 주섬주섬 풀어두웠던 자신의 갑옷의 측면을 묶어 고정하고, 수차례의 격전 동안 이빨이 나가 버린 장검을 허리에 비스듬하게 차고 장영의 뒤를 따라 천천히 걸었다. 왠지 힘이 없어 보이는 그의 모습은 남궁가휘가 아닌 것 같았다.

평소라면 벌써 투정을 부리고, 짜증을 낼 만도 한데, 남궁가휘는 무덤덤해 보이기만 했다.

길게 울린 뿔 나팔 소리는 아침을 맞이하고 있던 병영을 다시 한 번 격동시켰다.

"야! 이 새끼들이 빨리 안 움직여!"

"야! 이 칼 누구 거야! 누가 칼 놓고 다니랬나!"

"거기! 갑옷을 똑바로 입으란 말이야!"

"십이조장! 빨리 돌격진 구성 안 해!"

"거기! 이런 개자식들아! 줄 서란 말이야! 방패수! 방패는 어디 둔 거야!"

"궁병들은 뒤쪽이야! 앞으로 기어나오지 말란 말이다!"

수많은 백부장들이 자신의 병사들을 독촉하기 시작했다.

병사들과 궁수들은 또다시 자신들의 무기를 들고 전투 대형을 갖추어 이동하였다.

장영과 남궁가휘 역시 그들의 뒤를 따라서 천천히 걸음을 옮겼다.

"어? 저놈은 뭐야?"

돌격대를 이끌고 전장으로 이동하기 위해 병력들이 움직이는 모습을 바라보며 하나하나 점검하고 있던 돌격대의 보병대장인 양추는 갑옷조차 걸치지 않은 모습으로 걸어가는 장영을 보고 눈살을 찌푸렸다.

"저 자식이? 야! 거기!"

스물셋의 나이에 무과에 급제해 첫 전투에 나선 양추가 군율을 위반하고 있는 장영의 모습에 화를 내면서 말을 몰아 다가가려 할 때 늙은 참장이 길을 막아섰다.

"그만두십시오, 대장님."

"응?"

자신의 발길을 막아선 늙은 참장은 벌써 십수 해를 전쟁터에서만 살아온 자였고, 돌격대에서도 입김이 상당하였다. 더욱이 상급 지휘관들도 이제 막 전쟁터에 부임한 자신의 말보다 그의 말을 더 수용해 주었기 때문에 은근히 그에 대한 반감이 많았던 양추였기에 늙은 참장의 막아섬은 그를 더욱 화나게만 했다.

"뭐 하자는 것인가? 지금 나를 막아서는 건가?"

"그는 '흑무' 입니다."

"흑무? 그따위 것은 또 뭐야? 쓸데없는 소리 말고 어서 비키지 못해?"

패기 넘치는 당당한(?) 신출내기 무장의 다그침에 늙은 참장은 가볍게 한숨을 내쉬었고, 양추는 그의 한숨이 자신을 무시하는 듯해서 더욱 기분이 나빠졌다.

"지금 한숨을 내쉬는 건가? 감히!"

"휴… 대장님. 그는 전장의 귀신이라 불리는 '흑무' 입니다.

그는 계급이 없는 자입니다. 일개 병사나 장군의 직위와도 상관이 없는 사람입니다. 하지만, 지금의 전장에서 대장님뿐 아니라 좌장군이신 황엄 장군님조차도 함부로 오라 가라 할 수 없는 인물이란 말입니다. 그저 저분이 전투에 참가해 주는 것만으로도 감지덕지일 판이라 이 말입니다."

"뭐? 뭐야?"

양추는 화가 났지만 늙은 참장의 말에 조금 놀랐다. 계급조차 없고, 정벌군에서도 서열 오위권 안에 들어가는 데다가 명나라 병권을 쥐고 흔든다는 오군대도독부의 좌도독 황엄 장군도 함부로 못하는 자라니, 충격적이었다.

"그, 그럼? 저자, 아니, 저분이 황실의 인물이나 혹은, 그와 관련된 인물이신 건가?"

조금 당황하는 듯한 양추의 모습에 늙은 참장은 또다시 한숨을 내쉬었다.

'이런 신출내기를 돌격대로 보내다니. 내참, 돌격대가 무슨 동내 개 멘 줄 아나.'

"황실의 무장인 것보다 더 주의해야 할 대상이지요. 저분과 함께하는 것만으로도 이번 전쟁에서 살아날 수 있는 확률이 더욱 늘어나니 말이오. 황실의 무장이 목숨을 살려주진 않으니까. 과거 일만 몽고병, 아니, 들리는 소문에는 그것보다 더 많았다고 하던데, 어쨌든 그들을 혼자서 몰살시켜 버렸다니까 저분께 함부로 대하지 마시오. 만약 저분께 누라도 끼치면 대장은 몽고병이 아니라 아군에게 먼저 목을 내놔야 할지도 모를 겝니다. 또한 저분과 친하게 지내는 것이 대장이 살아남을 수 있는 확률을 높일 뿐 아니라, 저분과 함께한다면 아마도 이번 정벌군에서 전공이 상당하실 게요."

늙은 참장은 아련한 눈으로 장영의 걸어가는 뒷모습을 바라보면서 말했다.

양추는 황실의 인물도 아닌 자가 어찌 그런 평가를 받고 있는지 조금 의아했지만, 일단 참장이 너무도 진지하게 말하자 수긍을 했다.

"자, 그럼 가시지요. 몽고 놈들이 새벽녘에 진영의 앞쪽으로 새로 진지를 구축한 듯합니다."

"아, 알았네. 그리하지."

양추는 잠시 동안 장영과 남궁가휘를 바라보다 늙은 참장의 말에 말 머리를 돌리면서 천천히 돌격대가 향하고 있는 전장으로 이동했다.

第二章
포달랍궁의 멸문,
그리고 변화하는 무림 정세

戰鬼
전귀

1

밤사이 하늘에서 내린 눈은 금세 세상을 하얗게 만들었다.

마치 잘 그려진 한 폭의 설화(雪畵)처럼 세상은 아름다운 모습으로 변해 있었다.

무림맹의 본단이 위치한 장안.

갑작스럽게 내린 폭설로 인해 무림맹의 연무장이며, 맹 내의 길마다 모두 눈이 쌓여 걸음을 불편하게 했지만, 웬일인지 아무도 치우는 이가 없었다. 평소라면 수많은 무사들이 나와서 이곳저곳의 눈을 치우느라 소란스러워야 함에도 무림맹의 본단 안은 조용하기만 했다. 더구나 맹의 경비를 맡고 있는 외당의 정문 위사들은 거대한 정문을 닫아걸고, 출입하는 방문객들의 신분을 꼼꼼하게 확인하고 있었고, 평소보다 두어 배나 많은 위사들이 경계를 서고 있었다. 제법 삼엄해진 경계로 긴장감마저 흘렀다.

　지난 몇 달간의 시간.

　무림을 한참 동안이나 시끄럽게 달구었던 금사촌의 혈사가 혈교에 의한 것이라는 사실이 밝혀졌고, 혈교가 서장의 정천현에 있다는 사실이 드러났다.

　금사촌 혈사의 원흉이 혈교라는 사실에 대해 수많은 무림인들이 분개했고, 결국 '혈교 토벌'이라는 명목하에 무수히 많은 무인들이 장안의 무림맹으로 집결하게 되었다.

　무림맹 자체적으로 무사대를 파견하려 했던 맹주는 갑작스레 몰려든 인파로 인해 난감함을 금치 못했고, 워낙 수많은 무인들이 모여들었기에 통제하는 것이 무척 힘들었던 것이다.

　결국 맹주는 수많은 문파에 협조 요청을 하여 임시로 토벌대장에 모용단천 장로를 임명하고, 한 개 대에 오천 명씩으로 하여 무려 여섯 개의 대, 삼만여 명의 무인으로 구성된 토벌대가 만들어져서 서장 정천현을 향해 이동했다.

　그런데 혈교 토벌대가 구성되는 와중에 한 가지 이상한 것은 금사촌 혈사만큼이나 무림에 회자되었던 '색마 이무기'의 종적이 묘연하다는 사실이었다.

　천라지망을 빠져나간 이후로 무림에서 종적이 사라져 버린 이무기가 혈교의 교주가 되었을 것으로 대다수가 예측했지만, 이번에 정천현에 거대한 장원을 짓고, 나타난 혈교의 교주는

'청연'이라는 새로운 무인이었다. 이에 대해 수많은 추측들이 난무했지만, 그중 청연이라는 인물이 '이무기'와 동일 인물일 것이라는 주장이 가장 많은 이로부터 지지를 받았다.

여하튼 무려 삼만이라는 토벌대를 구성하게 된 무림맹은 혈교를 치기 위해 그 거대한 행보를 옮겼다.

그런데 토벌대가 서장의 입구에도 들어서기 전에 새로운 소식에 의해 전 무림은 경악을 금치 못했고, 서장의 문턱에 다다랐던 토벌대는 무거운 발걸음을 돌려야만 했다.

포달랍궁의 멸문.

엄청난 소식이었다.

밀교의 하늘이었고, 드넓은 서장무림을 다스린 절대자이자 북해의 빙궁, 남만의 독곡과 더불어 새외삼대세력이었으며, 당금 강호를 지배하고 있는 무림맹이나 흑룡성과 그 규모가 비슷했던 포달랍궁이 멸문한 것이었다. 더구나 불과 이틀 만에 무너져 내렸다는 이야기가 처음 전해졌을 때만 해도 강호의 모든 무인들은 헛소문이라고 치부했다.

포달랍궁을 다스리고 있던 이는 겐둔 라마였다.

무림절대자 중의 한 명이며, 북해빙궁주에 버금가는 무공을 지니고 있다는 절대무공의 소유자였고, 그가 펼쳐 내는 밀종대수인은 일 수에 산을 허문다는 거력을 가지고 있다 했다.

그런 그의 목이 포달랍궁의 정문에 걸려졌을 때 전 무림은 포달랍궁의 멸문을 믿을 수밖에 없었다.

혈교의 잔당이라고 생각했던 이들이 거대 세력인 포달랍궁을 무너뜨리고 당금 무림의 절대자 중 한 명인 겐둔 라마를 쓰러뜨리자 그들의 다음 행보에 촉각을 기울이게 된 것이었다.

결국 토벌대를 구성했던 무림맹은 모든 계획을 수정하기 위해 말 머리를 돌려 장안으로 돌아왔고, 각파의 수장들이 소집되었다. 아무런 계획 없이 주먹구구식으로 혈교를 치기에는 그들의 규모가 상상 이상으로 거대했기 때문이었다.

더구나 혈교가 포달랍궁과의 전쟁에서 죽은 모든 이들의 시체를 매장하고 위령제를 지내자 처음에 혈교를 비판했던 여타의 세력들뿐만 아니라, 정파인의 일부조차도 혈교를 인정해 주는 듯한 움직임을 보이자 정파는 대의명분조차도 잃어버리게 된 것이다.

무림맹의 칠성대전(七星大殿).

정무회실이 맹주와 장로들이 중요한 안건을 정하기 위해 존재한다면, 이곳 칠성대전은 무림맹에 큰 행사나 정도무림의 행보를 결정할 중요 안건이 있을 때마다 각파의 수장들이 모여 회의를 하는 곳이라고 할 수 있었다.

"그들이 언제 그런 준비를 했단 말인가?"

화무군은 각 지부와 개방에서 밀려들어 온 수많은 정보 전서 가운데 있는 한 문서를 보면서 무언가 찜찜한 듯한 표정을 짓고 있었다.

혈교가 포달랍궁을 무너뜨리고 정식으로 개파를 해버리는 사상 초유의 사태가 발생하자 무림맹은 수많은 정보 조직을 동원해 그 전력을 파악하고, 혈교의 세력 규모를 확인하기에 이르렀던 것이다. 흑룡성에 협조를 구해 하오문의 정보를 사들이는가 하면, 서장에서 건너온 수많은 무인들에게서도 정보를 사들였다. 또한 일만의 개방도들이 투입되어 서장의 정세를 속속들이 전해오고 있었다.

"그들이 포달랍궁을 무너뜨릴 정도의 저력이라면 객관적인 평가만으로는 무림맹의 전력과 거의 비슷하거나 그 이상으로 판단됩니다."

무림맹의 군사인 제갈선우는 좌중을 향해 돌아보면서 설명을 했다.

거대한 대전의 중앙에는 원형으로 만들어진 엄청난 크기의 탁자가 놓여 있었고, 그 둘레로 구파의 수장들을 비롯하여 오대세가와 각 지역 거대 문파의 존장들이 앉아 있었다.

"비슷하다니요! 그런 새외의 무리 따위가 무림맹의 힘에 비하겠습니까?"

"그렇소! 무림맹은 정파무림의 수좌! 의당 정도무림 전체의 힘이거늘!"

절강성의 철룡방주와 패도문주가 말도 안 된다며 언성을 높였다.

"물론 두 분의 말씀이 옳습니다. 하나 그것은 사실입니다. 혈교가 무너뜨린 포달랍궁의 전력은 두 분의 생각보다 강합니다."

제갈선우가 격분해 말하는 두 사람에게 진정하라는 뜻으로 미소를 지으면서 말했다.

"그 정도인가?"

하북팽가(河北彭家)의 가주이며 절정의 오호단문도(五虎斷門刀)로 인해서 수많은 도객들로부터 추앙을 받고 있는 팽철환이 물었다. 그는 무림 원로들 중의 하나로 천룡단을 비롯해 백귀단 등에 세가의 무인들을 많이 파견하였기 때문에 무림맹에 대한 입김이 상당한 자였다.

"예. 만일 무너진 포달랍궁의 드러난 전력과 무림맹을 비교한다면 거의 비슷한 정도겠지요. 하지만 포달랍궁에는 일천의 살승이 있습니다. 만약 그들까지 포함된다면 아마도 정파무림의 전체를 두고 판단한다고 해도 비교가 될지 의문입니다."

제갈선우의 말에 팽철환이 수긍이 간다는 듯 고개를 끄덕이면서 입을 다물었다.

"살승들이 포함된 포달랍궁의 전력은 사상 최강이라는 마교에 버금갈 정도였습니다. 더구나 포달랍궁의 수장이었던 겐둔 라마는 다들 아시다시피 무림오걸 중 하나. 드러난 전력만으로는 칠 할 이상 무림맹의 필패일 것입니다. 그런 포달랍궁을 단 삼 일 만에 무너뜨린 혈교입니다."

잠시 제갈선우가 나지막하게 숨을 고르며 말을 멈추었다.

"하나 우리에게는 명분이 있지 않소? 저들이 먼저 금사촌에서 천룡단의 무인 이백여 명을 사살했다는 것은 사실 아닙니까? 정파의 힘이 모자라다면, 그런 대의명분으로 충분히 다른 세력들의 참여를 이끌어올 수 있지 않겠습니까?"

패도문주(覇刀門主)가 반박하듯이 말했다.

"명분? 무슨 명분 말인가? 쯧쯧, 어찌 사람이 그리 아둔하신 겐가. 강호에서 삼십 년을 굴러먹고도 아직도 무림의 생리를 모른다는 말인가?"

화무군은 패도문주를 향해 한심하다는 듯이 혀를 찼고, 그런 맹주의 모습에 패도문주는 입을 꽉 다물면서 고개를 숙였다.

"명분은 우리에게나 명분에 불과할 뿐입니다. 금사촌 혈사와 관계된 것은 아직 아무런 증거도 없습니다. 더욱이 유일하게 관계를 밝혀줄 음마 역시 죽었습니다. 저희가 주장할 만한 명분은 그 어디에도 없습니다. 또한 그런 명분만으로 피해가 뻔히 예상되는 시점에서 북해나 흑룡성, 독곡에서 무사를 파견하지는 않을 것입니다. 또한 마교에서는 관심도 가져 주지 않을 것이고요. 오히려 무림맹의 전력이 약하다는 것을 전 중원에 광고라도 하는 꼴이 되겠지요."

제갈선우는 무척이나 안타까운 듯한 표정을 하면서 말을 이었다.

"더구나 혈교는 이번에 포달랍궁과의 싸움에서 입은 피해가 전무하다고 합니다. 그런데 섣불리 그들에게 싸움을 걸었다가는 최악의 경우 지금까지 이룩한 정파무림의 기반을 송두리째 내주어야 할지도 모릅니다."

"음."

"아미타불……."

좌중에 모인 수많은 존장들은 제갈선우의 객관적인 평가에 침음성을 흘렸다.

"하나, 그대로 두고 볼 수는 없지 않겠소이까?"

매화이십사수(梅花二十四手)의 수장이며, 화산파의 문주를 대신해 참가한 홍매검자(紅梅劍者) 여수광이 제갈선우와 맹주를 보면서 나직하게 말했다.

"그렇습니다. 하지만 그들과 싸우게 될 경우, 설사 승리한다고 해도 엄청난 출혈을 감수해야 할 뿐 아니라 지금의 세력 기반 중 과반수를 잃어버릴 각오를 하셔야 할 겁니다."

제갈선우는 안타까운 눈으로 좌중을 둘러보았다. 모두들 자파에 돌아오게 될 피해를 생각하는지 침음성만을 흘릴 뿐 아무도 선뜻 '싸우자'라는 말을 하지 못했다.

아무리 불도를 닦고, 도를 추구하고, 정도를 걷고 있다 할지라도 그들도 역시 무인이었고, 자신들의 세력과 기반은 매우 민감하고도 중요한 문제였다.

그때 누군가 탁자를 두 손으로 짚어 몸을 일으키면서 말했다.

"그럼, 이대로 두고 보자는 말씀이십니까?"

그는 근래에 신생 무가로 이름을 날리고 있는 하북언가(河北偃家)의 가주이자 언가권(偃家拳)의 달인으로 중원오대권사의 한 사람으로 불리는 언가풍이라는 자였다.

"언가주님, 그런 말이 아닙니다."

"그럼 무슨 말입니까? 산에서 도나 닦으시는 분들과 살생을 금하는 불제자라서 안 된다는 말씀입니까? 그리고 모두가 자파에 해가 될까를 두려워해서 그러시는 겁니까?"

언가풍의 말은 거침이 없었다.

고작 정파인으로서 자신의 세력 챙기기에 바쁜 이들에게 일침을 가하고 있었다. 각파의 존장들은 마음이 뜨끔했는지 몸이 '움찔' 거렸다.

"아미타불, 말씀이 지나치십니다."

"무량수불, 어찌 그리 말씀하시는 겝니까?"

소림의 혜공 선사와 무당의 장춘 도인이 안색을 굳히면서 언가풍을 질책하려 했다.

"나참! 아미타불이네, 무량수불 따위를 외친다고 답이 나오는 겁니까? 한심합니다! 이거 원, 무림맹의 협사들인 줄 알았더니 땡중에, 말코도사들에, 겁쟁이뿐이었던 겁니까?"

언가풍은 그들의 질책스러운 말에 한술 더 떠서 막말을 해대기 시작했다.

"뭐, 뭐요? 땡중?"

"말코도사? 나이도 어린 자가 감히!"

"저런! 말을 삼가시오!"

"같은 존장의 신분이라고 하나 배분이 한참이나 앞서거늘!"

언가풍의 거침없는 말은 소림과 무당파의 도인들뿐 아니라 각파의 비슷한 연배의 존장들까지 화나게 만들었다.

"갈! 지금 무엇 하는 건가! 다들 정숙하시오. 언가주도 그만 자리에 앉으시게. 각파의 존장들이 애들처럼 언성이나 높이시다니 이곳에서 주먹다짐이라도 할 참이오!"

좌중의 분위기가 갑자기 서로가 헐뜯으면서 악화되자 화무군이 노호성을 내뱉었다. 언가풍은 그런 화무군의 말에 침착하게 한숨을 내쉬더니 다시 한 번 나직하게 물었다.

"좋습니다. 제가 감정이 앞섰나 봅니다. 그럼 금사촌 혈사에 죽어간 이백의 무인에 대한 목숨값은 어찌 돌려받으실 겝니까?"

그의 나직한 말은 또 한 번 좌중의 분위기를 무겁게 가라앉게 했다.

"그래서 지금 논의하고 있지를 않는가? 일단 대의명분이 부족하니 어찌해 볼 도리도 없고 말일세."

패도문주의 말에 가만히 분을 삭이고 있던 언가풍이 꼭지를 또다시 틀어버렸다.

"무슨 개소리요! 지금 장난하는 거요? 모여서 머리만 굴린다고 답이 나온답니까, 지금? 다들 자파에 혹여 해가 될까 하여 전전긍긍이나 하고 있다니, 이게 무슨 정파요!"

언가풍은 콧바람을 씩씩대면서 장내에 모인 모든 이들에게 따지고 들 듯이 언성을 높였다.

"말씀이 지나치시오! 정파의 전체가 모인 자리요! 말을 삼가하시오!"

"흥! 말이 지나치다? 무슨 소리! 정파가 어째서 정파인가? 옳은 것을 행하고, 악한 것을 치죄하기 위함이 아니었나? 천룡단의 이백 중에 내 형제이고 내 동료인 자들이 있었을 것이다. 고작 우화등선이나 하고, 도나 닦으려고 무인이 되었는가? 그럴 려고 정파라 칭하고 무림맹에 들었냔 말이다. 고작 힘 따위에 눌려 이것저것 재가면서 꼬리를 말고 고개를 숙이는 것이 진정 정파무림이었나? 내가 잘못 알았군. 아무리 자파의 세력권이 중요하다고는 해도 이래서는 안 되거늘. 고작 그따위 때문에 정파의 명예를 버리는 자들이 모여보아야 무슨 답이 나온단 말인가? 정파니 사파니 이름만 다를 뿐이지 하는 짓이며, 말들이 전혀 다를 바가 없지를 않은가? 내 오늘 정파에 속해 있음이 이리도 부끄러운 적이 없었다. 오늘부로 본인 이하 언가는 무림맹과 정파무림에서 빠지겠소."

언가풍은 장내에 모인 수많은 무림인들을 한심하다는 투로 쳐다보다가 화를 내면서 대전의 문을 열고 빠져나가 버렸다.

그 누구도 그의 행동에, 그리고 그의 말에 반박할 수가 없었다. 잠시 동안의 침묵이 흐르고, 누군가 천천히 자리에서 일어났다.

"후우… 언가주의 말이 맞는 듯합니다. 본인과 해남파 역시 정도를 위해 무를 익히고 세력을 길러온 것이었지, 이런 탁상공론을 하며 꼬리를 말고 있고자 함이 아니었소이다. 맹주, 미안하군요. 나 해남낙일검(海南落日劍) 곡청산 이하 해남파 무인들 역시 맹을 탈퇴해 해남도로 돌아가겠소이다. 곡현, 돌아가자꾸나."

나이가 지긋한 해남파의 당대 장문인이 천천히 자리에 일어나 몸을 돌려 대전을 빠져나갔고, 무림맹의 장로 직을 수행하고 있던 곡현 장로 역시 장문인의 명령에 따라 화무군에게 깊숙하게 허리를 숙이면서 포권을 하고는 대전을 나갔다.

"아니, 곡 장문인! 이보게, 청산!"

화무군은 걸어나가는 해남파의 장문인이자 자신의 친우인 곡청산을 부르며 잡으려 했으나 이미 그는 대전을 빠져나가 버렸다. 뿐만 아니라 그 뒤를 따라 황보세가주와 하북팽가주가 나가 버렸다.

순식간에 맹의 기둥이었던 거대 문파 하나와 두 개의 세가, 그리고 절정의 무인을 보유하고 있던 언가가 맹과의 결별을 선언해 버렸다.

화무군은 너무도 갑작스러운 상황에 태사의에 몸을 털썩이며 앉았다. 머리에 두통이 생기는 듯 지끈거려 왔다.

"휴, 이 무슨……?"

그때 누군가 천천히 일어나 맹주의 앞쪽으로 다가왔다.

무림맹의 장로이자 현 천룡단의 단주를 맡고 있던 모용단천이었다. 모용단천은 맹주 앞에 놓인 탁자에 자신이 처음 천룡단주로 취임하면서 받았던 작은 검 하나와 황옥을 깎아 만든 패를 풀어두고 굳은 인상으로 화무군에게 말했다.

"죄송합니다, 맹주."

"아니, 모용 장로까지 왜 이러시는 겐가?"

지끈거리는 머리를 부여잡고 있다가 갑작스런 모용단천의 행동에 난색을 표하면서 맹주가 엉거주춤 일어난 자세로 말리려 했다.

"저 역시 가문에서는 맹의 의견을 존중하라 했으나, 저의 피와 살과도 같은 아들이 죽은 상황에서 맹의 결정을 따르는 것은 마음이 허락지 않는군요. 오늘부로 모용세가와는 관계없이 저는 무림맹의 장로 직과 천룡단주 직을 사퇴하여 혼자서라도 혈교와 싸우겠습니다. 죄송합니다, 맹주."

모용단천은 맹주에게 깊이 포권을 하고는 천천히 몸을 돌려 군사와 다른 장로들, 그리고 무림맹에 모인 수많은 각파의 존장들에게 포권을 하고 대전을 빠져나갔다.

"모용 장로님……."

"단주님."

"이보시오, 모용 시주."

모두가 모용단천의 이름만을 나직하게 부를 뿐 차마 그를 잡지 못했다.

"하아, 도대체 어찌 일이 이리도 꼬이는 것인가, 무량수불."

화무군은 맹에 들어온 지 몇 년 만에 처음으로 도호를 뇌까렸다.

그렇게 무림맹은 혈교의 발호와 더불어 무려 네 개 문파의 힘과 한 명의 유능한 장로를 잃어버렸고, 그렇지 않아도 중원을 나누어 가진 세력들 중 전력이 하위권에 속한 맹의 힘이 더욱 약화되었다.

2

을씨년스러운 분위기를 풍기는 서장의 포달랍산.

포달랍산에서 아래를 굽어보며 서장무림을 지배하고 있던 포달랍궁은 이제는 그 현판조차 찾아볼 수 없게 되어버리고, 그들이 있던 포달랍산의 거대한 궁에는 '혈교'라 적힌 현판이 걸렸다. 수백 년 동안 서장을 지배하며 내려온 포달랍궁의 불상들과 대승불교의 한축을 이끌어오던 불심의 증거들은 어느새 불에 태워져 재가 되어 바람에 흩어졌다.

혈교는 수십 년 동안이나 어둠 속에서 살다가 이제 당당히 현판을 내걸고 양지로 나와 버젓이 활동을 시작했다.

혈교가 서장에 들어오자 서장무림의 유수와도 같은 문파들은 혈교를 피해 모두가 봉문을 선언하고 서장을 떠나 버렸다.

결국 서장은 마치 신강의 마교처럼 혈교와 그 세력들 하나만이 존재하는 대지가 되어버렸다.

서장에 자리한 혈교는 서장을 잠식하자마자 자신들을 두려워하는 양민들의 민심을 얻기에 나섰다. 먼저 병자를 구호하기 위해 무료 의원을 설치하고, 양민들의 어려운 삶에 도움을 주기 시작했으며, 관부의 산적 토벌에 무인을 파견하고 치안을 유지하는 데 적극 협조했다.

처음에는 혹여 자신들을 잡아다가 무지막지한 인체 실험이나 이상한 주술 등을 걸어둘 줄 알고 무척이나 겁을 내던 양민들은 점차 그들에게 적응하기 시작했고, 안정을 찾아갔다.

더욱이 북원 정벌군의 편성으로 인해 실력 있는 포쾌가 모자라 혈교와 포달랍궁에 대한 사고 조사에 난항을 겪고 있던 관부는 의외로 수사에 협조적인 혈교로 인해 포달랍산에서 일어난 두 문파 간의 싸움에 대한 조사를 대충한 채 사건을 종결지어 버렸다. 물론 혈교로부터 막대한 뇌물이 관부의 고관들에게 흘러들어 갔음은 말할 것도 없었다.

과거 포달랍궁의 거대한 대전은 어느새 혈교의 대회의장으로 변해 버렸다.

거대한 호랑이 형상의 태사의에 혈교주 청연이 흐뭇한 표정으로 좌중을 가득 메운 이들을 둘러보면서 미소를 짓고 있었다.

"후후, 무림맹이 아주 난리가 났겠군."

청연은 손에 두루마리 형태의 양피지를 들고 슬며시 미소지었다.

"예. 그렇습니다, 교주. 무림맹은 아마도 이번에 저희가 포달랍궁을 무너뜨릴 것이라곤 예상조차 못했겠지요."

청연의 태사의의 옆에서 마치 호위라도 하듯이 서 있던 흑호가 슬며시 웃으면서 말했다.

"그랬겠지. 당금 무림의 최강 세력 중 하나인 포달랍궁이었으니까."

"말뿐인 자들이었습니다. 그다지 위협적이지도 못했고요. 아마도 무림맹의 떨거지 놈들도 오합지졸에 불과할 것입니다. 맡겨주신다면 지금이라도……!"

청연의 말에 대전에 있던 사람들 틈에서 무척이나 강인한 인상을 지닌 남자가 나서면서 말했다.

"하하, 혈랑대주로군."

혈랑대주(血狼隊主) 오강척.

혈교의 주력 무인 단체인 혈랑대의 대주로, 이번 포달랍궁과의 싸움에서 혼자 수십의 혈승을 베어 넘긴 자였다.

"흠… 그러나 혈랑대주, 너무 자신해서는 안 된다. 포달랍궁과 정도무림은 다르다. 정도는 수백 년의 역사를 이어온 명문이다. 그들의 저력은 드러난 것보다 드러나지 않은 것이 더 무섭다. 만약 그들이 그렇게 우스운 자들이었다면, 벌써 사라졌어야 했다. 일단은 포달랍궁을 무너뜨린 것으로 만족하도록 하지."

청연은 혈랑대주에게 타이르듯이 달랬다.

"예, 교주. 하지만 언제든 명만 내리시면……."

'무림맹주의 목이라도 따오겠습니다'라고 말하는 듯한 자신감이 넘치는 혈랑대주의 대답에 청연은 무척이나 기분이 좋은 표정을 지었다.

혈랑대는 과거 혈교의 유일한 무력 단체였다. 지금이야 흑호가 이끌고 있던 청연의 직속 호위대인 백살대(魄殺隊)와 혈호대(血虎隊)를 비롯하여 무려 여덟 개의 무인 단체를 만들어 냈지만, 당시에 숨어 다니던 혈교에서는 오로지 혈랑대만이 유일했다.

혈랑대는 그저 그런 능력의 이류 무인들에 불과하였지만,

청연에 의해서 불과 일 년 만에 엄청난 전력을 가진 집단이 되었다. 혈랑대는 스무 살 정도의 젊은 무인들로 구성되었고, 혈기 넘치는 이들이었기에 지금의 자신들을 만들어준 청연에 대한 충성도가 엄청났다.

"교주님, 포달랍궁 역시 수백여 년의 전통을 가진 거대 집단이었습니다. 더구나 일설에 의하면, 마교의 전력과도 비슷하다고 분석되어집니다. 그런 포달랍궁을 무너뜨렸는데 무엇이 두렵겠습니까? 이게 다 교주님의 영명하심 덕택이지요."

혈교의 일장로인 혈궁이 공손하게 말했다.

"하하, 그렇게 됩니까? 혈궁 장로(血穹)께서 저의 얼굴에 금칠을 해주시는군요. 하하하!"

청연은 나이든 장로의 말에 멋쩍은 웃음을 지으면서 뒷머리를 긁적거렸다.

"흠, 그나저나 혈미살소 장로(血眉殺笑), 서장의 양민들에 대한 민심은 어떻습니까?"

청연이 자신의 왼쪽으로 늘어선 사람들 중 붉은색의 눈썹을 가진 한 노인에게 물었다. 그러자 노인이 무척이나 온화한 웃음을 지으면서 공손하게 대답했다.

"예, 교주. 아직까지 저희 혈교를 좋지 않은 시각으로 보는 이들도 있으나 지난번에 설치한 무료 의원의 병자 수가 늘어나는 것과 꽤나 우호적인 입장을 취하고 있는 관부를 보면 곧 안정될 것으로 판단이 됩니다."

"흐흠, 그렇군요. 다행입니다. 무리하게 정파를 도발할 필요는 없습니다. 물론 다른 세력들에 대해서도 마찬가지입니다. 일단은 지금 새로운 기반을 세우고 있는 서장무림에 대한 우리의 위치를 확고하게 해야 합니다."

"홀홀. 교주님, 벌써 저희가 서장의 무림을 지배하고 있음이나 다름없질 않습니까. 홀홀."

청연의 다짐하는 듯한 태도에 주름이 가득 진 얼굴에 허리가 구부정한 노인이 이빨이 빠져 버린 입으로 말하면서 청연의 얼굴을 바라보았다.

주술사로 불리는 노인이었다. 그는 이름도 밝혀지지 않은 자로 혈교 내에서조차도 그 나이나 출신 성분을 아무도 모르고 있었다. 혈교에 가장 오랜 기간을 살았다고 전해지며 구십년의 세월을 혈교에서 살아온 일장로조차도 그의 나이를 알지 못한다고 했다. 무공을 못한다고 전해 들었는데 왠지 모르게 알 수 없는 거대한 힘이 느껴져 함부로 대할 수가 없었다.

청연과 후에 들어온 이들을 제외한 모든 혈교의 무인들이 공경하며 청연이 나타나기 전까지는 혈교주나 다름없었다. 현재는 청연에게 교주 위를 내어주고 교의 고문 역할을 하고 있었다.

"그런가요? 하하, 그래도 아직 부족합니다. 좀 더 확고하게 할 필요성이 있습니다. 무사도 모집해야 하고 지부도 만들어야지요. 안 그렇습니까?"

청연은 자신의 생각에 동의를 구하듯이 주술사 노인에게 넌지시 물었다.

"홀홀, 모든 것은 교주님께서 뜻하는 바대로 이루시기를…
홀홀."

주술사 노인은 여전히 변화없는 표정으로 찬성하면서 청연
을 위해주는 듯한 말을 했다. 그의 눈에서 나는 사이한 느낌에
청연의 몸이 흠칫 굳었다. 하지만 청연은 그런 것을 내색하지
않은 채 고개를 돌려 주위를 바라보면서 대전에 모인 이들에
게 말했다.

"여기 모이신 모든 분들의 노력에 의해 혈교가 서장의 땅에
당당히 이름을 내걸었습니다. 이제껏 어둠 속에서만 살아왔
고, 항상 정파라는 허울과 정의라는 말로 자신들의 추악함을
감춘 자들에 의해 희생당해야 했지만, 이제부터는 당당히 무
림의 거대 세력으로 역사를 만들어갈 것입니다. 외부에서 들
어와 혈교주가 된 저에 대해서 아직 의심을 가진 분들도 많으
리라 생각합니다. 하나, 나 청연은 앞으로 혈교를 무림 최고의
자리에 오를 수 있도록 노력할 테니 여기 모이신 주술사 어른
이하 수많은 무인들께서 도와주시기 바랍니다."

청연은 일장연설을 하면서 태사의에서 일어나 대전의 모든
이에게 고개를 숙여 포권을 했다.

3

"크크, 흑호."

드넓었던 대전을 가득 채웠던 수많은 사람들이 돌아가고 적

막이 흐르던 대전에 청연의 목소리가 울렸다. 모든 이들이 돌아간 후 그곳에는 혈교주 청연과 그의 심복인 흑호만이 남아 있었다. 청연의 얼굴에서는 방금 전의 호탕하고, 사람 좋아 보이던 표정이 사라지고, 냉막하고 무척이나 차가운 모습만이 드러났다.

"그 주술사라는 노인 역시 만만치 않은 늙은이야."

청연은 왠지 사이함이 느껴졌던 주술사 노인의 눈빛을 되새기면서 나지막하게 혼잣말을 했다.

"아무래도 그 늙은이가 우리에 관해 무언가 눈치를 채고 있는 듯해."

청연은 태사의의 팔걸이에 올린 팔에 턱을 괴고 흑호를 보면서 말했다.

"너무 과민하신 건 아니신지. 제가 보기에는 모두가 주인님을 마음 깊이 따르는 듯했습니다만……."

"아니야, 분명 그 주술사 노인은 나를 신용하지 않고 있다. 나에게 교주 위를 넘겨주었지만 나, 그리고 우리를 믿지 않고 있어, 분명해."

청연은 가만히 눈을 감고 생각을 정리하기 시작했다.

"그 주술사 노인은 분명히 우리가 알지 못하는 힘을 가지고 있는 듯하다. 흑호! 주술사에게 비밀리에 백살대의 일급 살수를 붙여라. 하나 절대 들켜서도, 죽여서는 안 된다. 아직 우리는 혈교의 이름을 이용할 일들이 많이 남았다. 더구나 우리의 목적을 이루기 위해서는 혈교는 서장에서 좀 더 좋은 모습이 되어야 해. 우리의 목적을 눈치 챌 수 없도록. 더불어 련의 눈을 속이기 위해서도 혈교는 필요하다."

"예, 주인님."

"그리고 지난번 이무기 포섭 작전에 참가했던 마속이라는 놈은 어디에 있지?"

"일단은 다른 이들에게는 이무기에 의해 살해당한 것으로 알려두었습니다만, 사실 모종의 장소에 격리시켜 두고 있습니다."

흑호의 말에 청연은 잠시 무언가 골똘히 생각을 하기 시작했다. 그리고 잠시 생각을 정리하더니 싸늘한 표정을 지으면서 흑호에게 말했다.

"흑호, 놈을 죽여도 좋다."

"예, 주인님. 그런데 어찌해서?"

"분명히 그 일장로라는 자는 주술사 노인에 의해 무언가 밀명을 받았을지도 모른다. 그 마속이라는 자도 마찬가지일 것이고. 후환이 될 수 있는 가능성을 내버려 둘 순 없지."

"예, 주인님."

"그건 그렇고, 그 귀혼대에 대한 진척도는?"

청연이 천천히 자리에서 일어나 태사의를 걸어 내려가자 흑호가 그 뒤를 따르면서 대답했다.

"현재는 오백여 구의 시체가 사용되고 있습니다. 대부분은 지난번에 죽은 라마승들의 시체를 사용했습니다. 살승들의 시체를 사용하고자 했으나 멍청한 혈랑대 놈들이 쓸데없이 전부

조각 내버리는 바람에… 여하튼 조만간에 시체품을 보실 수 있을 것입니다."

"좋아. 빠르지 않아도 좋다. 하지만 철저하게 비밀이라야 한다. 나와 너를 제외하고는 어느 누구도 알아서는 안 된다. 더욱이 련주의 눈이 분명히 혈교에도 있을 터. 최대한의 주의를 기울여야 한다, 흑호."

"예, 주인님."

"크크, 일단 귀혼대가 만들어질 때까지는 무림 내에 혈교의 인지도를 높혀야 한다. 그때까지는 련의 명령에 충실해야겠지."

청연과 흑호는 혈교로 하여금 서장무림을 지배하도록 만들었음에도 무언가 다른 것을 꾸미고 있는 것일까?

무림에는 혈교가 포달랍궁과의 싸움에서 죽은 모든 무인들에 대해서 포달랍산에 무수히 많은 봉분을 만들고 그들의 영혼을 위해 위령제를 지내 많은 강호 동도들로부터 찬사를 받았다고 했는데 라마승 시체를 오백여 구나 사용했다니… 설마 그들을 위해 만든 봉분과 위령제는 눈속임일 뿐이었단 말인가.

"그리고 흑룡성을 흔들고 있는 이사형의 동태는?"

천천히 걸음을 옮기던 청연의 물음에 흑호가 피식 웃으면서 대답했다.

"그를 사형으로 인정하시는 겁니까?"

흑호의 말에 청연이 잠깐 걸음을 멈추고 스산한 웃음을 흘리면서 말했다.

"크크크, 그래도 그는 아직 사형이니까. 내가 목적을 이룰 때까지는. 크크크!"

第三章
남궁가휘가 전쟁터로 떠난 이후

戰鬼
전귀

1

　밤사이 내린 눈에 의해 무림맹의 모든 전각과 연무장이 하
얗게 변했고, 발이 움푹움푹 빠졌다. 전설적인 경공술인 답설
무흔(踏雪無痕)의 경지에 이르지 않은 자라면 무릎까지 빠져드
는 눈에 무척이나 짜증이 날 만도 했다.

　멸마단 이대의 전각 대연무장.

　누가 치웠는지 어느새 연무장을 가득 메우고 있던 눈은 담
벼락 쪽으로 말끔하게 치워져 있었고, 이대의 대원들이 이곳
저곳에 퍼질러 앉아 있었다.

　"야! 물러!"

　"무슨 소리야! 절대 안 돼! 지금 장난하냐? 얼마짜리 판인
데!"

나무에 기대고 있던 자도, 대충 둥글게 앉아서 주사위 놀음을 하고 있던 자들도 모두가 갑자기 질러진 소리에 고개를 돌렸다.

그곳엔 두 명의 무인이 소리를 지르면서 일어나 서로에게 화를 내고 있었다.

적환과 한백이었다.

"야! 한 수만 물러주면 되잖아. 뭘 그렇게 깐깐하게 그러기냐?"

"일(一)!수(手)!불(不)!퇴(退)!"

"이런 쌍! 한번만 물려주면 될 걸 물려주면 어디가 덧나냐?"

"지금 몇 수를 물려준 줄 아냐? 내기를 먼저 시작한 건 너잖아!"

일어선 그 둘의 발밑에는 나무를 깎아 만든 투박하게 생긴 장기판이 있었다. 그곳에는 초(楚)나라의 '차(車)'와 '포(包)'가 한(漢)나라의 장(壯)을 외통수로 노리고 있는 위험한 형세였고, 한나라의 장은 사졸(卒)들이 죽은 지금 도저히 도망갈 곳조차 없는 위기에 놓여 있었다.

"정말 이러기냐? 내기 하나에 동지를 버릴 거냐?"

한백은 적환에게 조금이라도 동정심을 유발해 볼 요량으로 은근한 목소리로 말했다.

"흥! 내기에 동지가 어디 있냐? 왜? 졌어? 승복할 거야?"

"적환 선배! 제발 한 번만 물려주시죠."

"놀고 있네. 이럴 때만 선배고 형이냐? 평소대로 하라고,

절.대. 안. 돼.”

“이, 이, 이…….”

적환의 무시하는 듯한 말에 한백이 할 말을 잃고 입술을 씰룩거렸다.

“에라이!”

와장창.

한백은 잠시 동안 인상을 찡그리면서 적환을 노려보다가 발밑의 장기판을 차버렸다. 장기알과 장기판이 형세를 잃어버리고 비산했다.

“이 자식이? 야! 지금 뭐 하는 거야!”

“흥! 깽판이다! 왜, 이 자식아!”

적환은 치사스럽기 그지없는 말에 한백의 멱살의 잡고 주먹으로 얼굴이라도 한 대 칠 기세였다. 하지만 주위에서 바라보고 있는 나머지 대원들은 금세 관심을 끊어버리고 자신들의 일에 집중하기 시작했다.

“왜? 쳐봐, 쳐보라고! 어디 나도 약환전에 이삼 일 좀 누워보게.”

“이런 씨! 못 칠 줄 알고?”

한백의 도발에 적환이 입술을 떨면서 분노를 표출하는 그때, 누군가 멀마단 이대의 전각의 문을 여는 소리가 들렸다.

끼이익.

“어?”

“어?”

동시에 둘의 고개가 돌아갔다.

전각의 정문을 열고 들어온 이는 그들 모두가 잘 아는 사람이었고, 그다음에 들어온 한 여인에 의해 두 사람 모두가 경악성을 토했다.

"헉!"

2

"차는 염병. 그냥 술이나 한잔하지."

멸마단 일대주는 사마수동이 주는 찻잔을 받아 들고는 푸념성을 내뱉었다.

"대연, 지금은 업무 중이다. 더구나 시국이 시국인만큼 술은 안 돼."

건장하게 생긴 삼대주 여상흠이 푸념을 하는 금대연을 나무랐다.

"야, 인마. 그냥 주는 대로 처먹어. 무슨 불평이 그렇게 많아?"

금대연보다 나이가 많은 사마수동은 직급은 한 단계 아래였지만, 평소 형, 아우로 친하게 지내고 있었다.

사마수동은 자신이 준 찻잔에 불평을 하는 금대연을 탐탁지 않게 쏘아붙였다.

금대연은 그런 두 형님의 질타에 고개를 휙 돌리고는 뜨거운 차를 벌컥벌컥 마셔 버렸다.

"대연아, 차는 이렇게 마셔야지. 배웠다는 놈이 그게 뭐냐?"

여상흠은 한 손에 찻잔의 아래 부분을 받쳐 들고는 고상을 떨면서 한 모금 들이키자 사마수동 역시 그런 여상흠과 같은 모습으로 차를 마셨다.

"젠장! 고상한 척하시네들. 언제부터 차를 마셨다고?"

금대연은 입을 삐쭉이면서 혼잣말을 내뱉고는 사마수동의 앞에 놓인 차 주전자를 들어 따르고는 또다시 벌컥대면서 마셨다.

"이놈아, 그게 아니래도 그러네. 그리고 그 옷 좀 제대로 입고 다녀라. 맹에 말만 한 처녀들도 많은데 어째 매일 웃옷을 허리춤에 묶고, 맨몸으로 다닐 거냐? 넌 춥지도 않냐?"

"내참, 이젠 사람 옷 입는 것까지 간섭이시네. 관두슈."

도저히 구제불능인 금대연의 모습에 여상흠은 고개를 절레절레 흔들면서 인상을 찡그렸다.

"그나저나 형님, 도대체 무엇이 어찌 돌아가는 겁니까? 맹이 아주 뒤숭숭합디다."

사마수동이 여상흠을 바라보면서 궁금증을 드러냈다.

"글쎄, 이번에 혈교가 포달랍궁을 밀어버린 것에 대해 모두가 예상하지 못했으니, 탁상무림(卓上武林)을 하시는 윗분들이 충격이 큰가 보더구나."

"참! 수동이 형님네가 이번에 혈교와 관련된 조사를 하셨다고 들었는데, 그놈들이 그리 강했수?"

금대연이 사마수동에게 물었다.

"글쎄, 우리도 마주친 건 한 번뿐이었어. 그때도 대주님이 거의 혼자서 쓸어버리는 바람에 어느 정도 실력인지는 잘 모르겠다. 대주님이 원체 엄청난 분이니까 말이야."

사마수동은 음마 포획 작전을 수행하던 때를 떠올리면서 턱 아래께를 긁적거렸다.

"하긴… 그 형님 실력이야 대단하긴 하지요. 그 무섭다는 마교주랑 맞짱을 뜨시는 분이니까. 우리 애들도 그 형님만 보면 설설 긴다구요. 아! 전에 상흠이 형님이 다치신 게 그 수라대 준가 뭔가 하는 놈이랑 붙어서 그런 거라고 했죠?"

금대연이 여상흠의 가슴에 새겨진 상처를 보면서 합택산의 격돌 때를 물었다.

"아! 그래. 그 냉천악이라는 자 정말 엄청나더라. 제대로 일 권조차 때리지 못한 것 같다. 사실 그 후에 생각을 해보았는데, 도저히 나의 능력으로는 가늠할 수조차 없는 실력이더구나."

"음… 그렇군요. 마교 놈들은 어찌 그리 강한 거야?"

금대연이 여상흠의 회상하는 듯한 말에 소태 씹은 듯한 인상으로 입맛을 다셨다.

"어째 다 낫기는 한 겁니까?"

사마수동이 조금 걱정스러운 표정으로 여상흠의 가슴에 동여매어진 붕대를 바라보면서 물었다.

"어? 이거? 하하, 다 나았는데 한동안 하고 다니라고 해서 말이야. 원체 강한 기에 노출되어서 조금 걸린다고 하더군."

"그렇군요. 어쨌든 그만하길 다행입니다."

사마수동은 고개를 끄덕이면서 차를 한 모금 마셨다.

"근데 말이오, 이상한 게 있소."

금대연이 한참 동안 무언가를 생각하다가 사마수동을 보면서 물었다.

"응? 뭐?"

"이해가 안 되는 게, 그때 살승들하고 장 형님하고 어쩌다가 정천현 근처에서 한판한 거요? 그렇고 보니 그때 이대 애들도 그렇고, 형님도 안 보였지 않소? 임무 수행 중이었다면 분명히 그 근처에라도 있었어야 정상 아니유?"

이상함을 느낀 금대연이 흘리듯 한 말에 사마수동은 얼굴이 흠칫 굳어지며 식은땀을 흘려야 했다.

"아, 그게 말이지… 그게……."

우물쭈물하는 사마수동의 모습에 금대연은 조금 더 의심스러운 눈초리를 보였고, 여상흠마저 들고 있던 차를 놓고 바라보았다.

"이거 머뭇거리는 것이 뭔가 감추고 있구만. 뭐요? 우리끼리 말 못할 것이 있소?"

금대연이 조금 더 집요하게 파고들자 사마수동은 난처한 기색으로 다른 곳을 쳐다보았다.

"이거 점점 의심스러운데?"

한 손으로 턱을 괴면서 얼굴을 가져다 대는 금대연.

그때 외부로 통하는 문이 갈라지는 듯한 소리를 내면서 열리자 빠끔히 한백의 얼굴이 나타났다. 그것을 본 사마수동은 화제를 돌리기 위해서 아는 척을 했다.

"아! 한백이냐? 그래, 무슨 일이냐?"

사마수동의 말에 금대연과 여상흠도 고개를 돌려 문 쪽을 바라보았다.

"저, 부대주님. 말씀 중에 죄송한데… 그것이… 손님이 오셨는데요."

조금 평소와는 다른 표정의 한백에 이상함을 느꼈지만 사마수동은 얼른 화제를 돌려야만 했다. 잘못하다가는 그들이 비밀리에 계획했던 사실이 드러날 수도 있었기 때문이다.

"그럼 어서 모셔들이지 않고 무엇 하는 게야! 누가 오신 거냐?"

"그게… 남궁가에서 창궁검수대 수장이신 남궁창환 대협이 오시긴 했는데……."

"뭐? 창궁일검께서? 그런데 지금 뭐 하는 거냐, 얼른 모셔라."

남궁창환이 왔다는 말에 사마수동과 금대연, 여상흠은 자리에서 급히 일어났다.

"근데 그게 실은……."

한백이 귓가에 대고 무언가를 소곤거리자 사마수동은 마치 석상처럼 굳어버렸다.

"뭐? 정말? 그 미친녀……."

사마수동은 깜짝 놀라서 내뱉은 말을 차마 끝내지 못했다. 이내 문을 열고 들어온 남궁창환과 그 뒤를 따라 들어오는 한 명의 여인을 보았기 때문이다.

"여어, 수동이, 오랜만일세그려."

남궁창환은 오랜만에 본 사마수동에게 밝게 손을 들어 인사를 했지만, 사마수동은 여인에게서 눈을 떼지 못하고 굳어 있었다.

'이런 젠장할… 저년이 아직도 북해로 안 돌아간 거야?'

남궁창환은 평소 잘 알고 지낸 사마수동이 자신의 인사에도 아랑곳하지 않고 무언가를 바라보고만 있자 의아하게 생각해 그의 시선을 쫓았다. 그곳에는 빙화 설약벽이 서 있었다.

"이 사람도 참, 자네도 남자일세그려. 하긴 나도 처음 보고 질녀의 미모에 넋을 잃을 뻔했으니 말일세. 허허허."

남궁창환은 아마도 사마수동이 빙화 설약벽의 미모에 넋을 잃었다고 판단하고 너털웃음을 터뜨렸다.

"예? 아, 예."

정신이 반쯤 나가 버린 사마수동은 남궁창환의 말에 어색하게 대답을 했다.

자신의 외모에 대한 칭찬에 발그레하게 얼굴을 붉히는 설약벽을 보면서 사마수동은 금세 똥 씹은 표정이 되었다.

'젠장할, 얼굴은 왜 붉히고 지랄이야.'

"멸마 일대주 금대연입니다."

"삼대주 여상흠입니다. 검의 끝을 보고 계신 창궁일검(蒼穹一劍) 대협을 보게 되어 영광입니다."

금대연과 여상흠이 사마수동의 뒤에서 남궁창환을 알아보

고 감격스러운 표정으로 포권을 했다.

"오오, 이거 참. 내 눈이 오늘 호강을 하는구만. 사마수동과 더불어 중원오대권사에 들어가는 대력패권과 지옥야차를 보게 되다니 말이야."

포권하는 둘을 보면서 남궁창환이 아는 체하며 마주 포권을 했다.

"별말씀을요. 저희야 대협의 위명에 비하면 조족지혈에 불과하지요. 그런데 옆에 계시는 이 아름다운 처자께서는?"

여상흠이 설약벽을 보면서 물었다.

"아! 자네들은 처음 보겠구만 그래, 이 아이가 바로 북해의 금지옥엽이면서 무림일화라 불리는 빙화 설약벽일세."

남궁창환이 설약벽을 소개했다.

"소녀, 북해의 셋째 딸인 설약벽이라 합니다."

다소곳이 인사하는 설약벽은 마치 그 이름처럼 한 떨기 연꽃처럼 아름다운 모습과 웬만한 남자는 쓰러질 법한 옥구슬 굴러가는 목소리로 자신을 소개했다.

'저런 가증스러운……'

사마수동은 지난 이무기 조작 사건 때 본 설약벽의 모습과 지금의 모습이 완전히 다르게 비치자 속으로 욕설을 뱉었다.

"그 유명하신 빙화 소저셨습니까? 이거 원, 소문보다 더 아름다우시군요."

"맞습니다. 이거 내실의 분위기가 금세 환해졌습니다. 하하."

금대연과 여상흠은 웃으면서 본인들에게는 어울리지도 않는 느끼한 말들을 내뱉었다.

"별말씀을요."

설약벽이 하얀 치아를 드러내면서 웃었는데 그 모습이 아름답기 그지없었다. 아마도 그녀의 성격을 모르는 이들은 껌뻑 넘어갈 만한 그런 미소였다.

"그런데 저분들은? 어? 어디로 가셨죠? 방금 전까지만 해도 여기 계셨는데……."

설약벽이 들어오면서 보았던 떨마 이대원들의 모습을 찾기 위해 연무장으로 고개를 돌렸지만, 연무장 안에는 마치 처음부터 아무도 없었던 것처럼 모조리 사라져 버렸고, 문을 열어 주었던 한백 역시 보이질 않았다.

"왜 그러는가, 질녀?"

"아니요. 아까 들어올 때 연무장의 무인들이 무척이나 낯이 익어서… 잘못 본 건가?"

'헉!'

설약벽이 고개를 갸웃대면서 한 말에 사마수동은 심장이 떨어질 뻔했다.

'이런 기억력도 좋은… 그러지 않아도 되는데.'

사마수동의 등은 계속해서 젖어만 갔다.

"허허, 아마도 북해에서 본 모양이구나. 하긴 사마 부대주와 그의 수하들이 북해에서 많이 임무를 수행했기 때문이 아니겠느냐?"

"그런가요?"

설약벽은 뒤 따라 들어온 냉막한 중년 무인의 말에 살짝 고개를 끄덕이면서 수긍을 했다.

사마수동은 그제야 정신을 차리고, 포권을 하면서 인사를 했다.

"오랜만에 뵙습니다, 설한철 대협."

"헉! 빙한검! 설한철!"

"빙검현옥대주?!"

금대연과 여상흠은 사마수동이 인사를 하면서 내뱉은 이름에 화들짝 놀라 버렸다. 한 번도 마주친 적은 없지만, 북해의 왕의 동생이자 빙검(氷劍)의 극한을 깨달았다고 전해지는 설한철에 대한 이야기는 귀에 못이 박히도록 들어온 터였다.

그런 두 사람의 반응에 빙긋이 웃으면서 설한철이 가볍게 포권을 했다.

"북해의 설한철일세."

"뵈, 뵙게 되어 영광입니다!"

금대연과 여상흠은 놀라 어정쩡해진 자세 그대로 깍듯하게 머리를 숙이면서 마주 포권을 했다.

"허허, 이 사람들 보게나. 손님이 왔으면 의당 자리를 권하고 차라도 내와야 하지 않겠는가?"

남궁창환이 너털웃음을 지으면서 사마수동과 두 사람에게 말했고, 금대연은 급히 자리를 비켜서면서 말했다.

"이쪽으로 앉으시지요."

빙화 설약벽을 보고 설한철을 보게 된 이후 사마수동의 인상은 처음보다 더 찡그러졌다.

'제기랄, 갑자기 이들이 왜 온 거지? 그리고, 남궁창환 대협이 질녀라고 했나? 뭐가 어떻게 된 거야?'

"그나저나 장 대주가 안 보이는구만."

남궁창환은 내실을 이리저리 둘러보면서 사마수동에게 물었고, 사마수동은 난처한 표정으로 뒷머리를 긁적였다.

"아, 그게 실은……."

사마수동은 어떻게 말해야 할지를 몰랐다. 어떻게, 어디서부터 설명을 해야 할까를 고민하면서 머뭇거렸고, 설한철은 그런 사마수동의 표정을 보면서 슬쩍 웃었다.

"어서 말씀해 보게. 듣자 하니, 남궁가의 자제도 이곳에 있다 들었네. 한데 장 대주와 남궁가의 자제이자 곧 우리 북해의 사위가 될 녀석은 안 보이더구만."

"저, 그것이……."

사마수동은 설한철까지 물어오자 난처함을 감추지 못했고, 이미 그의 옷은 축축하게 젖어버렸다.

'어떻게 말하지? 근데, 북해의 사위라고? 이곳에 있는 남궁가의 자제면… 꼬맹이?'

사마수동이 말을 못하고 있자 설한철이 음흉한 눈으로 그를 바라보면서 물었다.

"이 사람, 무언가 감추는 것이라도 있는 겐가?"

"아니, 뭐 그렇다기보다는… 하하."

뒷머리를 긁적대면서 어떻게든 이 상황을 모면해 보기 위해 사마수동이 어색한 미소를 흘리고 있었다.

"이미 다 알고 있으니 사실대로 말씀하시게나. 자네가 말한다고 해서 누가 어디에 떠벌리지도 않을 사람들이고, 내 비밀은 지켜줌세."

"네? 무슨?"

"이무기 사건. 자네들이 조작한 거지?"

"헉! 그걸 어찌……."

은근히 자신을 바라보면서 미소 짓는 설한철의 말에 사마수동은 흠칫 놀라며 되물었고, 나머지 사람들은 무슨 이야기인가 하여 궁금증 어린 표정을 지었다.

"설마, 다 알고 계셨습니까?"

"그렇네. 일전에 그 녀석과 한번 부딪친 적이 있었네. 그때 눈치 챈 거지. 허허, 아마도 이번 혈교 사건 때문에 계획한 것이었겠지? 안 그런가?"

'젠장할, 엿 됐군…….'

사마수동은 이미 다 알고 있는 듯한 설한철의 말에 한숨을 내쉬면서 실토를 하기 시작했다.

"휴, 이미 다 알고 계시니 말씀드리지요. 하나, 여기 계신 모두가 절대로 비밀을 지켜주셔야 합니다. 부탁드리겠습니다."

"암! 내 북해의 이름을 걸겠네."

"휴우, 그럼 말씀드리지요. 사실 지난 이무기 사건은……."

사마수동이 지금까지 이무기 사건과 혈교 추적 간에 있었던 일을 말하기 시작하자 모두가 경악 어린 표정으로 할 말을 잃어버렸다. 더구나 설약벽은 망치로 거세게 머리를 맞은 듯한 기분이었다. 이무기를 추적하는 동안 죽일 듯이 괴롭혀 댔던 자신이었지 않은가? 설마 그가 남궁가휘였을 거라는 것은 상상조차 하지 못했던 터였지만, 이미 엎질러진 물이었다.

사실 지금 사마수동이 말하고 있는 이무기 조작 사건을 듣기 전까지 만해도 화방(畵房)에서 시비가 구해온 옥면공자가 그려진 화폭(畵幅)을 보고는 첫눈에 반해 있었는데, 이무기와 남궁가휘가 동일 인물이라는 사실에 하늘이 노래지는 것 같았다. 마음 같아서는 결혼 약속을 물리고 싶었지만, 이미 양가(兩家)에 예물까지 주고받은 후라 어찌할 수가 없었다.

사마수동의 이야기가 끝나고 한참 동안 말없이 침묵을 지키던 모두가 사마수동을 바라보면서 허탈하게 한마디씩 하기 시작했다.

"자네들, 미쳤구만."

"그런 엄청난 짓을? 혹시 그 파급 효과는 생각해 보신 겁니까?"

"전 무림을 들었다 놓고는… 내참, 정말 대책없구만 그래."

모두가 더 할 말이 없다는 듯한 표정으로 하는 말을 들으면서 사마수동은 또다시 한숨을 내쉬었다.

"휴우… 죄송합니다. 저희도 처음엔 일이 그렇게 크게 번질 지는 예상하지 못했습니다. 혈교가 포달랍궁을 밀어버릴 정도로 강한 힘을 가져 수면 위로 드러나리라고는…… 더구나 예전처럼 숨어 있는 그들이 물고 나올 만한 미끼를 준비한다는 것이 그만……."

사마수동은 입맛을 다시면서 뒷머리를 긁적댔다.

"내참, 아무리 그래도 그렇지. 맹주님은 아는 게요?"

금대연의 말에 사마수동이 고개를 저었다.

"정말 미쳐도 단단히 미쳤어, 진짜. 어쩌려고 그래?"

금대연은 아연실색한 표정으로 고개를 흔들었다.

"흠… 그럼 혈교가 포달랍궁을 칠 때, 이무기를 잡느라 살승들은 이미 궁을 **빠**져나간 상태였겠군."

"예. 대연이가 당시에 겐둔 라마를 만났다고 하니 아마도 일부만 남고 나머지는 이무기를 쫓기 위해 나와 있었겠지요."

"그랬군, 아마도 혈교는 살승들이 복귀하기 이전에 포달랍궁을 쳤을 것이고. 복귀한 살승들은 이미 본단을 무너뜨린 혈교의 좋은 먹잇감에 불과했겠군."

남궁창환은 고개를 끄덕이면서 상황을 유추해 내기 시작했다.

"어쩐지 그 강대한 포달랍궁이 쉽게 무너졌다 했지. 일천의 살승이 **빠**져나간 상태였다면 충분히 가능했겠지."

여상흠 역시 그때의 상황을 보지 않고도 예측해 내었다.

"결국 자네들이 혈교의 꼬리를 잡으려던 계획에, 혈마자의 무공을 탐낸 포달랍궁이 무너진 이유가 되었군."

사마수동은 남궁창환의 말에 천천히 고개를 끄덕였다.

"그렇군. 그럼 지금 장 대주와 우리 가휘는 어디로 간 것인가? 그 후에 다른 임무를 수행하는 것 같지는 않았는데……."

"그게 실은… 그때 당시에 가휘는 살승들과의 전투에서 심각한 부상을 입었었지요."

＊　　　＊　　　＊

두 달 전 나곡 인근에 있던 멸마단 이대의 은신처.

"어떠냐?"

장영이 누워 있는 남궁가휘를 치료하는 을지마로에게 나지막하게 물었다.

"위험한 고비는 넘겼습니다. 아마도 꼬맹이가 화가 많이 났던 모양입니다."

을지마로는 이마에서 흘러내리는 땀과 손에 묻은 피를 헝겊으로 닦아내면서 말했다.

"그랬겠지. 아마도 눈앞에서 무인이 아닌 자들이 죽은 건 처음이었을 테니까."

"예. 그럴지도……. 어쨌든 기혈은 바로잡았습니다. 혈맥에 무리하게 공력을 끌어올리면서 생겨난 탁기가 일부 남아 있습니다만 걱정할 만한 수준은 아니니 아마도 수일 내로 괜찮아질 것입니다."

장영은 을지마로의 말에 고개를 끄덕이면서 그의 어깨를 두어 번 두드려 주었다.

"수고했다, 마로."

"예, 대주."

장영은 자신의 의구류를 정리하는 을지마로에게서 시선을 돌려 걱정스러운 표정으로 주위에 둘러앉아 있던 이대의 무인들에게 말했다.

"수동, 돌아간다. 일단 여기서 이번 임무는 종료다. 성욱은 작전 보고서를 만들어 맹에 제출하도록 하고, 내용은 '혈교의 위치, 정천현으로 예상. 멸마 이대 맹 복귀 요청'이라고 써라."

"예, 대주."

"그럼 일각 후에 돌아간다, 준비해라."

*   *   *

"그랬군. 하긴 가휘 녀석 혼자서는 살승들과의 싸움이 무리였겠지. 그 녀석, 한 번도 누군가의 죽음을 경험해 보질 못했으니 충격이 컸겠지."

사마수동의 말에 남궁창환은 고개를 끄덕이면서 수긍을 했고, 그곳의 모두는 호기심 어린 표정으로 계속 귀를 기울였다.

*   *   *

맹으로 돌아온 멸마단 이대의 전각.

모든 일상은 여느 때처럼 돌아갔다. 태성욱은 보고서를 만들어 맹에 보고하느라 바쁘게 움직였지만, 나머지 무인들은 연무장에서 주사위 놀음을 하고, 술을 마시면서 한가한 시간대를 보내고 있었다.

그런데,

"뭐? 꼬맹이가? 뭐가 어떻게 됐다고?"

적환이 남궁가휘를 치료하고 나오는 을지마로의 말에 깜짝 놀라면서 소리쳤다.

"마로, 어찌 된 거냐?"

사마수동이었다.

"부대주님… 꼬맹이가 이상합니다. 기혈도 바로 섰고, 맥도 정상인데, 초점이 돌아오질 않습니다. 치료는 거의 끝났지만 마치 정신을 놓은 사람처럼 멍하니 천장만 바라보고 있습니다. 말도 한마디 하지 않고 누워서 눈물만 흘립니다. 저도 더 이상은 어찌해야 할지……."

을지마로가 난처한 기색으로 고개를 갸웃대면서 말했다.

"실어증이군."

전각의 기둥에 기대 오수를 취하고 있던 장영이 반쯤 감긴 눈을 뜨면서 말했고, 모두의 고개가 장영에게로 돌아갔다.

"아마도 정신적 충격이 컸던 모양이지."

별로 대수롭지 않다는 듯한 장영의 말을 들은 사마수동은 을지마로의 어깨를 잡으면서 다그치듯이 물었다.

"마로, 고칠 수 없는 거냐? 약환전에라도 보내야 하는 거야?"

"아닙니다. 일단 의술로 할 수 있는 부분은 다해보았습니다. 아마도 약환전에 가더라도 그 이상은 기대하기 어려울 것 같습니다. 나머지는 스스로 이겨내야 할 부분입니다."

"이런 제기랄, 꼬맹이 녀석! 어찌 그리 약한 거야! 멍청한 놈 같으니라고……."

사마수동이 짐짓 화를 내면서 나무라듯이 말했지만, 걱정스러움이 느껴졌다.

무림맹으로 돌아온 이후 멸마단의 시간은 그렇게 하루가 지났고, 이틀이 지나갔다.

돌아온 모두가 평소와 다름없는 모습이었지만, 남궁가휘만은 원래의 활달했던 모습을 잃어버린 채로 여전히 무기력하고 초점없는 눈으로 전각의 기둥에 기대어 먼 산만을 바라보고 있었다.

누군가 묻고, 대화를 걸어도 무표정하게 고개만을 끄덕거릴 뿐이었다. 벌써 그 자리에 못 박힌 듯이 앉은 것이 삼 일째요, 식음을 전폐한 지도 일곱 끼니를 넘겼다.

"저놈, 도대체 어떻게 해야 하죠?"

밥을 떠 먹여줘도 금세 고통을 호소하면 토악질을 해서 게워내는 남궁가휘를 바라보면서 적환이 인상을 썼다.

"글쎄 말이다. 도대체 어찌해야 할지……."

"도대체가 무엇 때문인지 알 수가 없으니, 정말 환장하겠네."

모두가 기둥가에 기대어 축 늘어진 모습의 남궁가휘를 보면서 한마디씩 내뱉었다.

평소라면 임무를 끝내고 돌아와서 연무장에 앉아 주사위 놀음을 하거나 술판을 벌였을 터였지만, 요 며칠 동안 무거운 침묵 속에 빠져 있는 멸마단 이대의 전각이었다.

"야! 꼬맹아!"

태성욱이었다.

그는 멸마단 내에서 남궁가휘를 제외하고 가장 나이가 어렸다. 지난 임무를 수행하면서 그 둘은 같은 조에 편성되면서 무척이나 친해져 버린 터라 지금의 나약하기 만한 남궁가휘의 모습이 마음에 들지 않았다. 그가 기억하는 남궁가휘는 철없이 나대는 데다가 위아래 구분없이 싸가지없게 행동했던 활달한 모습이었다.

"이 자식이? 야, 인마! 안 들려?"

태성욱은 화가 났다.

무기력하기 만한 남궁가휘가 싫었지만 걱정되기도 했다. 자신이 불러도 대답없이 먼 산을 바라보는 남궁가휘의 모습이 너무도 안쓰러웠으나 이내 짜증으로 변하기 시작했다.

"이 자식아! 정신 차리란 말이야!"

태성욱은 가슴이 미어지는 것만 같았다.

비록 얼마 되지 않은 인연이지만 밝기만 하던 남궁가휘가 저런 모습이 된 것이 너무도 가슴을 옥죄어왔던 것이다. 가슴의 답답함이 커질수록 화가 더욱 났기에 그는 기둥에 기댄 남궁가휘를 향해 걸어갔다.

"이 자식, 언제까지 정신 못 차리고 있을 거야! 평소처럼 웃으면서 대들란 말이다!"

태성욱은 남궁가휘의 어깨를 잡고 흔들었지만, 아무런 반응이 없자 그의 멱살을 잡아챘다.

"일어서, 일어서란 말이다! 지금 장난하냐? 뭘 그리 힘든 일을 겪었다고……."

멱살을 잡았음에도 초점없이 자신을 응시하는 남궁가휘의 두 눈에 태성욱의 가슴은 더욱더 답답하기만 했고, 화가 치밀어 올라 견딜 수가 없었다.

"이런 썅!"

태성욱의 주먹이 들려 올라갔다.

덥석.

누군가 들려진 태성욱의 손목을 잡아채면서 막아섰다. 장영이었다.

"그만 해라, 성욱."

"대, 대주님."

돌아본 장영의 얼굴은 여느 때처럼 잠 오는 표정의 반쯤 감겨진 눈이 아니었다. 측은한 눈으로 자신을 바라보면서 천천히 고개를 젓고 있었다.

"대주님, 이놈이… 이 꼬맹이 어떻게 하죠?"

태성욱은 울음이 나올 것만 같았다.

"성욱, 아무래도 이 녀석은 마음을 닫아버린 듯하다. 더구나……."

장영은 성욱의 손목을 놓아주면서 뒷말을 흐렸고, 잠시 크게 숨을 내쉬고는 남궁가휘의 옆 자리에 걸터앉아서 멸마단 이대의 대원들에게 말했다.

"아마도 아무런 관계가 없었던 이들이 눈앞에서 죽은 것, 그리고 그것을 지켜내지 못한 것으로 인해서 스스로 마음을 닫아버린 거겠지. 깊디깊은 심연 속에 자신의 마음을 봉인한 것처럼 말이다."

장영은 눈을 내리깔고 넋이 나가 버린 사람처럼 힘없이 쭈그려 앉은 남궁가휘를 바라보았다. 왠진 모르지만 남궁가휘를 바라보는 그의 눈빛에서 슬픔이 한가득 느껴져 왔다.

"이 녀석은 지금 마음속에 자신을 가두고 나와주지 않을 모양이다. 하지만 스스로 나오지 않겠다면, 강제로라도 끌어내어야겠지."

장영은 나직하게 혼잣말을 내뱉 듯이 말하고는 무릎을 짚어 천천히 몸을 세웠다.

"수동, 한동안 네가 이대의 대주를 맡아줘야겠다."

그것이 대주의 마지막 말이었다.

그렇게 장영은 남궁가휘를 데리고 누구의 허락도 받지 않은 채로 멸마단의 전각을 떠나 버렸다. 어디로 갔는지, 어떻게 되었는지 한동안 소식조차 전해오지 않았다.

*　　　　*　　　　*

사마수동의 긴 회상이 끝났지만 모두가 그의 이야기 속에서 아직 빠져나오지 못하고 있었다.

"저희가 본 것은 그때가 마지막이었습니다. 그 후 현재까지 한 달이라는 시간이 지났지만, 아직 한 번도 대주로부터의 연통이 없었지요."

사마수동은 머리를 숙이고 한숨을 내쉬었다.

"그랬군. 그렇게 된 것이었어. 하나 실어증에 무기력증이라니… 이것을 세가에 어찌 보고해야 할꼬."

남궁창환은 사마수동의 긴 이야기를 들으면서 혼자만의 생각을 정리하고 물었다.

"그래, 언제 온다는 기약은 없었는가?"

"없었습니다. 아무런 말도……."

"그렇구만, 잘 알았네."

남궁창환은 무거운 마음을 거둘 수가 없었다.

자신의 조카이자 세가의 미래라 생각하고 있던 남궁가휘가 지금 거의 폐인이 되다시피 하여 맹을 떠나 버렸다고 했다. 물론 지금의 이 시련을 이겨낸다면 분명 더욱 강한 무인이 될지도 모른다. 하지만 그렇지 못한 경우가 태반이었다. 만약 남궁가휘가 실어증과 무기력증에서 벗어나지 못하고 폐인이 되어 버린다면, 남궁세가는 유일한 적자를 잃게 되는 것이었다.

"남궁창환 대협, 너무 걱정하지 마십시오. 대주가 데리고 갔으니 분명 무슨 방도를 찾아 원래의 모습으로 돌려서 데려올 것입니다. 아니면 더욱 강한 녀석이 되어 돌아올 수도 있을 테지요."

사마수동은 그런 남궁창환을 위로했다.

"그래, 그렇겠지. 장 대주는 그런 사람이었지. 하지만, 혈육이다 보니 마음이 아프고 걱정이 되는 것은 어쩔 수 없는 모양일세."

"죄송합니다."

"아닐세, 아니야. 설 형님, 죄송합니다. 가휘 녀석을 보여드리려 했는데 괜히 헛걸음하게 했습니다."

남궁창환은 얼굴에 애써 미소를 지으면서 되려 사마수동의 어깨를 두드려 주고는 설한철에게 사과를 했다.

"무슨 소린가? 이제 자네와 난 가족인 것을……. 오히려 도움이 되지 못하는 내가 더 미안하네."

설한철은 자신에게 사과하는 남궁창환의 모습에 손사래를 쳤다.

"그럼 수동, 이만 돌아가겠네. 혹여 가휘 녀석이 돌아오거든 세가로 꼭 연통을 보내주게."

"네."

그렇게 남궁창환과 설한철, 설약벽은 무거운 발걸음을 옮겨 전각 밖으로 걸어나갔다.

전각의 내실에 남은 사마수동은 인상을 찡그리면서 소식 한 통 없는 자신의 대주에게 불만을 표출했다.

"제기랄! 대주님은 무슨 소식이라도 좀 보내주지……."

그러고 보니 사마수동은 맹에서의 장영의 모습만 알고 있을 뿐 그가 어떤 사람인지, 과거에 어떻게 살았었는지 하나도 아는 것이 없었다.

이제껏 다른 누구보다도 자신이 대주에 대해서 많이 알고 있고, 가깝다고 생각했었는데 막상 그의 행적을 찾으려 보니 그가 어떤 사람인지 도무지 알 수가 없었던 것이다.

'제길… 그러고 보니 대주에 대해서 아는 게 하나도 없네……'

第四章

전쟁터, 그리고 변화

戰鬼
전귀

1

   또 한 번의 격돌이 끝난 장영은 차오르는 숨을 내쉬면서 호흡을 골랐다.

   이것으로 북원 정벌군에 참전해 총 사십여 회의 전투를 끝냈다. 장영은 자신의 창을 몽고병의 시체에서 뽑아 올리면서 고개를 돌려 가쁜 숨을 내쉬는 남궁가휘를 보았다.

   십여 회의 치열했던 전투.

   이십여 일 동안 하루도 제대로 쉬지 못한 채 장영을 따라 하루에도 많게는 십여 차례나 전투를 치른 남궁가휘. 그의 몸에 걸치고 있던 명나라 병졸의 갑옷에는 피딱지가 덕지덕지 말라붙어 있었다. 수천의 무인도 뚫어내었던 남궁가휘였지만, 긴장감이 끊이지 않고 한 번 한 번에 목숨을 걸어야만 하는 전장의 상황에서 느끼는 피로감은 더욱 큰 듯했다.

무인의 검과 전장의 실전적인 검은 분명히 달랐다. 그리고 북원의 칼은 명의 검과 또 달랐다.

옥면공자라 불리면서 귀티나던 모습은 물이 부족해 잘 씻지 못하는 달단의 사람들처럼 야인이 되어갔다.

"후후… 꼬맹이, 힘든 게로구나."

장영은 남궁가휘를 보면서 살며시 미소를 지었다.

아직 초점이 제대로 돌아오지 않은 눈.

그리고 웃음도, 슬픔도 돌아오지 않은 남궁가휘의 얼굴.

무표정한 얼굴로 아무런 감정조차 없이 장영의 명령에 의해 달단의 정병들 틈에서 검을 휘두르면서도 남궁가휘는 한마디의 말도 하지 않았다.

처음 장영이 맹을 떠나 남궁가휘를 데리고 간 곳은 북방의 고비사막이었다. 겨울의 삭풍은 사막의 모래를 흩날리면서 차가운 기운을 뿌려대었고, 장영은 그런 사막 한곳에 남궁가휘를 버려두었다. 남궁가휘는 며칠 동안 고비사막을 헤메면서 그곳을 지배하고 있던 수많은 마적 떼와 싸웠다.

아직 몸이 낫지 않아서 본신의 무력을 이끌어낼 수 없었던 남궁가휘는 얼마 가지 않아 마적 떼에게 잡혔고 갖은 고문을 당하면서도 비명조차 지르지 않았다. 얼굴은 여전히 무표정했으며 살갗을 찢어내는 마적들의 고문에도 고통스럽다는 표정 하나 짓지 않았다.

그때까지 남궁가휘의 모습은 처음 맹을 떠나올 때와 별다른 차이가 없었다. 하지만 마적 떼에 잡혀온 순박하게 생긴 처녀가 윤간을 당하는 모습에 남궁가휘의 눈에서 조금씩 분노라는 감정이 생겨나기 시작했다.

　"어떠냐? 지금도 지켜주지 못하는 것이 한탄스러운 게냐? 타인을 지켜줄 수 있을 정도로 강한 힘을 가졌느냐? 아니면, 아무 것도 없이 그냥 지키고자 하는 마음일 뿐인 것이냐? 힘이 없는 마음, 힘이 없는 정의는 결코 정의가 될 수 없다. 그것이 무림이고, 무림인이다. 너는 아직 애송이일 뿐이다."

　장영의 목소리가 허공을 메아리치며 지독하리 만큼 이어지는 마적 떼의 고문에 정신을 잃어가는 고막으로 파고들었다.
　며칠 동안 한 모금의 물조차 입에 대지 못한 채 낮에는 뜨거운 태양볕과 밤에는 혹한의 추위에 시달리면서 피딱지가 말라 버린 상처의 고통에 눈이 감기고 정신이 몽롱해져 갈 때, 장영은 남궁가휘가 잡혀 있던 마적 떼의 소굴로 한 자루의 창을 들고 나타났다.
　수백의 마적들은 장영이 휘두른 창에 제대로 반항 한 번 하지 못한 채 순식간에 목이 떨어져 나갔다.
　남궁가휘는 아무런 감정 없이 바라보다 정신을 잃었고, 깨어났을 때는 늙은 당나귀가 끌고 있는 수레 위에 누워 있음을 깨달았다.

장영은 지치고 상처 입은 남궁가휘의 몸을 한 번도 치료해 주질 않았다.

찢어지고 다친 상처에서는 진물이 나왔고, 수없이 덧나고 벌어졌다.

장영이 전하는 말에 수만 가지 생각을 하던 남궁가휘에게 마음을 닫은 후 처음으로 상처로부터의 고통이 느껴졌을 즈음 그들은 북원 정벌군과 달단의 전쟁에 참전하게 되었다.

"수많은 시체들을 본 감상은 어떠하냐?"

장영은 자신들의 발밑으로 뉘여진 수많은 달단 부족의 시체를 바라보면서 남궁가휘에게 물었다. 남궁가휘는 별 대답 없이 장영을 바라보면서 희미한 미소를 지을 뿐이었다.

"이들의 죽음에도 가슴이 아프냐?"

남궁가휘는 무표정한 얼굴로 천천히 고개를 저었다.

"어째서 그러하냐. 저들도 분명 자신을 따르는 처가 있고, 자식이 있을 터다. 분명 그들의 가슴에는 너와 내가 불공대천의 원수로 새겨질 것이다. 그런데 어째서 너는 슬프지 아니한가? 너는 단지 너와 관계된 것들만이 중요한 것이었더냐? 그렇다면, 너는 타인과 무엇이 다른 것이냐? 너와 관계가 있든 없든 모두가 자신들의 삶이 있을 터다. 무림이 비정하다 했더냐? 일전에 정파인으로서 어찌 그런 일을 할 수 있느냐 물었느냐? 정파는 사람이 아니더냐? 사람은 누구나가 비슷하게 살고 있다. 모두가 자신이 옳다고 여기는 것이 정의가 되는 것이다."

장영의 말에 남궁가휘는 더 이상 고개를 젓지 못했다.

그의 말 하나 하나가 머릿속에 새겨지면서 무수히 많은 생각들을 낳았다.

장영은 불어가는 바람에 머리를 휘날리면서 창을 들어 어깨에 걸쳐 매었다.

"가자."

또다시 장영의 걸음이 옮겨졌다.

남궁가휘는 잠시 동안 눈을 내리깔고 대지에 누운 시체들을 바라보다가 자신의 낡고 이빨이 다 나가 마치 들쭉날쭉하게 깎여진 톱과 같은 검을 허리에 비껴 맨 채 천천히 장영을 따라갔다.

2

장영과 남궁가휘가 전쟁터로 온 지 벌써 두 달여의 시간이 흘렀다.

전쟁은 시간이 흘러갈수록 소모전의 양상을 띠기 시작했다.

봄이 완연이 다가온 지도 한참이 지났건만 때늦게 내린 눈은 전쟁터를 더욱 쓸쓸하게만 했다.

어찌 된 일인지 달단의 대무장 아로태(阿魯台)는 처음의 치열했던 전투 이후 한 번도 전장에 모습을 보이질 않았다. 영락제가 이끄는 오십만의 명나라 군대는 간간이 소규모로 자신들을 괴롭혀대는 달단의 소부대와 지리한 소모전만을 치를 뿐이다.

이렇다 할 대규모의 전투가 일어나지 않은 채 전쟁이 길어지자 북원 정벌군의 군사들은 오랫동안 유지했던 긴장감이 풀어지면서 차츰 지쳐 가기 시작했다.

계속되는 행군에 병력들의 사기가 풀어지며 게을러지고, 나태해져 갔다. 사그라지는 군기와 사기를 유지하기 위해 장수들은 자신의 휘하 병력들을 독려했지만, 밤이 되면 지루하게 이어지는 시간을 달래기 위해 군데군데에서 술자리가 벌어지곤 했다.

어두운 밤.

장영은 여느 때와 마찬가지로 군영의 구석에 위치한 군막 앞에 작은 불을 피워두고 잠을 청하고 있었다.

남궁가휘는 타닥거리면서 불씨를 하늘로 피워 올리고 있는 모닥불과 불빛에 비치는 잠든 장영의 모습을 번갈아가며 말없이 바라보고 있었다. 그는 지난 두어 달 동안 경험해 온 것들은 자신의 생각을 정리하는 데 많은 도움을 주었다.

처음 멸마단 이대에 편성되어 많은 임무를 수행하며 그들로부터 느꼈던 수많은 것들과 배우게 되었던 것들, 그리고 그 틈에서 죽어간 사람들.

상처를 입고 마음의 문을 닫은 채로 고비사막에서 만난 마적 떼와 그들의 수탈에 힘겨워하던 사막 부족들, 전쟁터에서 무수히 죽어간 몽고의 병사들과 북원 정벌군의 시체들.

모두가 자신의 삶에서 그들 나름대로 치열하게 살고 있었다. 자신은 마치 그들이 사는 세상의 틈에 던져져 깊디깊은 심연의 세계에 갇혀 바라보고 있는 방관자가 된 듯한 기분이었다.

이런저런 생각을 하면서 올려다본 밤하늘은 빛무리를 뿌려놓은 듯한 무수히 많은 별들이 수많은 사람들의 눈이 되어 자신을 바라보고 있는 듯했다.

남궁가휘는 무표정한 얼굴로 천천히 일어서서 말없이 북원 정벌군의 진영을 향해 걸었다. 매우 천천히 한 걸음, 한 걸음을 걸어 군영을 둘러보았다.

처음 바라본 것은 상처 입은 병사들이었다.

머리가 터진 것인지 비스듬하게 한쪽 눈을 가려 감은 붕대에서 피가 배어 나온 이의 모습과 한쪽 팔이 잘려 나간 채로 고통에 신음하며 잠든 이들.

피가 덕지덕지 달라붙은 손질되지 못한 갑옷은 이곳저곳에 벗겨진 채 방치되어 있었다.

야음을 틈타 달단족들이 기습이라도 해올까 세워둔 경계병들은 군영을 밝히기 위해 피워둔 화로 곁에서 창을 가슴에 품은 채로 꾸벅꾸벅 졸고 있었다.

또 한쪽에서는 어디서 구했는지 거나하게 술에 취한 병사들이 진한 주향을 풍겨대면서 잠꼬대를 하고 있었다.

'저들은 무엇을 위해 싸우는가. 그리고 달단족들은 무엇을 위해 싸우는가. 대체 무엇 때문에 서로의 목줄에 칼을 박아 넣으면서 싸워야만 하는 것인가?

남궁가휘는 지쳐 쓰러진 채 잠들어 있는 피폐한 병사들의 모습을 바라보다가 눈을 감았다.

'누구를 위한 전쟁이고, 누구를 위한 싸움이란 말이냐. 나는 무엇인가? 나는 어째서 무인이 되고자 했었던가? 나는… 나는 과연 그들과 무엇이 달랐었는가……'

또다시 지나간 추억이 주마등처럼 흘러가기 시작했다. 군영 안의 상처받은 병졸들의 모습에서 수많은 사람들의 모습이 떠올랐다. 어린 시절 무림의 거대 세가의 적자로 태어나 자신이 무시하고 깔보기만 했던 이들이 생각났다. 세가를 위해 궂은 일도 마다하지 않고 일하던 하인들과 자신에게 굽신대던 세가의 늙은 할아범도 떠올랐다.

무공이라는 아무것도 아닌 것 하나를 익히고, 타인보다 조금 더 좋은 집안에서 태어난 이유로 그들을 무시하고 하찮게 생각했던 자신이 부끄러워졌다.

'나는… 나는……'

무심코 한줄기의 뜨거운 눈물이 볼을 타고 흘러내렸다.

'눈물인가? 어째서 눈물이 나는 것일까?

지나간 한 달여의 시간 동안 수없이 고민해 왔던 수만 가지의 생각들이 복잡하게 얽히고설켜 머릿속을 가득 채웠다. 무척이나 많은 것들이 생각났지만 쉽게 답을 내릴 수가 없었다.

한참을 군영을 돌아다닌 남궁가휘는 어느새 다시 장영이 누워서 잠을 청하고 있는 구석진 군영으로 돌아와 있었고, 그의 눈은 어느새 평상시의 모습을 하고 있었다.

맹을 떠나올 때만 해도 초점이 없던 눈빛은 점차 시간이 지나감에 따라 정상으로 돌아왔다. 정광은 흐르지 않았지만 오히려 전보다 더 깊고 맑아진 듯 보였다.

'그래, 아직은 답을 내리기에는 조금 이르다. 나는 아직 배워할 것들도, 이겨내야 할 것들도… 살아가야 할 날도 많지 않은가. 지금의 나로서는 최선을 다하는 수밖에…….'

혼란스러웠던 마음이 한결 편해진 남궁가휘였다.

한참을 서서 마음을 정리하고 있던 남궁가휘는 문득 누군가 자신의 등 뒤로 다가오는 듯한 느낌에 천천히 뒤돌아보았다. 그곳에는 한쪽 발목이 잘려 나가 걸음이 불편해 보이는 병졸과 전쟁터에서 늙어버린 듯한 한 노병이 머리에 붕대를 칭칭 동여매고, 부러진 팔을 붕대로 고정한 채로 무척이나 어려워하는 모습으로 조심스럽게 머리를 굽신대면서 자신을 바라보고 있었다.

"저기 혹여… 흑무 장군님의 부장님이 아니신게라?"

젊은 병졸은 조심스럽게 존대를 하며 묻자 남궁가휘는 대답 대신 따뜻한 눈빛으로 병졸을 살폈다. 부목을 짚은 채로 굽신대는 모습이 무척이나 불편해 보였다.

'흑무 장군?'

남궁가휘는 흑무라는 자를 알지 못했기에 아마도 그가 다른 누군가와 자신을 오해한 것이라 생각하여 고개를 저었다.

"에? 부장이 아니시라구요? 그럼 호위장이나 뭐 이런 것인게라?"

젊은 병졸은 고개를 젓는 남궁가휘의 모습에 이상하다는 듯 되물었다.

아직은 목이 막혀 말을 하고 싶어도 터져 나오지 않는 목소리에 무척이나 답답하였지만, 남궁가휘는 다시 한 번 고개를 흔들며 자신이 찾는 사람이 아니라는 것을 알려주었다.

"아! 말을 못하시는 것이로구만. 쯧쯧, 젊으신 분이 안됐구만."

머리가 깨진 늙은 병사가 자신을 걱정하는 듯한 모습을 보이자 남궁가휘는 말없이 미소만을 흘렸다.

"저기 근데… 부장도, 호위장도 아니시면서 어째서 흑무 장군님의 뒤를 따라다니십니까? 제가 보니 항상 함께 계시던디요."

젊은 병졸은 손가락을 들어 장영을 가리키면서 의문이 가득한 말로 재차 물었다.

그의 손가락을 따라 장영을 바라본 남궁가휘는 그제야 장영이 흑무 장군으로 불린다는 사실을 눈치 챘다.

'흑무 장군? 그랬었나? 그는 이곳 전쟁터에서는 흑무라는 이름으로 불리웠었나? 그렇군. 그는 전장의 장수였었군. 그래, 그래서 그렇게 싸우는 모습이 마치 야수와도 같았었나?'

남궁가휘는 장영을 물끄러미 바라보면서 가볍게 고개를 끄덕였다.

"예, 흑무 장군님이요. 저도 이렇게 가까이서 뵙게 된 것은 처음입지요. 항상 선두에 서서 싸우신다 들었지라. 높기로만 따진다면 황상 폐하의 바로 아래 직위를 가지신 분이라 들었는디, 항상 저렇게 저희와 함께 주무시고, 함께 싸우신다고 들었구만요. 저분이 계셔서 저희가 이렇게 목숨을 유지하는 것이지라. 매번 전투 때마다 몽고 놈들의 선두를 꺾어버리시니 저희가 이 정도 다친 것으로 끝나는 것이지라. 아마 저분이 안 계셨다면 벌써 지금보다 수배나 더 죽었을 겁니더."

젊은 병졸은 장영을 바라보면서 무척이나 감사한 듯한 목소리로 말했다.

'그랬군. 그러고 보니 수동 선배로부터 '사천혈사'에 관련된 이야기를 들었을 때도, 그리고 지난번 음마 포획 작전 때도 그가 항상 우리보다 앞서서 움직이고, 싸웠었지. 그의 싸움은 그를 위한 것이 아니라 자신의 뒤에 선 자들을 배려하기 위함이었나?'

남궁가휘가 장영에 대한 생각을 하면서 회상하는 동안 젊은 병사가 다시 말을 이었다.

"그래서 말인디… 저… 이것을……."

젊은 병사는 자신의 뒤춤에 감추어둔 것을 조심스럽게 꺼내 들고는 남궁가휘에게 허리를 굽신대면서 내놓았다.

검은색의 투박한 자기로 만든 술병이었다.

"저희들이야 인근 마을을 지나면서 구한 백주밖에 없어서요. 물론 높으신 분이 마시기에는 좀 싸구려이긴 하지만, 이건 백부장놈의 군막에서 슬쩍한 것입니다요."

아마도 백부장의 번을 서는 병졸이 몰래 슬쩍하여 온 모양이었다. 걸리면 지휘 장수의 군막을 뒤졌다는 이유로 군율에 의해 참형을 당할 일이었는데도 오히려 이런 하찮은 것밖에 대접하지 못해 죄송하다는 표정이었다.

남궁가휘는 난감했다. 젊은 병졸이 내미는 술병을 받아야 할지 말아야 할지 판단이 서지를 않았다. 자신을 바라보는 젊은 병졸은 어서 받아주었으면 하는 간절한 표정을 짓고 있었고, 늙은 노병이 그런 젊은 병졸의 옆구리를 찌르면서 소곤대었다.

"거봐라, 이놈아. 높으신 분이라 고작 백부장 놈이 먹는 술은 안 된다고 했잖느냐."

"그래도……."

젊은 병사는 노병의 소곤거리는 듯한 질책에 울상을 지었다.

"아이고, 부장 나리. 이놈이 무얼 잘 몰라서 죄송합니다요. 귀한 분들의 입맛만 버리시겠구만요. 제가 나중에 몰래 좋은 놈으로 구해다 바치겠습니다요."

노병은 우물쭈물하면서 두 사람을 바라보고만 있는 남궁가휘를 향해 연신 죄송하다는 말을 했다. 남궁가휘는 머리를 굽신거리는 노병의 모습에서 진심이 느껴졌었다. 받아주지 않는 것이 야속한 것이 아니라, 더 좋은 것을 바치지 못해 미안해하는 느낌이었다.

'이렇게까지 전장에서 다른 이들에게 존경을 받고 있었던가? 우리 대주라는 사람은?'

단지 무공이 강하고, 앞뒤 생각하지 않고 행동한다고 느꼈던 장영이 전쟁터에 오고 나서는 마치 다른 사람처럼 느껴지는 남궁가휘였다.

"술인가?"

언제 다가왔는지 장영이 게슴츠레한 눈과 잠에서 막 깬 듯한 모습으로 다가와 있었다.

장영은 손을 내밀어 노병의 손에 들려진 술을 빼앗듯이 잡아채고는 뚜껑을 열었다. 알싸한 주향이 병마개를 따라 퍼져 나왔다.

"좋군."

말없이 술병을 들어 한 모금 들이켠 장영은 피식 웃음을 지었다.

그리고 그 모습에 노병과 젊은 병사는 무엇이 그리 기분 좋은지 장영의 술 마시는 모습에 연신 미소를 띤 채 고개를 숙여 인사를 하고 자신들의 자리로 돌아갔다.

그리고 보니 평소에 그렇게 잘해주지도 않는데 대주에게 충성을 다하는 사마수동의 모습이 생각이 났다. 그건 강한 무인에 대한 맹목적인 충성이 아니라 장영이라는 무인의 진정한 모습에 대한 충성일지도 모른다는 생각이 드는 남궁가휘였다.

장영은 모닥불 곁에 비스듬하게 기대앉아 또다시 한 모금 들이켜고는 말없이 남궁가휘에게 내밀었다.

"마셔라."

항상 무언가를 말할 때면 짧고 간결하게 말하는 장영이었다.

남궁가휘는 말없이 술병을 받아 들어 한 모금 마셨다.

알싸한 향이 코를 자극했고, 목을 타고 넘어가는 술의 쓴맛이 무척이나 기분을 좋게 했다.

"후후……."

장영은 그런 남궁가휘를 바라보면서 나직하게 미소 짓고는 고개를 젖혀 밤하늘을 쳐다보았다.

"처음 살인을 한 것은 열다섯 살 때였다."

쓰디쓴 술맛을 음미하던 남궁가휘는 마치 회상하는 듯한 장영의 목소리에 문득 고개를 들어 밤하늘을 보고 있는 그를 바라보았다.

"나는 장백산이라는 곳에서 태어났지. 우리 일족은 무엇 때문인지 항상 사람들의 눈을 피해 다녀야만 했다. 항상 이곳저곳을 옮겨 다녀야 했기에 고향이 어디인지 정확하게 기억하지는 못한다. 나중에 알게 된 사실이었지만, 그 이유는 내 몸에 흐르고 있는 저주받은 피의 흔적 때문이었다. 일족에서 유일하게 반밖에 흐르지 않던 그 피 때문에… 나에게 있어서 어린 시절이라는 것은 항상 힘들고 괴로운 현실로밖에 기억되지 않는다. 생각이라는 것이 생겨나기도 전에 율법을 어겼다는 이유로 가족과 함께 일족으로부터 쫓겨 다녀야 했다. 달고 단 당과 대신에 배를 채우기 위한 나무뿌리를 씹어야 했고, 살아남기 위해 무공을 익혀야만 했었다."

장영은 잠시 남궁가휘로부터 술병을 받아 들고 또다시 한 모금 삼켰다.

"도망치면서도 아버지는 항상 과거를 살았던 조상분들에 대한 자랑을 늘어놓으셨지. 크크크… 아무리 어렸지만, 나는 알고 있었다. 아버지의 말이 거짓이라는 것쯤은……. 아마도 우리 아버지는 내가 평범하게 살기를 바랐던 것 같았다. 당시에 나는 백정인 아버지와 함께 어미 없는 자식으로 사는 것이 싫었고, 일족의 추적을 피해서 도망다녀야만 하는 현실이 싫었다. 어디를 가도, 어느 곳에 가도 나의 생활은 항상 똑같이 힘들기만 했지."

처음 듣는 이야기였다. 지금 장영은 무슨 이유 때문인지 모르지만 자신의 과거에 대해서 이야기하고 있었다. 어쩌면 어느 누구에게도 이야기하지 않은 말을 자신에게 하고 있는지도 몰랐다.

잠시 말을 끊고, 술을 마시면서 하늘을 보던 장영은 술병 안에 든 술을 모두 마셔 버렸고, 아쉬운 듯이 입맛을 다셨다.

"흠, 술이 떨어진 건가? 왠지 네놈 모습을 보니 나답지 않게 잠시 감상적이 된 듯하군. 후후. 남궁가휘, 이젠 좋은 눈빛이 되었구나."

장영은 술을 다 마시자 더 이상 자신에 대해 말하지 않고 자신의 잠자리를 찾아 누워버렸고, 남궁가휘는 왠지 그 모습이 무척이나 슬퍼 보인다는 생각이 들었다.

눕자마자 잠들어 버린 듯한 장영의 모습을 물끄러미 바라보던 남궁가휘는 한참 동안이나 그렇게 쳐다보다가, 가만히 양손을 머리 뒤로 올려 깍지를 낀 채로 드러누웠다. 여전히 별들은 밤하늘을 가득 메우고 있었고, 그 틈으로 긴 꼬리를 만들면서 작은 유성 하나가 밤하늘을 가로지르듯이 떨어져 내렸다.

'처음이군. 내 이름으로 불러준 것이⋯⋯.'

남궁가휘는 눈을 감으면서 피식 웃음을 지었다.

第五章
큰 별이 떨어지다

戦鬼
전귀

1

　달단의 대족장 아로태와의 전쟁을 시작한 지 팔 개월이라는 시간이 흘렀다.

　영락제가 이끄는 오십만 대군은 지난 네 차례의 전투와는 달리 이렇다 할 큰 전쟁도 치르지 못했고, 달단의 영토를 더 이상 진격할 수도 없었다.

　달단의 수괴 아로태가 영락의 군대를 피해 한 번도 모습을 보이지 않은 이유도 있었지만, 그동안 전쟁터를 전투마로 질주했기에 영락제의 지병이 더욱 심각해졌기 때문이다.

　대명제국 북원 정벌군의 중군 본영.

　중군의 중심 축에 세워진 영락제의 군막은 그의 아들인 주고후에 이어 평소보다 서너 배나 많은 무장들이 모여 있었고,

번(藩:지키기 위해 서는 경계)을 서는 장수와 호위병들의 얼굴에는 침울함이 감돌았다.

　황제의 군막 안.

　"폐하……."

　조용하던 군막 안에 울음이 섞인 듯한 한 무장의 목소리가 나직하게 울렸다.

　수십 명의 노장들이 투구와 검을 내려놓은 채 부복하여 침울한 표정으로 숨소리를 삼켰고, 병색이 완연한 황제가 누운 거대한 침전의 옆에는 그의 생명의 불꽃을 연장이라도 해보려 애쓰는 황의와 의녀들이 탕약을 끓이고 황제의 이마에 흘러내리는 땀을 고운 비단 천으로 연신 훔쳐 내면서 분주하게 움직이고 있었다.

　병상에 누운 황제는 무척이나 힘들어 보였다.

　"폐하, 어서 일어나시옵소서. 강한 분이 아니었더이까……."

　황제의 곁에 무릎을 꿇은 채로 그의 곁을 지키는 자는 오랜 기간 황제를 모시고 참전한 낙양의 제후이자 황제의 차남인 한왕 주고후였다.

　적들을 향해 서릿발 같은 눈빛을 쏘아내던 그의 두 눈에서는 눈물이 흐르고 있었고, 항상 전장에서 웅대한 기개가 넘치는 모습을 보였던 그의 벌어진 어깨는 잔경련을 일으켰다.

　"쿨럭!"

　황제가 가슴을 가득 채운 울혈을 토해내듯이 잔기침을 하자 시커먼 피가 토해졌다.

"아바마마……."

슬픔에 가득 찬 목소리로 흐느끼듯이 영락제의 두 손을 맞잡은 주고후의 모습에 모두가 숙연해질 따름이었다.

"이보게, 황의(皇醫). 내 무엇이라도 함세. 제발 폐하를… 아바마마를 살려주시게나."

대명의 모든 권력을 잡고 있다고 해도 과언이 아니었고, 황제로부터 태자인 장남 주고치보다도 더욱 총애를 받았던 병권의 핵심인 주고후가 일개 의원에게 부탁을 하고 있었다. 황의 조규척은 무척이나 황송해하면서 가슴이 뭉클하였지만, 인간의 힘으로는 도저히 어쩔 수 없었다. 당금의 대명제국에서 가장 의술이 뛰어나다는 자신이었지만 의술로 행할 수 있는 것이 있었고, 그렇지 못한 것이 있었다.

조규척은 기대에 부응하지 못해 무척이나 죄송해하는 얼굴로 주고후를 향해 고개를 저었다.

"죄송합니다. 소인도 황상의 병환을 고치고 싶으나… 죄송합니다."

절로 가슴을 미어지게 하는 조규척의 말에 슬픔에 가득 찬 주고후는 화가 났다. 아무것도 할 수 없는 현실을 거부하고만 싶은 심정이었다.

"뭐라? 말이 되는가? 그대는 대명 최고의 의원이 아니었던가! 이미 수십 년을 황상을 모셨거늘!"

주고후의 노성이 군막을 울렸으나 조규척은 더 이상 시술할 수 있는 의술도, 사죄의 말도 내뱉을 수가 없었다.

"고후……."

잡고 있던 손에서 미약하게나마 느껴진 영락제의 움직임과 나지막하게 뱉어진 황제의 음성.

"그만 하라. 그 역시도 최선을 다했음이니, 그만 하라."

검은 피를 토해낸 황제의 얼굴은 무척이나 창백했지만, 이제껏 지병을 얻어 병상에 누운 이후로 가장 맑은 음성을 자신의 아들에게 들려주었다.

"폐, 폐하."

"폐하."

무릎을 꿇은 채로 주고후의 모습을 바라만 보고 있던 노장들이 황제의 목소리에 일제히 고개를 들었다. 회생(回生)이라도 하려는 것일까? 노장들의 눈은 어느새 무언가 바람이 가득한 빛을 띠고 있었다.

그가 어떤 황제였던가. 홍무제께서 죽은 이후 정난의 사를 일으켜 어리디 어린 건문제를 폐사하고, 자신의 형들과 동생들의 황권 다툼 속에 황위에 오른 황제였지만, 역사상 가장 드넓은 대제국을 건설했고, 수많은 서책을 편찬하였으며, 민생을 안정시킨 위대한 황제였다. 그가 연왕으로 지내던 시절부터 그를 따라 전쟁터를 누볐던 무장들이 바로 자신들이었다. 황제의 병은 항상 자신들의 마음을 무겁게 했었다.

그랬던 황제가 지금 깨어나려 하고 있다. 자신들을 다그쳤던, 따뜻하게 격려했던 그 목소리 그대로 깨어나려 하고 있었다.

모두가 황제의 기사회생에 반색을 표하면서 희열이 차오르는 듯한 얼굴이었지만, 황의 조규척의 얼굴만은 찡그려질 대로 찡그려졌다.

　'회광반조인가…….'

　사람은 죽기 전에 마지막으로 가장 평온한 상태로 돌아가 그 죽음을 맞이한다고 했다.

　그때의 시기를 회광반조(回光返照)라고 하는데, 본래는 해가 지기 직전에 일시적으로 햇살이 강하게 비추어 하늘이 잠시 동안 밝아지는 자연 현상을 의미한다. 이것은 죽음 직전에 이른 사람이 잠시 동안 정신이 맑아지는 것을 비유하여 쓰기도 하였는데, 지금 황제가 보이는 모습이 그것이었다.

　지병으로 창백하기만 했던 피부에는 어느새 붉은 혈색이 돌아오고 있었고, 피를 토하던 잔기침은 멎어 있었다.

　무척이나 평온해진 모습으로 황제는 병상에서 일어나려 했다.

　"이승……. 나를 좀 일으켜 주게."

　황제가 자신의 호위장(扈衛壯)인 이승 장군에게 나직이 말하자 이승은 조심스레 다가가 황제의 등 뒤에 커다란 베게를 놓아 반쯤 일으킨 모습이 되도록 도왔다. 황제는 손을 들어 의녀가 내민 물을 마시고는 부복한 채 감격에 겨워하고 있는 노장들과 자신의 아들 주고후를 천천히 둘러보았다.

　"놈, 울었더냐? 나 영락의 아들이 어찌 그리 마음이 약하단 말이냐."

질책이 섞인 말이었지만 무척이나 따뜻한 부정이 넘치는 음성이었다.

"아, 아니옵니다. 소자, 울지 않았습니다."

주고후는 눈물을 훔쳐 내면서 애써 미소를 지어주었다.

"허허. 그래야지, 암. 그런데 첨기가 보이질 않는구나."

주고후의 모습에 영락은 가볍게 고개를 끄덕이면서 흐뭇한 표정을 지었고, 자신이 무척이나 아낀 손주의 얼굴이 보이질 않자 주고후에게 행방을 물었다.

"지금 전령을 보냈으니 오고 있을 것입니다."

"그렇구나. 마지막 가는 길에 해줄 말이 있었거늘… 이제… 내 갈 때가 되었구나, 갈 때가 되었어. 허허허…….'

영락제는 병상에 반쯤 세운 몸을 기대어 허탈한 듯이 웃었다. 무척이나 자조가 섞인 듯한 음성이었고, 웃음이었다. 영락제는 부드러운 눈으로 미소 지으며 노장수들을 바라보면서 입을 열었다.

"대장군 주고후 이하 전 무장은 들어라."

황제의 음성은 나직했으나 위엄이 서려 있었고, 병상에 막 깨어난 자였으되 웅대한 기상이 느껴졌다.

"예, 폐하! 하문하시오소서!"

"나 영락 주체가 정난의 변을 일으켜 제위에 올라 홍무제께오서 이어주신 대명을 다스린 지도 스물두 해가 흘렀다."

영락은 자신의 제위에 올랐던 그 사건을 정난의 변(變)이라 칭했다. 그것은 마땅히 사(事)라고 표현되어야 하거늘, 미련하고 어린 황제와 간신배로부터 어지러운 세상을 바로 잡기 위해 일으킨 병사였고, 지금 모인 대부분이 그 자리에 있었거늘 황제는 아무런 표정 변화 없이 변이라 표현했다.

"폐하, 황송하옵니다. 변이라니요, 당치도 않사옵니다."

"그렇습니다, 폐하. 어지러운 세상을 폐하께서 세우셨거늘……."

"소신들 감당키 어렵사옵니다. 거두어주소서."

노장들은 황제의 말에 항의하도 하듯 너도 나도 목소리를 높여 변이 아니었다고 주청을 했으나 황제의 가볍게 들려진 손에 의해 입을 다물었다.

"어떻게 미화해도 결국 변은 변이다. 스물두 해 동안 수많은 나라를 정벌했고, 나라를 안정시키고자 했다. 하나 그도 아직 다 이루지 못했구나. 이제 나 영락의 생이 다했으니 제위를 태자 고치에게 넘겨 남아 있는 국안을 해결하고자 한다. 만조의 백관과 무장들은 다음 황제인 고치를 보필하여 대명의 위업을 달성하라."

청천벽력과도 같은 황제의 제위 이양에 관한 명이었지만, 어느 누구도 받아들이지 못했다. 지병으로 병석에 누운 지 한 해도 되지 않았는데 이양이라니. 환갑이 넘은 나이에도 젊은 장수 못지않게 전쟁터를 내달렸던 황제가 아닌가. 그런데 이양이라니.

황제의 명이 내려졌을 때 모두가 믿을 수 없는 표정을 지었으되 마치 고금에 있어 제일의 효자라도 되는 양 노장들의 가슴을 뭉클하게 했던 주고후의 눈에서는 살기 어린 빛이 흘렀다.

'결국 아버님은 제이의 정난의 변을 보고자 하심인가……..'

"폐하, 말씀을 거두어주시옵소서!"

"그렇습니다! 이리도 정정하신데… 어찌……!"

"거두어주소서, 폐하!"

노장들은 조금 전보다 더 큰 목소리로 엎드려 주청하기 시작했다. 뿐만 아니라 군막 밖의 병졸들과 직급이 낮은 장수들까지 땅에 엎드려 명을 거두기를 주청하는지 모두의 목소리가 중군 진영을 울렸다.

군막을 울리는 소리였으되 영락제의 귀에는 더 이상 들리지 않았다. 서서히 눈이 흐려오기 시작했고, 정신이 아득해져 가기만 했다.

"허허, 윤문의 목을 베었던 것은 잘못한 일이었던 게지. 그토록 귀여운 아이였는데… 허허. 윤문이 녀석이 무척이나 똑똑했거늘, 내 죽으면 아버님께 용서를 구해야겠어. 허허."

드넓은 대제국을 건설하고, 수많은 업적을 남긴 영락제는 그의 제위 이십이년 칠월 북원 정벌을 했던 전장에서 근 일 년간 병석에 누워 고생하다가 조용히 숨을 거두었고, 중군의 모든 병사들의 통곡이 한동안 군영을 울렸다.

2

뿌우우우우우우—

거대한 뿔 나팔 소리가 무척이나 길게 진영 안을 울렸다. 평소와 다름없는 소리였지만 왠지 구슬픈 느낌이 들었다.

남궁가휘는 전투를 알리는 뿔 나팔 소리에 자신의 갑옷을 몸에 걸치기 시작했다. 허리에는 새로 마련한 백련정강 장검을 비스듬히 맸다.

"전투는 없다. 아마도 누군가 죽은 모양이군."

군영 안을 울리는 거대한 뿔 나팔 소리에 막 잠에서 깨어난 장영은 소리가 나는 곳을 향해 고개를 돌렸다.

남궁가휘는 무슨 말인가 싶어 장영을 향해 의구심이 가득한 표정을 지으며 쳐다보았다.

"중군 쪽이군. 황제가 죽은 건가?"

장영은 뿔 나팔 소리가 끊이지 않고 전장을 울리자 그 소리를 좇았고, 이내 중군 진영에서 비롯된 소리임을 알게 되었다.

뿔 나팔 소리가 길게 울리자 장영과 남궁가휘를 제외한 모두는 천천히 지면에 두 팔을 뻗어 꿇어앉아 곡성을 냈다.

황제의 죽음.

역사 속의 큰 별인 황제가 하늘로부터 부여받은 그 명을 다하고 전장에서 죽은 것이었다.

전 장군을 비롯하여 전군의 모든 무장들과 병졸들이 천수를 다하지 못하고 죽은 황제를 위해 중군이 있는 방향으로 고개를 돌려 절을 했다.

남궁가휘는 장영을 쳐다보았지만, 황제의 죽음조차도 그에게는 별다른 감흥을 불러일으키지 못한 모양이었다. 잠시 어찌할까를 고민하던 남궁가휘는 눈을 찌푸리고 중군 방향을 향해 시선을 돌렸다.

"그만둬라. 그 역시 한 사람의 인간일 뿐이다."

장영은 중군 방향을 향해 절이라도 할 듯했던 남궁가휘의 행동을 나지막한 말로 저지하면서 몸을 일으켰다.

"이제 이 전쟁도 끝인 듯하다. 가휘, 우리는 돌아간다. 짐을 챙겨라."

장영은 다시 한 번 게슴츠레한 눈으로 중군 방향을 바라보며 남궁가휘에게 말했다. 황제가 죽으면서 끝나 버린 전쟁. 더 이상의 전투는 없다. 그런 사실을 누구보다 잘 알고 있는 장영이었기에 남궁가휘에게 떠날 것이라는 말을 한 것이다.

3

한편, 좌군의 진영.

전장을 울리는 길고 긴 뿔 나팔 소리에 좌장군 황엄의 군막에서 차를 마시던 황태손 주첨기는 깜짝 놀라 의자에서 일어났다.

"이, 이 무슨? 어째서 중군에서……?"

분명히 중군 방향에서 들려온 소리였고, 무척이나 길게 울려 퍼진 소리였다.

수차례나 길게 울리는 뿔 나팔의 의미는 주첨기가 알기로는 '중요한 인물이 죽었다. 모두 전투를 중지하라' 였다.

중군에서 전투를 중지시킬 수 있을 만한 자의 죽음이라는 것은 자신의 삼촌이면서 북원 정벌군의 중군을 맡고 있는 대장군 주고후와 황제 그 자신의 죽음뿐이었다.

주첨기는 병상에 누워 전쟁터를 누빈 황제의 모습이 떠오르자, 불안한 마음이 들기 시작했다.

좌장군 황엄은 불안감을 감추지 못하는 주첨기의 모습에 군막의 번인 자신의 호위장을 불렀다.

"기여호!"

황엄의 부름에 군막의 휘장을 걷고 한 무장이 군례를 취하면서 대답했다.

"전령을 띄워라, 가장 빠른 놈으로. 중군에서 누가 죽은 것인지 알아 오라!"

황엄은 주첨기의 명이 있기도 전에 호위장에게 뿔 나팔 소리의 뜻을 알아 오라 명을 내렸다.

"예, 장군."

황엄의 명령이 떨어지자마자 호위장 기여호는 신속하게 군막을 나섰다.

"설마… 설마? 아닐 것이다. 폐하께서 그럴 리가 없다."

주첨기는 어금니를 질끈 깨물면서 애써 자신의 마음속에 내려진 판단을 부정했다.

황제의 죽음.

그럴 리 없다고 부정하는 주첨기였지만, 황엄은 그런 주첨기를 보면서 재빨리 머리를 회전시키고 있었다.

'여기서 황제가 죽었다는 것, 더구나 위독한 상황에서도 전령이 오질 않았다는 것은? 그렇군. 한왕이다. 한왕께서 주군을 견제하고 계셨다. 이러다가는 한발 늦는다. 어서 빨리 철군하여 황성으로 돌아가야 한다. 황제가 죽은 지금, 한왕을 막을 수 있는 자는 없다. 이미 몇몇을 제외하고는 모든 무장들이 한왕의 편에 서 있다. 더구나 북원 정벌에 포함된 인원은 각 도독부와 위소에서 무예가 출중한 자들로만 오십만이 구성되었다. 황도를 지키는 어림군만으로는 막아낼 수 없다. 아, 어찌한단 말인가……'

황엄은 슬퍼할 겨를도 없이 냉철하게 상황 판단을 끝내놓았으나 황제의 죽음을 용인하지 못하고 있는 주첨기는 군막 안을 서성이면서 안절부절못하고 있었다. 아랫입술을 질끈 깨물고, 인상을 쓰고 있는 그의 모습에 황엄은 차마 진언하지 못했다.

'어찌한단 말인가? 평소의 냉철하시던 황태손 저하께서 저런 모습을 보이시다니……. 하나 지금 철군하지 않으면 돌이킬 수 없는 상황이 벌어질 수도 있다.'

황엄은 결심을 굳히고 주첨기를 향해 예가 아님을 알지만 고하려 했다. 그때, 자신의 명을 받아 중군을 향해 달려갔던 기여호가 땀이 범벅이 된 채로 군막 안으로 뛰어들어 왔다.

"장군!"

"아! 어찌 되었나? 어찌 되었어?"

군막 안을 서성이던 주첨기는 황엄이 미처 말하기도 전에 기여호를 향해 다그치듯이 물었다.

"헉헉! 큰일이옵니다, 태손 저하! 폐하께오서… 폐하께오서……."

기여호가 차오른 숨과 흐르는 눈물로 인해 뒷말을 잇지 못하자 주첨기는 더욱 답답하기만 했다.

"폐하께오서 어찌 되었단 말인가? 어서 말하시게!"

주첨기의 다그침에 기여호는 두 눈에 눈물을 흘리며 주첨기를 바라보며 말하고 고개를 숙였다.

"붕어하시었습니다!"

'붕어했다' 라는 말에 주첨기가 허물어지듯이 쓰러져 내리자 황엄이 재빨리 부축해 의자에 앉혔다.

"폐하께오서… 폐하께오서 결국 붕어하시었단 말인가……. 결국… 아아, 폐하!"

중군 방향으로 고개를 돌려 뜨거운 눈물을 흘리던 주첨기는 이내 의자에서 일어나 천천히 한 걸음씩 내디뎠다.

"태손 저하, 소장 한말씀 드리오리다. 지금 이리 계실 때가……."

황엄이 어서 빨리 황도를 향해 돌아가야 한다는 말을 하려 할 때 주첨기는 황엄을 향해 가만히 손을 들어 그의 말을 막았다.

"알고 있다, 알고 있어……. 하나, 내 할아버님의 임종도 지키지 못했는데……. 절이라도 올려야 하지 않겠는가."

힘없이 손사래를 치는 주첨기의 말에 황엄과 기여호는 더이상 말을 하지 못했다.

그저 태손이 쓰러지듯이 엎드려 영락제가 승하한 방향으로 절을 올리는 것을 말없이 지켜볼 뿐이었다. 일배… 이배… 삼배…….

세 번의 절을 올린 주첨기는 일어나지 않고 쓰러진 채 오열했다.

한참 동안이나 서럽고도 서럽게 울음을 토해내었다.

第六章

패륜아(悖倫兒) 주고후

戰鬼
전귀

1

　"돌아가시면서까지 나를 버리셨군. 그래도 마지막 가는 길 만큼은 울어드렸는데 말이지."

　한왕 주고후는 자신의 아비이자 죽어버린 황제 영락제에 대하여 씁쓸한 웃음을 지으면서 자신의 신세를 한탄했다.

　"후후……. 아마도 황제께서는 자신이 과거에 일으킨 핏줄 간의 전쟁이 일어나기를 원치 않으신 모양이지요."

　주고후의 한탄 어린 음성에 무척이나 준수한 인상을 가진 적삼청년이 웃으면서 말했다. 그의 말에 주고후는 잠시 동안 그를 노려보다가 냉소를 쳤다.

　"홋! 이리 같은 놈. 내 황제라는 자리에 욕심을 내어 너 같은 자와 연을 맺었으나 내 아비를 독살한 놈에게 좋은 감정이 있을 리 없음을 알 터이다."

무슨 소리일까? 주고후는 분명 자신의 아비를 독살한 자라 했다.

주고후의 아비라 불릴 수 있는 사람은 단 한 사람뿐이었다. 죽어버린 황제 영락제 주체.

설마 황위(皇位)를 노리고 누군가와 결탁해 독살했단 말인가?

"후후… 용서를 바랄 뿐이지요."

주고후의 말에 적삼인은 비웃음과도 비슷한 웃음을 흘리면서 고개를 숙였다.

"그래, 비웃어라. 크크크… 나 역시 황위를 위해 패륜을 묵과한 것을……. 좋다, 남자라면 의당 야망이 있어야 할 터. 이제 말해보라. 나에게 무엇을 원하는가? 너의 그 귀원련(歸元聯)이라는 곳의 주인은?"

적삼인의 비웃음에 주고후는 자조하면서 캐묻 듯이 말했다.

"아직은 제가 원하는 바를 이루어줄 수 있는 힘이 없으십니다. 아직은 때가 아니지요. 아직 제위를 갖지 못하지 않으셨습니까?"

주고후의 말에 적삼인은 고개를 저었다.

"흠, 아직 힘이 없다? 그런가? 대명의 모든 병권을 쥔 나에게 힘이 없다라?"

"그렇습니다. 한왕 저하의 조카인 주첨기란 자가 아직 남았습니다. 그자가 살아 있는 한 뜻을 이루기는 어려울 것입니다."

주첨기의 이름이 나오자 주고후는 말없이 적삼인을 쳐다보았다.

문득 항상 자신을 경계하는 듯한 눈빛을 보내던 자신의 조카가 떠올랐다. 자신이 보아도 제왕의 기상이 느껴지는 자신의 조카. 자신보다, 자신의 형님보다 황제에 어울리는 기개를 가진 조카 주첨기.

"그렇군. 그 녀석이 있었군. 그래……."

"일단 서둘러 철군하시어 북평의 자금성(紫禁城)을 손에 넣으셔야 합니다. 만약 주첨기가 뒤따르게 된다면 계획한 모든 것이 물거품이 되겠지요. 제위에 대한 모든 명분은 현 태자 저하께 있으시고, 그다음 위가 황태손인 주첨기에 있습니다. 지금쯤이면 주첨기 역시 선대 황제의 죽음에 대해 자신에게 전령을 보내지 않은 이유를 알게 되었을 테고, 서둘러 철군하려 할 테지요. 일단 주첨기의 병력은 제가 막아드리겠습니다. 한왕께오서는 반드시 북평을 손에 넣고 주첨기가 돌아가기 전에 제위에 오르셔야 합니다. 그렇게 된다면 명분은 한왕께 돌아갈 것입니다. 그때라면 주첨기의 목을 베어도 괜찮으실 것이옵니다."

이미 모든 계획을 세워둔 듯한 적삼인의 말에 주고후는 순간 그가 두려워졌다.

마치 한 나라의 승상과도 같이 대략을 세워두고 자신의 행동을 정하고 있질 않은가. 만약 정말로 그의 말대로 자신이 제위에 오르게 된다면, 그때 그가 자신에게 무엇을 요구할지가 무척이나 두려웠다.

"좋다. 어차피 남아로 태어나 세상을 호령한다면 가장 높은 곳에서 호령해 보아야 할 터다. 내 너의 말을 따르도록 하겠다. 그런데 북원 정벌군 오십만 중 십만에 달하는 병력과 이번 정벌에서도 가장 강한 무장들이 포진한 좌군을 가진 주첨기를 어찌 막을 것이냐? 좌군에서의 주첨기의 영향력은 대단하다. 더욱이 좌군을 맡고 있는 좌장군 황엄은 대단한 무장이다. 쉽게 볼 상대가 아닐 텐데……."

주고후는 자신있게 주첨기의 군대를 막아주겠다는 말이 의심스러워 물었다.

"후후… 한왕께오서는 그 문제에 대해서는 저에게 맡겨두시길 바랍니다."

적삼인은 주고후의 군막에서 마치 꺼지듯이 사라지면서 스산하게 웃었다.

2

"저하, 어찌하시겠습니까?"

황엄은 슬픔에 빠져 비통한 모습을 보이는 주첨기에게 나직하게 물었다.

"……."

주첨기는 말이 없었다.

"태손 저하, 황상 폐하의 승하는 저 또한 목이 메이는 것이 사실이나, 이리 손 놓고 있을 시기가 아니옵니다. 이미 저 간악한 한왕의 무리가 벌써 황도로 진격을 준비했을지도 모를 일이 아니옵니까."

"그렇습니다, 저하. 이대로 계시다가는 힘 한 번 못 쓰고 당합니다."

"저하, 차라리 놈들의 배후를 치게 하여 주십시오. 저희 좌군은 북원 정벌군에서도 가장 날랜 돌격대들로 이루어져 있습니다. 제가 이끌겠습니다. 영을 내려주십시오."

좌장군의 부장인 태대로를 비롯한 좌군의 유능한 장군들은 계속해 청을 넣었지만, 주첨기는 두 눈을 감고 의자에 앉은 채로 고심하고 있을 뿐이었다. 무릎에 가볍게 올려둔 간장검을 쓰다듬으며 마치 영락제를 생각하듯이 간장검에 새겨진 황제의 무늬를 손으로 쓸어갔다.

"좋다."

드디어 긴 침묵을 깨고 주첨기의 입이 열렸다.

"일단 기여호 장군은 날랜 말과 전령을 황도로 파발을 띄워라. 나에게 황상 전하의 붕어함과 관련된 전령을 아직도 보내지 않으셨다는 것은 한왕께서 다른 마음을 품고 있음이 확실한 것이다. 그렇다면 황도에도 전령을 보내지 않으셨을 터, 일단 태자 전하께 나의 이름으로 전언을 보내라. 아버님께는 서둘러 제위에 오르시라 하고, 황도의 어림군을 하북성에 배치하고 방비를 튼튼히 하라 일러라. 수많은 화살을 준비하고, 쳐들어갈 것을 대비토록 하라 전해라. 전국에 앞으로 제위에 오르기 전까지 모든 분쟁을 금하며, 무기 사용을 금한다 명을 내리시라고 전해라. 한왕의 군대가 황도로 진격하는 데 최소로 잡아도 열흘 이상은 걸릴 터이니 그전에 모든 걸 끝내야 한다. 출발하라."

주첨기의 첫 번째 군령이 내려지자 기여호는 서둘러 군례를 취하고는 군막을 빠져나갔다.

"좌장군 황엄 이하 좌군의 모든 장수들은 들어라. 좌군은 서둘러 출정을 준비해라. 부장 태대로는 돌격대 일만을 준비하여 중군 진영을 치고, 나머지는 삼군으로 나누어 좌군을 무탁 장군이, 우군을 한승 장군이, 중군은 황엄 장군이 맡아 한왕군의 배후를 친다."

"태손 저하, 철군(撤軍)이 아니라 출군(出軍)입니까?"

황엄이 서둘러 황도를 향해 돌아가야 함에도 출정하라는 명을 내리는 주첨기의 말에 의구심을 가지고 혹여 잘못 말한 건 아닌지 되물었다.

"그렇다, 출군이다. 어차피 한왕보다 먼저 황도로 돌아가는 것은 무리다. 또한 같은 시기에 황도로 돌아가도 사십만 군세와 싸워야 하는 우리에게는 승산이 없다. 우리는 태자께서 보위에 올라 완전한 준비를 마칠 수 있도록 돌아가는 한왕의 뒤를 괴롭혀야 한다. 최대한 시간을 벌어야 하고, 최대한 한왕의 병력을 줄여야 한다. 미안하다. 그대들이 원하는 제왕이 될 수 없을지도 모르겠다. 하나, 나를 믿고 이번 전쟁에 목숨을 걸어주지 않겠는가?"

주첨기는 지금 말하고 있다. 자신이 아니라 자신의 아버지인 주고치를 제위에 올리기 위해 자신과 자신을 따르는 무장들의 목숨을 다해 한왕을 막아달라고. 자신이 제위에 오르려는 욕심이 아니었다. 자신의 아비인 주고치를 제위에 세우고자 자신의 목숨을 버리려 하는 것이다.

"……."

무장들은 한동안 말을 하지 못했다.

그들은 누구보다 뛰어난 장수이며, 누구보다 가슴에 품은 웅지가 드높았던 황태손이 제위에 오를 것을 기대하며 그에 따라 충성을 맹세해 왔다. 그런데 그런 그가 지금 시간 벌기를 위해 목숨을 버려달라 했다.

"무릇 남아는 자신을 알아주는 이를 위해 목숨을 바친다 했습니다. 그동안 태손 저하를 주군으로 섬기며 한 번도 그 말을 의심해 본 적 없었습니다. 이리 죽으나 저리 죽으나 주군의 뜻에 따라 죽는 것을 어찌 거부하리오. 좌장 황엄! 저하의 영을 받습니다."

오십 년간이나 전장을 떠돌며 무수한 전공을 세운 위대한 무장 황엄은 태손의 뜻에 따라 진심을 담아 정식 군례를 취했고, 그를 따라 휘하의 장수들도 군례를 취했다.

"영을 받듭니다!"

"좋다! 어디 한번 목숨을 걸고 달려보도록 하자!"

주첨기는 자신의 말에 따라주는 무장들에게 무척이나 감동을 받았으며 고마웠다.

무장들이 출정을 위해 군막을 빠져나가자 황엄이 넌지시 주첨기에게 고했다.

"저하."

"무언가? 말해보라."

"일전에 전군의 돌격대에서 보았던 '흑무'라는 자를 한번 만나보심이 어떨는지요. 아마도 이번 일에 큰 도움이 되실 겝니다."

"아! 그렇군. 그가 있었군. 좋다. 한번 만나보도록 하지. 그는 지금 어디에 있나?"

"지금쯤 돌격대의 선봉에 있을 듯합니다. 서둘러 제가 불러오도록 하지요."

"알겠네."

황엄은 주첨기에게 군례를 취하고 군막을 빠져나갔다.

3

강호는 또 한 번 발칵 뒤집혔다.

금사촌의 혈사, 이무기의 출현에 이어 포달랍궁의 멸문과 혈교의 등장까지 연이어 충격을 주기에 충분한 사건들이었지만, 이번에 일어난 사건의 충격은 강도가 여타의 것들과는 비교 자체를 거부할 정도로 강력한 것이었다.

사건의 충격은 당금의 강호뿐 아니라 명의 지배를 받고 있는 모든 나라에 살고 있는 이들과 인접한 조선, 왜나라에까지 이어졌다.

영락제의 죽음. 그리고 연이은 태자의 즉위 선포.

무슨 이유 때문인지 두 가지 소식은 거의 동시에 전파되었다.

통상 황제가 서거하게 되면 상례에 따라서 사십구 일 동안 태자와 만조백관(滿朝百官)은 위령제를 지낸 후에야 즉위식을 올리는 것이 관례였다.

그런데 영락제의 죽음에 관한 소식이 전령을 통해 전해진 것은 죽은 지 열흘이 채 되지 않았음인데 즉위식의 날짜가 공포된 것이었다. 고금을 통틀어 반란에 의한 교체가 아니고서야 있을 수 없는 일이었다.

그러나 즉위식에 관련된 칙령이 내려지면서 누구도 함부로 입을 놀리지 못했다.

황제께서 서거하셨다.

나라의 정세가 북원의 잔당으로 어지러우니 칠월 초닷새에 하늘의 명을 받아 황상의 태자께서 황제의 위를 계승한다.

또한 이를 위해 만백성에게 네 가지 칙령을 내리니 모두가 귀 기울여 듣도록 하여라.

첫째, 제위식 이전까지 모든 분쟁을 금한다.

둘째, 국경을 제외한 명의 어느 곳에서도 무기를 소지해서는 안 된다.

셋째, 황도 이하 모든 성은 동창과 금의위에서 파견된 무장으로 하여금 성주 직무 대리를 수행하고, 모든 결정은 황제의 인장으로 승인한다.

넷째, 각 성의 모든 병력은 황제에 의해 통제될 것이며, 각 요충지마다 어림군을 파견한다.

마지막으로, 이상을 지키지 아니한 자는 반역의 도당으로 간주하여 참할 것이며, 구족을 멸한다.

기쁘디기쁜 즉위식이어야 하건만 칙령은 무시무시하기 그지없는 내용이었다. 홍희제의 즉위식에 대한 날짜가 순식간에 전서구를 타고 새외 오지까지 퍼져 나갔고, 만조백관은 숨을 죽였다.

무림은 무림대로 곤욕이었다. 평생을 칼밥을 먹으면서 살아왔건만 무기를 소지하지 말라는 내용에 대해서 반감이 컸다. 하지만 몇몇이 검을 차고 활보하다 관부의 포쾌에 의해 즉결 참수를 당하자 모두가 각파로 돌아가 문을 걸어 잠그고 자중했다.

무림맹 역시 혈교의 발호로 인해 모였던 토벌군 모두가 서둘러 해산했고, 쓸모없는 탁상공론밖에 할 수가 없었다. 하늘을 가르고 거산을 무너뜨리는 절대의 무공이 있다고 할지라도, 백만이 넘는 황제의 군대에 대항할 수는 없었다. 평소라면 서로가 서로를 불가침조약이라도 맺은 듯이 협조하는 관계였지만, 황제의 영이 내려진 이상 관부의 눈치를 볼 수밖에 없었다.

물론 혈교는 오히려 그로 인해 수많은 적들로부터 침해를 받지 않은 채로 서장에 대한 지배권을 더욱 공고히 해나가는 기회가 되었다.

4

북원 정벌군의 좌군, 아니, 이제는 주첨기의 군대가 된 이들은 대평원을 질주하여 고비사막의 초입에 당도하고 있었다.

전군으로 출발시킨 태대로 장군의 돌격대가 이미 한왕군의 후미와 대치했을지도 모를 일이었다. 주첨기는 병사들과 장수들을 독려하면서 진군을 서둘렀다.

북원 정벌군의 본진을 맡고 있던 주고후의 중군은 철갑 보병을 비롯하여 이동 속도가 매우 느린 군이었지만, 주고치의 좌군은 돌격대를 포함하여 몸놀림이 날랜 경갑 보병으로 이루어져 있었다. 그렇기에 한왕보다 반나절 이상이나 늦게 출발을 시작했으나 고비사막에 이르러 발견한 한왕군의 흔적으로 보아 거의 두 시진 정도로 따라잡은 듯했다.

"다행이군. 적들은 아직 내몽고를 밟지 못했다. 내몽고를 들어서기 전에 서둘러 잡아야 한다."

주첨기는 한왕의 군대가 멀지 않음에 무척이나 다행스러운 얼굴을 하며 이마에 흐르는 땀을 닦아내었다.

"황 장군, 놈들이 내몽고를 지나 하북성에 들기 전에 잡아야 하오. 좀 더 속도를 올립시다."

주첨기는 말을 달리면서도 흔들리지 않는 모습으로 자신과 함께 본대를 이끌고 있는 황엄 장군에게 말했다.

"예, 태손 저하. 이제 저 사구(砂丘:모래언덕)만 넘으면 내몽고의 초원을 밟을 수 있을 것입니다. 휘하 장수들에게 명해 보병들의 속도를 올리도록 하겠습니다."

황엄 장군이 주고치의 말에 예하 장수들에게 좀 더 속도를 높이라고 명령을 하려던 찰나였다.

둥! 둥! 둥! 둥!

사막을 울려대는 거대한 북소리.

뿌우우우우.

북소리에 섞여들 듯이 울려 퍼지는 뿔 고동 소리에 주첨기 군은 내달리던 걸음을 잠시 멈칫했다.

"응? 무슨 소린가?"

황엄은 때 아닌 북과 뿔 고동 소리에 고개를 들어 소리가 들려오는 사막 언덕의 위를 쳐다보았다.

"장군님, 이건……?"

"다, 달단족의 전투를 위한 북소리가 아닌지?"

이상했다. 갑자기 달단족의 북소리가 들리는 이유가 무엇이란 말인가?

고비사막은 영락제가 평정한 이후 십여 년이나 명의 영토가 되어 있었는데, 갑자기 나타나 그들의 걸음을 멈추게 하는 달단족의 북소리에 모두가 어리둥절한 표정이 되었다.

슈슈슈슉―

그때, 무언가 수많은 물체가 하늘을 뒤덮었다. 방금 전까지만 해도 사막을 뜨겁게 달구어놓던 태양볕을 가리면서 시커멓게 하늘을 뒤덮은 물체는 순식간에 포물선을 그리면서 주첨기의 군대를 향해 날아들었다.

팍! 파팍! 팍!

"끄아악! 내 눈!"

"꼬륵!"

"켁!"

날아와 박힐 때까지도 날아온 물체가 무엇인지를 바라보고 있던 주첨기의 군사들은 별안간 쏟아져 내리는 화살비에 우왕좌왕하기 시작했다. 미처 방비하지 못했기에 수백 명의 군사가 화살에 맞아 절명했다. 다행스럽게도 치명적인 곳을 피한 군사들은 눈이며, 팔다리에 화살을 맞고 고통을 호소하기 시작했다.

"이, 이 무슨?"

날아오는 화살을 검으로 쳐낸 주첨기는 갑작스럽게 날아온 활에 어이가 없었다.

선두에서 달리던 수백의 병사가 죽거나 부상을 입었다.

"뭐냐? 도대체 무슨 일이냐?"

주첨기가 있는 곳에는 두 명의 무사가 날아오는 활들을 쳐내면서 보호했기에 그의 주위로 떨어진 화살은 없었지만, 갑자기 일어난 활의 공격은 십만의 군사를 멈추어 세우기에 충분했다.

그때 누군가 사막의 언덕 위로 말을 몰아 나타났다. 나타난 이는 짐승의 털을 기워서 만든 조끼와도 비슷한 옷을 걸치고, 엉덩이춤에는 거대한 만도를 걸친 장수였다. 그는 말 위에서 자신의 활을 들고 서서 주첨기 군을 내려다보았다. 분명 달단족의 장수였다.

"달단이다! 달단!"

"달단군이 어째서?"

군사들이 동요하기 시작했다. 방금 전 화살에 의한 공격으로 인해 비록 한 명의 달단족만이 모습을 드러냈지만 군사들의 웅성거림과 주춤거림을 자아내기에는 충분했다.

그는 천천히 활에 살을 메기더니 금색으로 빛나는 투구를 쓴 주첨기를 조준하고는 시위를 놓았다.

피웅!

엄청난 속도의 화살이 주첨기를 향해 직선으로 날아왔다.

팍!

혼란스러운 상황에 정신이 없던 주첨기의 머리가 화살에 꿰뚫리려는 찰나, 누군가 화살을 잡아채었다.

"정신 차려라."

치렁치렁한 앞머리가 흘러내려 온 남자는 날아온 화살을 바닥에 던지면서 주첨기를 향해 짧게 말하고는 나타난 달단족의 장수를 쳐다보았다. 그는 검은 무복을 입고 오른손에 검은 창을 든 장영이었다.

"어째서? 어째서 이곳에 달단족이 있는 거지?"

주첨기는 장영의 말에 정신을 차린 듯 고개를 흔들면서 인상을 찡그렸다.

이제 곧 한왕의 군대를 마주할 생각이었는데, 달단족이 나타나 길을 막자 주첨기는 절로 이빨이 갈려왔다.

달단의 장수 뒤로 수천의 병사가 하나씩 생겨나더니 어느새 엄청난 수로 불어나 있었다. 달단 장수의 손이 들리고 또다시 북소리가 울리기 시작했다.

둥! 둥! 둥!

짧고 간결한 북소리에 맞춰 달단족들은 천천히 자신들의 만도를 뽑아 들고 함성을 질렀다.

"우와와와아!"

그들이 내질러 대는 함성과 기세에 주첨기 군이 멈칫하면서 뒷걸음질치기 시작했다.

"젠장할 달단 놈들……. 여기서 지체할 시간이 없는데… 황엄 장군! 좌군을 내보내어 적을 막고, 본대와 우군은 우회하여 한왕군을 뒤쫓는다!"

조금 전까지 만해도 인상을 찌푸리면서 화를 내던 주첨기였지만, 금세 냉철한 이성을 되찾고 황엄 장군에게 명령을 내렸다.

"예, 태손 저하!"

황엄 장군이 주첨기의 명을 받아 좌장군 무택과 우장군 한

승에게 전기(戰旗:전쟁에서 멀리 떨어진 진영에 신호를 보내는 수단)를 들어 올려 명령을 전했다. 그러나 그들의 생각을 읽어내기라도 한 듯 이내 우측과 좌측에서도 달단군이 모습을 드러냈다.

"태손 저하! 좌우에서도 적이 나타났다고 합니다."

황엄의 좌군과 우군에서 깃발로 상황을 알려오자 난처한 기색으로 고했다.

"이런, 젠장! 하늘이 한왕을 돕는구나."

주첨기는 하늘이 원망스러웠다.

"어찌하오리까, 전하. 돌파하오리까?"

황엄이 다급하게 말했다.

"아니야. 수가 너무 많아. 돌파는 틀렸소. 더구나 우리는 적의 전력을 알지 못하니…… 만에 하나 지금 나타난 자들의 수괴가 아로태라면 그 수는 물경 십만에 달할 것인데……."

달단족은 만도를 든 채로 주첨기 군을 포위하고 있었고, 주첨기 군은 경계의 눈초리를 한 채 달단족의 움직임을 세밀하게 살피고 있었다.

방패수들은 혹여 그들이 또다시 화살을 날릴까 하여 군사들의 틈에 조금씩 움직여 포진해 돌격해 올 달단족에 대비해 장창수들이 전방으로 몸을 옮겼다.

"거기, 금색의 갑주를 입고 쥐새끼처럼 늙은이의 등 뒤에 몸을 숨긴 자가 주첨기인가?"

달단족의 무리에서 우렁찬 목소리가 들려왔다.

언덕 위에서 윤기 나는 검은색의 말 위에 올라 달단족들을 헤치며 나온 건장한 사내는 굽어보듯이 주첨기군을 바라보면서 말했다.

앞섶을 풀어헤치고 구릿빛 근육질 몸을 드러낸 사내의 이름은 아로태였다.

현재 북원의 잔당 대표 세력인 달단족을 이끌고 있는 희대의 용장이며, 역발산의 기세를 가지고 있다는 장수였고, 달단족의 위대한 영웅이며, 지도자였다.

"그래! 내가 주첨기다!"

주첨기는 자신의 앞에서 검을 든 채 달단족을 경계하고 있는 황엄을 제치며 당당하게 나섰다.

"그렇군. 젊고 강한 태손이라 들었는데 늙은이를 방패 삼다니, 이거 참 실망이군!"

아로태는 황엄의 등 뒤에서 인상을 쓰고 있던 주첨기를 내려다보며 비웃었다. 그러나 정작 비웃음의 대상인 주첨기는 침묵하며 표정조차 변하지 않았지만, 오히려 황엄 장군이 불같이 화를 냈다.

"무어라? 이노옴! 대명의 황태손이시다! 예를 갖추어라!"

황엄은 서릿발과도 같은 기세로 아로태에게 화를 내면서 당장이라도 뛰어올라 가 목을 벨 듯했다.

"흥! 웃기는군. 내가 어째서 대명 따위의 황태손에게 예를 갖추어야 하지?"

아로태가 황엄을 가소롭다는 표정으로 비웃었다.

"이, 이!"

당장이라도 아로태를 향해 내달릴 듯한 황엄은 주첨기의 만류에 화를 삭히면서도 얼굴이 붉으락푸르락하게 변해 씩씩대었다.

"시시한 말장난은 그만 하지. 아로태."

"……."

주첨기는 가볍게 숨을 내쉬고는 어깨를 펴고 당당하게 아로태를 바라보면서 말했다.

"오늘만큼은 비켜줄 수 없겠나? 들어서 알다시피 우리 할아버님이 돌아가셔 얼른 아버님을 뵈올 일이 생겨서 말이야. 지금 내가 가진 군세는 십만의 정병이다. 너 역시 그와 비슷한 군세일 터. 둘이 싸우게 된다면 서로가 막대한 피해를 입을 듯한데. 더구나 북원 정벌에 나섰던 나머지 사십만 대군이 너의 등 뒤에 있다. 어떤가?"

주첨기는 달단과의 전투를 치르기보다는 어서 빨리 돌아가야 한다는 생각에 아로태에게 허세를 부렸다.

아로태는 포위당했음에도 당당하게 자신의 의사를 밝혀오는 주첨기를 잠시 바라보다가 코웃음을 쳤다.

"푸하! 사십만? 그 사십만은 이미 너희의 황도로 진격한 것이 아니었나? 더구나 너의 십만 군세 중 앞서 온 일만의 기병의 벌써 죽어버렸다. 후후, 너의 그 얕은 말주변에 내가 당하리라 생각했나?"

"뭐?"

아로태는 자신의 말 위에 턱을 괸 채 당황한 표정의 주첨기를 바라보면서 비웃었다.

"멍청하구나, 명의 황태손 주첨기여."

'제길… 태대로 장군마저 벗어나지 못하고 당한 것인가?'

주첨기는 아로태의 말에 속으로 뜨끔했지만, 여전히 표정을 유지한 채 아로태를 바라보았다.

"멍청하긴……. 우리가 어째서 얼마 전의 전쟁에서 너희와 제대로 싸우지 않았다고 생각하나? 우리가 어째서 영락이 죽은 다음에야 군사를 일으켜 돌아가는 너를 막은 것이라고 생각하나?"

"무슨?"

갑자기 자신을 향해 선문답을 던지듯 물어오는 아로태의 말에 주첨기는 문득 이상한 생각이 들었다. 그러고 보니 조금 이상했다. 어째서였을까? 자신이 알기로 지난 세 번의 정벌에 참전해서 보아온 달단의 군대는 수적으로 열세할지라도, 패색이 짙은 전투에서도 한 번도 꼬리를 말고 도망친 적이 없었다. 마지막 한 명이 전사할 때까지 끈질기게 싸우는 것이 바로 달단족이었다.

'그, 그렇다면?'

"들어라, 주첨기여. 영락의 죽음은 이미 예정된 사실이었고, 그렇게 만들어진 것이었다. 영락이 죽으면 돌아가는 너의 걸음을 멈추어주는 대가로 우리는 내몽고의 영토를 넘겨받기로 했지. 크크크."

"무, 무슨 소리냐!"

주첨기는 아로태의 말에 갑자기 화가 났다. 설마 자신의 삼촌이자 대명의 제후인 그가 절대 그런 약속을 할 리는 없다고 생각했다. 더구나 황제의 죽음이 만들어진 사실이라면?

"주고후라 했던가? 그는 이미 인륜을 저버렸더군. 황제가 되기 위해 자신의 아비를 죽이다니 말이지. 하긴 영락제 역시 자신의 조카며 형제를 죽이고 황제가 되었으니 부전자전이라고 해야 하나? 크크크."

"다, 닥쳐랏!"

주첨기는 아로태가 들려주는 사실에 몸이 부들부들 떨려왔다. 설마 자신의 삼촌이 그런 패륜을 저질렀을 리가 없다고 생각했다. 물론 영락제가 죽으면 병약하신 자신의 아버지를 몰아내고 반란으로 황제의 제위에 오를 것이라는 예상을 했다. 하지만 달단과 결탁해 대명의 황제이자 자신의 아비마저 죽이고, 나라를 팔아먹을 것이라고는 미처 예상치 못했기 때문이다.

"후후, 인정하기 싫더라도 그것이 사실이다. 자, 시간이 지체되었다. 이제 너의 목을 쳐주마."

아로태는 비웃음이 가득한 얼굴로 주첨기를 바라보면서 투박한 자신의 만도를 들었다 내리며 천천히 주첨기를 향해 가리켰다.

뿌우우우우!

그와 동시에 사막을 울리는 뿔 고동 소리와 함께 달단의 군사들이 사막 언덕을 넘어 질주해 내려오기 시작했다.

주첨기는 분노했다. 너무나도 화가 났다. 삼촌의 패륜에 몸이 떨려왔다. 깨문 입술에서는 피가 흘렀다.

"흑무, 아니, 장영이라 했던가?"

주첨기는 분노한 눈으로 다가오는 달단의 군사를 바라보면서 자신의 앞으로 날아온 화살을 막아준 장영을 불렀다.

장영은 가만히 상황을 지켜보다가 주첨기의 부름에 뒷머리를 긁적이면서 자신의 검은 창을 어깨에 둘러매었다.

"뚫어줄 수 있겠나? 나는 지금 한시라도 빨리 한왕, 아니, 패륜아 주고후의 목을 베고 싶다. 미치도록……."

이빨을 질끈 깨문 주첨기가 장영을 바라보지도 않은 채 말했다.

그의 말에 치렁치렁한 앞머리에 가려진 장영의 입꼬리가 슬쩍 말려 올라가면서 하얀 이를 드러내며 스산하게 말했다.

"좋아. 첫 번째 부탁이군. 뚫어주마. 하나 황도로 돌아가게 된다면 반드시 약속을 지켜라."

장영은 타고 있던 말 위에서 내려 천천히 주첨기의 앞쪽을 스치면서 걸었고, 그 뒤를 남궁가휘가 말없이 따라 걸었다.

"명심하지."

第七章
광풍창(狂風槍) 흑무(黑霧)

戰鬼
전귀

1

"뭐, 뭐냐? 서, 설마?"

달단의 대족장이며 위대한 전사인 아로태는 멀뚱히 사막의 언덕에 서서 할 말을 잃었다.

다섯 번째로 북원 정벌을 시도하는 영락제의 군대에 쫓겨다니면서 수없이 많은 동족을 잃어 눈물을 삼키고 와신상담(臥薪嘗膽)하면서 공격을 기회만을 엿보던 그때, 달단의 대만호이자 영웅이신 호라크의 전언이 그의 아들이며 달단의 대전사 중 하나인 하만을 통해 전해졌다.

아로태는 하만이 가르쳐 주는 계획대로 영락제가 죽기만을 기다렸다.

우습게도 명나라 황제의 차남이자 북원 정벌군의 대장군이던 주고후가 자신의 아비인 영락을 독살하고, 돌아가는 길에 자신의 조카를 막아준다면, 아니, 죽여준다면 달단의 부족과 북원의 세력들에게 내몽고를 돌려주겠다 했던가.

그의 제안에 따라 주첨기의 목을 베기 위해 십만이나 되는 정병을 이끌고 고비사막에서 기다렸고, 이제 그의 목을 베려 했다.

그런데, 그런데…….

눈앞에서 벌어지고 있는 피의 향연은 과거에 자신이 치가 떨리도록 두려워했던 그 인물을 기억나게 했다.

"서, 설마, 광풍창?"

십 년 전쯤 북원의 잔당을 토벌하기 위해 군대를 이끌고 들어온 영락제의 정병과 맞붙어 몽고로 들어가려던 그때 나타나 와자(오라이트)의 왕자를 비롯해 달단의 군대를 몰살시켜 버린 괴물.

그가 지금 다시 이곳에 나타났다.

검은색의 투박한 창으로, 폭풍과도 같은 움직임으로 또다시 악몽을 일으키고 있었다.

더구나 이번에는 그자 혼자가 아니라 검을 든 무인과 함께였다.

순식간에 수십의 달단 전사들이 튀어 올랐다.

단지 휘둘러진 창의 움직임에 반격 한 번 해보지 못하고 목이 잘려 나갔다.

슈아아악!

푸른색의 검기는 정확하게 심장을 두 조각 내버렸고, 달단의 무사는 신음성조차 내지르지 못한 채 쓰러졌다.

장영은 어느새 온몸에 흠뻑 피를 뒤집어쓴 채로 전장을 누비기 시작했다.

남궁가휘는 장영의 모습에 고개를 절레절레 흔들면서 다가오는 달단족의 심장에 정확하게 칼을 박아 넣었다. 한 치의 망설임도 없었고, 오차도 없었다.

"대, 대단하다. 저들이 과연 정말 나와 같은 인간인가? 광풍창이라 불린다더니……. 실로 대단하구나. 마치 폭풍우 같질 않은가!"

주첨기는 얽히고설키는 난전 속에서도 장영과 남궁가휘의 움직임에 감탄성을 뱉어내면서 눈을 떼지 못했다.

실로 엄청난 자들이었다.

그 둘이 나선 것만으로 적의 예봉(銳鋒:적의 기세)이 꺾여 나갔고, 주춤댔던 아군의 사기가 순식간에 올라 적과 싸우고 있었다.

장영과 남궁가휘는 마치 경쟁이라도 하듯이 순식간에 이곳저곳에 나타났다가 사라졌고, 그럴 때면 어김없이 수십 명의 달단족이 쓰러져 목숨을 잃었다.

꽈과광!

사막의 모래에 장영의 창이 내려꽂힐 때면 회오리 치는 듯한 강기가 터져 나가면서 순간적으로 모여 있던 수십 명의 달단족이 갈가리 찢겨져 나갔다.

휘둘러지는 창과 장영의 몸에서 뿜어져 나오는 살기는 마치 폭풍과도 같이 전장을 휩쓸었다.

"저하, 그를 만난 것은 어쩌면 하늘의 도움인지도 모르겠습니다."

황엄 장군이 달단족의 만도를 막아내면서 주첨기에게 말했다.

"음… 그럴지도 모르겠군."

주첨기는 주고후의 군대를 쫓아 철군하던 그때가 떠올랐다.

*   *   *

영락제가 죽었다는 소식이 전해진 후 한왕의 뒤를 쫓기 위해 출군을 준비하던 주첨기와 황엄은 좌군의 돌격대가 있던 군막을 찾아갔다.

갑작스런 출군 준비로 인해 군사들과 장수들은 부산하게 움직였고, 은빛 군장을 착용한 주첨기와 좌장군 황엄을 본 군사들은 신속하게 군례를 취했다.

말을 몰아 한참을 돌아다닌 황엄은 구석진 곳에 만들어진 군막으로 다가갔다.

얼마 되지 않는 짐을 꾸려 행장을 만들고, 입고 있던 갑옷을 군막의 한곳에 곱게 포개놓던 남궁가휘는 문득 누군가 자신 쪽으로 다가오는 듯한 느낌에 고개를 돌려 바라보았다.

은색 찬란한 복색과 황금색의 용이 수놓아진 망토를 걸친 무장과 늙었으되 당당한 걸음걸이의 장검을 찬 비늘 갑옷의 무장이었다.

타인과 별로 말을 나누지 않았던 남궁가휘였지만 무척이나 높은 지위를 가진 인물이라는 것을 말에 씌워진 경갑만을 봐도 충분히 알 수 있었다. 그들이 자신이 있는 군막으로 다가오자 남궁가휘는 장영에게 고개를 돌려 어찌할 바를 물었다.

황엄 장군은 주첨기의 앞으로 나오면서 말했다.

"본인은 북원 정벌군의 좌장군이자 오호대도독부의 좌도독인 황엄이다. 흑무라는 자는 나서라."

남궁가휘는 황엄의 말에 그들이 장영을 찾고 있다는 사실을 알 수 있었다.

물끄러미 바라본 장영은 별다른 동요 없이 무복 위에 허리띠를 묶으면서 자신의 창을 등 뒤로 멜 뿐 관심조차 두질 않았다.

또다시 황엄 장군이 말했다.

"이분은 대명의 황태손이신 주첨기님이시다."

장영과 남궁가휘가 자신을 보고도 별다른 반응이 없자 눈살을 찌푸리면서 황태손을 소개했다. 사실 직함상으로 보면 '전륜대장군'이라는 엄청난 직책을 가진 자가 바로 흑무가 아닌가. 더구나 정식적인 군인도 아닌 자이니 자신의 직함으로 누를 수 없다는 사실을 알고 있었기 때문에 황태손을 판 것이었다.

그런 황엄을 보면서 장영은 잠시 게슴츠레한 눈으로 바라보다가 피식 웃었고, 남궁가휘는 재빨리 바닥에 부복했다.

"가휘, 일어서라. 그도 역시 한 사람의 인간일 뿐이다."

장영이 엎어져서 고개를 처박고 예를 갖추는 자신에게 심드 렁하게 말하자 남궁가휘는 장영과 황엄의 눈치를 보면서 어찌 할 바를 몰라 했다.

"이노옴! 감히! 오만방자하기 그지없구나! 어찌 대명의 하늘 아래에 있는 자가 황태손 저하의 용태를 뵙고도 예를 갖추지 않는단 말인가!"

황엄은 무척이나 싸가지(?)없는 장영의 행동에 노성을 토하 면서 자신의 장검에 손을 가져갔다. 그 순간 엄청난 살기가 황 엄의 몸을 뚫고 지나갔다.

'헉!'

장영이 천천히 고개를 돌려 하얗게 웃었으나 황엄에게 스산 한 공포를 전해주었다.

"시끄럽군, 늙은이. 검을 뽑는 순간 죽여주지."

나직한 말이었지만 묘하게 듣는 이로 하여금 소름이 돋게 하는 목소리였다.

"이, 이놈이? 늙은이라니?"

수없이 많은 전장을 헤쳐 오면서 처음 듣는 말이었다.

오군대도독부의 수장으로 명나라의 병권을 좌지우지하는 자 이자 대명의 수만 군사의 목숨을 책임지는 대장군에게 늙은이 라니. 황엄은 황당할 수밖에 없었지만, 장영의 몸으로부터 비 롯된 스산한 공포심은 함부로 검을 빼어 들 수 없게 만들었다.

"가만히 보니 예전에 보았던 그 늙은이였군, 꼬장꼬장한 노인네."

'뭐라? 꼬장꼬장해?'

황엄이 지난 십사 년 전 처음 그를 만났을 때를 기억하고 있는 듯한 말을 하는 장영이었다.

그런 둘을 물끄러미 바라보던 주첨기가 천천히 걸어오면서 장영을 향해 말했다.

"재미있는 자로군. 감히 좌장군을 꼬장꼬장한 늙은이라고 표현하다니 말이야."

주첨기가 미소를 띤 채 말을 건내자 장영은 '이건 또 뭐야?'라는 표정으로 그를 바라보았다.

"그런데 말이야… 네 녀석, 혹시 조선인인가?"

흠칫!

의구심을 드러내며 물어온 주첨기의 말에 처음으로 장영의 신형이 멈칫했고, 날카로운 눈으로 주첨기를 자세히 바라보았다.

은색의 갑주를 걸친 당당한 무장. 황태손이라 했던가? 그리 강하진 않았지만, 분명 자신의 살기가 전해졌을 터인데 아무런 느낌 없이 당당하게 받아넘기고 있을 뿐 아니라 자신을 쳐다보고 있었다. 자신보다 조금 작은 키였는데도 왠지 커 보이는 인물이었다.

더구나 그가 물은 '조선인' 이라는 말은 기억 속에 묻어둔 무언가를 깨어나게 했다.

"조선인은 아니다. 하지만 어찌해서 그렇게 묻지?"

"아닌가?"

주첨기는 장영의 대답에 고개를 갸웃거렸고, 어느새 엎드렸다가 엉거주춤 일어난 남궁가휘는 장영을 바라보면서 궁금증이 가득한 표정을 지었다.

'조선인?'

주첨기는 조금 실망한 듯한 모습으로 장영에게 말했다.

"별것 아니다. 왠지 내가 알고 있는 어떤 분과 조금 닮은 듯해서 말이지⋯⋯."

장영은 잠시 동안 주첨기를 물끄러미 바라보았다.

"닮았다라⋯⋯. 혹시 닮았다는 그분, 누군지 물어도 되겠나?"

평소라면 단답형이나 명령조의 말투였을 텐데, 장영이 방금 내뱉은 말은 분명 상대에게 양해를 구하는 듯한 물음이었다. 그런 장영의 말투에 남궁가휘는 더욱 궁금한 표정을 지었다.

'왜 그러지? 대주가 저런 말투를 쓰다니⋯⋯?'

"그런 분이 있다. 내가 아는 분 중 공헌현비(恭獻賢妃)라는 분이 계신다. 내가 무척이나 사랑하는 분인데 그분도 조선인이라고 하더군."

"흠⋯ 지금 말하고 있는 그분, 나와 닮았나?"

"그래, 무척⋯⋯."

"그렇군. 해주겠나, 그분에 대한 이야기?"

장영은 주첨기가 말하는 공헌현비라는 사람에 대한 호기심이 생겼다. 자신과 닮았다고 했다. 분명 자신의 어머니는 조선인이라 기억하고 있다. 자신의 몸에 흐르는 피가 반쪽짜리가 된 이유가 바로 자신의 아버지가 조선인이었던 어머니와 결혼해서 자신을 낳았기 때문이었다.

"그러지. 처음 너를 봤을 때 무척이나 익숙한 얼굴이라 생각했지. 생각해 보니 현비 마마의 내실에 걸려 있는 화폭의 주인공과 무척이나 비슷한 생김새군. 일전에 화폭 속의 여인이 너무도 아름다워서 누군가 물었더니 오래전에 헤어진 현비 마마의 언니라고 하더군. 마마께서 어린 시절 조선에서 살고 있을 때, 귀신이 씌었다 하여 집안에서 버려졌다 들었고, 현비가 되신 이후에 한번 찾아왔었다 들었지."

주첨기의 말이 계속되는 동안 장영은 미동도 없이 듣고 있었으나 몸에서 피어 나온 살기는 점차 유형화되어 끓어오르며 마치 회오리처럼 사방으로 휘몰아쳐 갔다.

'헉! 무슨 기세가……!'

황엄은 장영이 뿜어내는 살기에 손마디가 떨려오자 침을 삼키면서 주먹을 말아 쥐었다.

'어째서 이리도 격렬하게 반응하시는 거지?

남궁가휘는 남궁가휘대로 장영이 일으킨 살기를 느끼면서 궁금증이 더욱 증폭해 옴을 느꼈고, 심상치 않은 분위기에 주첨기는 잠시 말을 멈추었다.

"계속해 봐."

장영은 돌아보지도 않은 채 스산한 목소리로 말했다.

"그, 그래. 그녀는 무슨 혈족인가 하는 곳의 남자와 결혼을 했다고 했다. 그 후에 소식이 없다가 그 남자가 찾아왔었다 하더군. 그 일 이후 이유는 모르지만 현비께서는 한동안 식음을 전폐하시고 매일 우서서 현비를 무척이나 사랑하신 할아버님께서 안절부절못하던 기억이 나는군."

주첨기는 더 이상 말을 할 수 없었다.

장영의 살기가 참을 수조차 없을 정도로 끓어오르더니 무복이 기의 바람에 터져 나갈 듯이 펄럭였다. 그가 뿜어낸 살기가 마치 폭풍처럼 휘몰아치면서 사방을 잠식했고, 말을 하고 있던 주첨기는 사방을 눌러오는 압박감에 마른침이 넘어갔다.

'어째서?'

장영은 무엇 때문인지 엄청나게 분노한 모습으로 기세를 피워 올리다가 호흡을 고르면서 천천히 기세를 갈무리했다.

잠시 후 안정을 취한 장영이 천천히 고개를 돌려 무심한 눈으로 주첨기를 바라보면서 말했다.

"네가 말한 그 현비라는 분… 만나게 해줄 수 있겠나?"

주첨기를 향한 장영의 눈은 무척이나 슬퍼 보였다. 갑작스럽게 살기를 피워낸 탓에 주첨기와 황엄은 무척이나 당황한 얼굴이었고, 남궁가휘는 처음 보는 장영의 슬픈 듯한 모습에 의아함을 감추지 못했다.

'대주님께 저런 모습이 있었던가?'

주첨기가 당황한 채 아무런 말도 하지 못하고 있자 장영이 다시 물었다.

"절대 그분께 해가 되지 않도록 하겠다. 방금 전 네가 말한 그 현비라는 분 만나게 해줄 수 있겠나?"

"좋다, 약속하지. 반드시……."

주첨기는 마른침을 삼키면서 장영에게 약속했다.

장영은 천천히 고개를 끄덕이면서 자신의 창을 등 뒤로 돌려 잡았다.

"너를 도와주마. 분명 너는 나의 도움이 필요한 것이겠지. 내 이름은 장영이다, 너희들이 부르는 흑무나 광풍창이 아니라. 광수혈족의 사생아이자 복수자인 장영, 그것이 나의 이름이다."

＊　　　＊　　　＊

전장을 떠나오기 전 장영을 만났던 때를 잠시 회상하던 주첨기는 이내 고개를 저으면서 전장의 상황을 바라보았다. 이대로 시간을 끈다면 더 이상 한왕군의 속도를 따라잡을 수 없을지도 모른다는 생각이 들었고, 주첨기는 다급하게 황엄에게 명을 내렸다.

"황엄 장군! 감탄만 하고 있을 여유가 없다. 적의 군세를 파고든다. 돌격진을 구성하라. 기병은 돌격진으로 적의 중심을 빠져나간다. 좌군과 우군은 갈라진 적의 공세를 막아라. 우선은 돌격대만으로 황도로 복귀해야 한다."

"옛? 돌격진으로 말입니까? 기병은 돌격대가 빠져나가고 이제 일만이 채 남지 않았습니다."

"상관없다. 돌격진이다. 어서 전해라!'

주첨기는 장영과 남궁가휘를 바라보면서 황엄에게 명령을
내렸다.

"하지만, 적의 군세가 아직……."

장영과 남궁가휘가 전장을 휘젓고, 그에 사기가 오른 주첨
기의 군이 달단족을 밀어붙이고 있지만 모여든 달단의 수만도
물경 십만에 달했다. 그들의 포위망은 쉽사리 뚫을 수 있는 것
이 아니었다. 지금 이 순간에도 자신들의 앞으로 수없이 많은
달단족이 메워대고 있었다. 하지만 이들과의 전쟁이 승리로
끝난다 해도 모든 것이 늦어버릴 수도 있었다. 결국 주첨기는
돌격대만이라도 구성해서 황도로 진격해야 한다고 판단을 내
렸다.

"아니, 분명이 뚫을 수 있다. 분명 현비께서 말씀하신 그자
의 아들이라면 충분히 뚫을 것이다. 그는 분명 야수의 아들이
다. 그가 약속했다. 뚫어주겠다고……. 황엄! 돌격진이다!'

"존명!'

"휴우… 그는 마치… 귀신같군, 전장의 귀신."

주첨기는 기병으로 구성한 돌격대의 앞을 엄청난 무위로 뚫
어버리는 장영을 바라보면서 감탄사를 내뱉었다.

달단의 대족장 아로태의 십만 군대는 주첨기의 일만 돌격대
와 남궁가휘, 그리고 전귀 장영의 발걸음을 멈추게 하지 못한 채
그대로 뚫려 버렸고, 그 전쟁으로 오만의 정병을 잃어버렸다.

영락 이십이년 팔월.

영락제가 전장에서 죽은 지 한 달이라는 시간이 흘렀다.

한 달여의 시간 동안 황태자 주고치의 즉위식은 차질없이 준비되기 시작했고, 즉위식이 준비되는 동안 수많은 일들이 일어났다.

한왕군은 고비사막을 지나 순식간에 내몽고를 돌아 하북성 입구까지 쳐들어왔으나 이미 굳건하게 주둔하고 있는 어림군에 의해 그 진격을 멈추고 말았다.

자금성이 있는 북평을 중심으로 하여 하북성(河北省)과 산서성(山西省), 요녕성(遼寧省)에 이르기까지 거대한 방어선을 형성하였다. 특히 자금성과 맞닿아 있는 하북성에는 가장 많은 어림군이 배치돼 성문을 닫고 진입해 오는 모든 이들에 대한 검문을 실시했고, 한왕의 전기가 보이는 순간부터는 아예 성문을 닫고 전투태세를 갖추고 있었다.

결국 한왕군은 하북성까지 반나절 정도의 거리를 남겨두고 진영을 구축할 수밖에 없었고, 휘하의 장수를 북평으로 파견해 성문을 열고 항복하기를 권고했다.

자금성은 영락제에 의해 수도가 남경에서 북평으로 옮겨지면서 그의 제위 사년에 지어지기 시작하여 칠년에 완공된 거대한 성곽이었다.

자금성은 삼 장에 달하는 성곽 안에 지어진 황제의 성이었고, 그 안에는 엄청난 수의 전각들로 거대한 도시와도 같았다. 그곳의 중심에는 높은 단이 있는 거대한 축조물이 세워져 있었고, 그 축조물은 태화전(太和殿)이라 불리며, 정·종 일품부터 구품까지의 문무백관이 도열한 가운데 조의(朝議)를 열거나 황제의 즉위식과 혼례식 그리고 생일 축하 의식이 베풀어졌던 곳이었다.

그 규모만 해도 사방 이십이 장(67m)의 넓이에 높이도 십 장(27m)에 달해 한번에 수백 명이나 수용할 수 있을 정도의 규모였다.

용상에 오른 태자 주고치는 무척이나 불쾌한 기색으로 눈살을 찌푸리고 있었다.

대전에 모인 수많은 대전에는 정일품 무장인 도독 직위를 제외하고 내각의 수장인 정오품 대학사을 비롯하여 종구품까지 모든 문신이 모여 있었고, 그들의 표정 역시 황제와 다를 바가 없었다.

어린 시절부터 비만으로 고생한 황제는 연신 흘러내리는 땀을 비단 수건으로 닦아내어 주는 내관의 손길을 뿌리치면서 자신의 앞에서 거만한 자세로 올려다보고 있는 한 무장을 향해 심기가 매우 불편한 듯한 눈빛을 보내고 있었다.

"감히 나의 칙령을 무시하는가?"

주고치의 노성이 깃든 음성이 떨리듯이 무장을 향했다. 자신이 내린 무장해제에 대한 칙령을 지키지 않은 것에 대해 무척이나 화가 난 모양이었다. 더구나 그의 갑주와 검을 빼앗으려던 호위무장 다섯을 베어버린 것이다.

그러나 무장은 그런 태자의 음성에도 코웃음을 쳤다.

"칙령이라……. 황제가 아닌 자의 명이 언제부터 칙령이 되었습니까, 태자 마마?"

황태자 주고치는 즉위식 이전까지는 태자의 신분이었고, 단지 황제의 대리를 하고 있는 섭정일 뿐이었다. 물론 며칠 후면 즉위식이었고, 황제가 죽은 지금 황제라고 해도 과언이 아니지만 아직까지 대명의 정식 황제가 될 순 없었다.

"그 말은 지금 나를 모욕하고자 함인가!"

주고치의 음성이 높아졌다.

"태자 저하, 저는 단연코 저하를 모욕한 적이 없습니다. 태자께서야말로 개선하는 북원 정벌군의 걸음을 어림군과 수호군으로 막아 세워두고, 선황제의 유체(遺體:송장)를 저리 두시다니… 그것부터 반성하시는 게 어떠실는지……."

비웃 듯이 말하는 무장은 주고치를 도발하고 있었다.

감히 일개 무장이 태자를 질책한다는 것은 절대 있을 수 없는 일이다. 아니, 주고치가 아니라 한왕 주고후였다면, 이미 무장의 목을 베어 그 시체마저 똥통에 처넣어 버렸을지도 몰랐다.

그러나 태자로서 모욕을 당하는 주고치는 분노로 인해 비대하게 붙은 볼살이 떨리었다.

영락제의 큰아들 주고치는 무척이나 우유부단한 인물이었다.

더구나 어린 시절부터 살이 쪄서 움직이기조차 불편할 정도로 비대한 몸을 가지고 있었을 뿐 아니라, 성격이 온순하고 후덕한 성정을 지녀 무장들보다는 문신들에게 많은 지지를 받고 있었다.

태자가 모욕을 당함에도 불구하고 나서지 못하는 이유는 그들 대부분이 문신이었기 때문이다. 호위군은 혹여 한왕의 사신을 죽여 형제간의 골육상잔(骨肉相殘)이 일어날 것을 염려해 애써 분노를 참아내고 있었다.

"개선하는 군대라… 재미있구나. 그렇다면 어찌 선황 폐하의 붕어하심을 알리지 않고 돌아오는 것이냐?"

"북원이 알게 되는 것을 우려했기 때문이지요."

"흥, 재미있군. 그따위 말도 안 되는 소리로 세상의 이목을 속이고, 이곳을 차지하려는 속셈이었겠지."

주고치는 무장의 담담한 말에 코웃음을 쳤다.

"후후, 오히려 세상을 속이고, 황제의 위를 욕심내시는 분은 오히려 태자 전하가 아니신지요? 황제께서 붕어하시고 아직 유체의 온기조차 식지 않았거늘, 어찌 즉위를 선포하고 마치 황제라도 되신 듯이 칙령을 내리신단 말입니까?"

무장과 황제의 대화는 점차 서로를 비방하는 싸움으로 변해 갔다.

쏘아붙이듯이 말하는 무장의 빈정거림에 자리에서 벌떡 일어나 무서운 눈으로 무장의 얼굴을 쳐다보는 태자의 얼굴은 분노로 벌겋게 물들어 있었다.

그때였다.

외전의 호위무장이 태화전의 계단을 허겁지겁 올라와 거대한 어전대회의장의 문을 부수듯이 열어젖혔다.

호위무장은 황제가 무척이나 불편한 기색을 띠고 있음에도 서둘러 대전 내관에게로 다가가 거친 숨소리를 내쉬면서 귓가에 무언가를 전했다. 내관은 눈치를 보며 호위무장이 전해준 소식을 듣곤 깜짝 놀라면서 동그랗게 뜬 눈으로 호위무장의 얼굴을 두어 번 바라보았다. 호위무장은 그런 내관의 표정에 땀이 흐르는 얼굴로 연신 고개를 끄덕였다.

"무슨 일이냐! 무슨 일인데 감히 대전에 들어온 것이더냐? 네놈도 이 나를 무시하는 게냐!"

주고치가 짜증을 내자 호위무장은 급히 부복하였고, 대전 내관이 어전의 중앙으로 나와 황제를 향해 말했다.

"태자 저하."

"말하라."

"막 황태손 저하께서 돌아오셨다 합니다."

이제껏 얼굴에 분노한 표정만을 띠고 있던 주고치는 금세 환한 웃음을 지었고, 한왕 휘하에서 파견된 무장은 떫은 감이라도 씹은 듯한 표정으로 변했다.

"뭐라? 황태손이?"

반색하며 묻는 주고치의 음성에 확신을 심어주듯이 내관이 말했다.

"예, 태자 저하. 지금 막 오문(午門)을 지나 태화문(太和門)에 들어섰다고 합니다."

"그래? 돌아왔구나."

무척이나 용맹하고, 오히려 자신보다 군주로서의 자질이 다분한 자신의 아들이자 황태손인 주첨기는 아버지인 영락과 무척이나 비슷한 성격을 지니고 있었다.

지난번 선황제의 죽음을 알려온 뒤로 근 이십여 일 동안 소식이 없어 한왕에 의해 유폐되었다 생각했던 그가 지금 자금성으로 돌아온 것이었다.

'어찌해서 그가? 분명 한왕 저하께서는 돌아오지 못한다 했거늘. 이렇게 되면 일이 어려워진다. 태자를 따르는 세력은 힘없는 문신들에 불과하지만, 주첨기는 다르다.'

주첨기가 돌아온다는 말에 한왕의 무장이 주고치를 몰아붙이던 때와는 달리 안색이 흙빛으로 변해 안절부절못하자 주고치는 입꼬리를 말아 올리면서 고소한 미소를 지었다.

"태손 저하 듭시오!"

외전 내관의 우렁찬 음성과 함께 대전의 거대한 문이 천천히 열어젖혀졌다.

끼이이익!

대전에 모인 모두의 눈이 문을 향했고, 주고치가 기다리고 기다리던 황태손 주첨기가 천천히 걸어 들어오기 시작했다.

주첨기는 흙먼지를 가득 뒤집어쓴 은색의 갑주와 황색의 망토를 휘날리면서 천천히 대신들을 지나 황제의 앞으로 다가가서는 정식 군례를 취하면서 고개를 숙였다.

"신 주첨기, 북원 정벌을 다 끝내지 못하고 황도로 복귀했나이다."

온몸에 엉겨붙은 흙먼지와 헝클어진 머리카락으로 인해 초췌해 보였으나 그의 목소리와 자세는 당당하기 그지없었다.

"오냐, 어서 오너라. 내 기다리고 있었음이다."

주고치는 태사의에서 뛰어내려 와 군례를 취하는 주첨기를 안아 일으켰다.

주첨기가 못 이기는 척 아비의 손에 이끌려 일어나자 환한 미소를 지으면서 바라보았다.

"고생했다. 이놈, 더 늠름해졌구나. 허허허!"

"예, 아바마마. 그간 강녕하셨나이까?"

"그래. 이 아비는 너만 별일없으면 항상 강녕하지. 허허허! 그래, 고후의 군대가 억류하지 않았던 모양이구나. 다행이다, 다행이야. 선황제께서 도우심이로다."

주고치는 자신이 걱정했던 일이 일어나지 않아 무척이나 다행이라 생각하면서 주첨기의 어깨를 다시 한 번 끌어안았다.

"예, 아바마마. 한왕이 무도하게도 제위에 욕심을 내 할아버님을 독살하고, 북원의 괴수들과 결탁하여 소자마저 죽이려 했으나 천우신조로 한 무인의 도움을 받아 이리 돌아올 수 있었나이다."

주첨기의 으르렁대는 듯 말하는 내용에 순식간에 대전이 술렁이기 시작했다.

"뭐, 뭐라? 폐하를 독살?"

"북원과 결탁했단 말인가. 설마?"

"그러면 반역죄를? 한왕께서 반란을 일으키셨단 말인가?"

한왕의 반역, 그리고 패륜…….

좌중을 술렁이고 혼란에 빠져들게 하기에 충분한 내용이었고, 한왕군에서 파견된 장수마저도 깜짝 놀란 듯한 표정을 지었다.

"무, 무슨 소리를 하는 게요! 그럴 리 없소. 나도 분명 그 자리에 있었기에 한왕 저하를 곁에서 뫼신 나요. 말도 안 되는 소리로 우리를 몰아세우지 마시오! 태손!"

자신도 모르던 사실에 대해 거침없이 쏟아내는 주첨기의 말에 당황한 한왕군의 장수는 금방이라도 주첨기를 향해 칼을 뽑아 들 듯한 기세였다. 만약 주첨기가 말한 것들이 세속에 퍼져 나간다면 천하의 명분은 절대 한왕군으로 돌아올 수 없다. 그들은 황제가 되기 위한 속셈으로 천륜을 저버린 패륜아의 군대가 되어버리며 제위를 차지하더라도 모든 다수의 찬성을 이끌어낼 수 없게 되는 것이었다.

"다들 정숙하라!"

술렁이는 대전의 분위기를 일갈로 갈라 버리자 순식간에 모두 입을 다물고 주고치를 바라보았다.

"태손의 말이 사실이든 아니든 함부로 지껄이지 마라. 감히 황실을 모욕할 참인가! 설령 태손의 말이 사실이더라도… 나는 믿을 수가 없구나."

주고치는 자신의 아들의 얼굴을 보면서 슬픈 감정을 감추지 못했다. 그는 잘 알고 있었다. 지금 이 순간에는 서로가 등을 돌리고 적으로서 대치하고 있지만, 자신의 동생인 주고후는 항상 아버지의 사랑을 얻기 위해 노력했고, 모든 것에 있어 자신의 아비와 같은 길을 걸으려 했다.

그러나 황제는 자신과 동생인 주고후보다 황태손인 주첨기를 더욱 아꼈고, 그것을 바라보고 있던 주고후는 분명 살아온 시간들에 대한 복수에 눈이 멀고, 자신에게 다가오지 않을 황제의 위에 욕심이 생겨 결국 이 같은 짓을 했을 것이라 여겨졌다.

"아아, 고후여, 고후여, 어찌하여 네가……."

주고치의 눈에서는 눈물이 떨어져 내렸다.

대신들은 태자의 눈에서 눈물이 흘러내리자 모두가 숨을 죽이고 대전에 엎드려 고개를 처박고 태자의 눈치만 보았다.

"그럴 리가 없다! 절대 그럴 리가 없다! 한왕께서, 한왕께서 절대 그럴 리가 없다! 주첨기, 네놈이 잘못 알았을 것이다!"

졸지에 반란군의 장수가 되어버린 한왕군의 무장은 정신이 나간 듯이 황태손의 이름을 함부로 불러대면서 무릎을 꿇은 채로 고개를 흔들어대었다.

스윽, 뎅강.

정신없이 망연자실한 무장의 목이 떨어지면서 피분수가 뿜어져 나왔다.

주첨기였다.

주첨기는 황제의 독백 중에 중얼대고 있는 한왕이 파견한 무사의 목을 자신의 검을 들어 잘라 버린 것이다. 결국 새로운 황제의 세상을 꿈꾸었던 무장은 대전에 목과 몸이 분리되어 허무한 죽음을 맞이했다.

"들어라! 선황께서 붕어하시고, 그 위를 태자께서 이으려 하고 계신다! 더구나 무도한 한왕은 천인공노할 패륜을 저지르고도 그 죄를 반성치 아니하고, 이제는 이곳 자금성을 향해 칼을 들이밀고 있다! 나, 황태손 주첨기! 황실의 일원이며, 대명의 역사를 이어가는 한 사람으로서 절대 그를 용서치 아니할 것이다!"

주첨기는 피 묻은 칼을 바닥에 내리꽂고, 오연하게 서서 대전의 천장을 향해 으르렁댔다. 그 모습이 자못 당당하고 거대하게만 느껴졌다.

주첨기는 그 모습 그대로 몸을 돌려 황태자 주고치의 앞으로 다가가 무릎을 꿇고, 정식으로 군례를 올렸다.

"태자 저하! 영을 내리소서! 신 주첨기, 반역의 도당들의 목을 베어 오겠나이다!"

자신의 아들이며, 곧 태자가 될 주첨기가 무릎을 꿇고, 자신의 동생의 목을 베어 오겠다 했다. 슬프고도 슬펐다. 자신의 아비가 사촌 형이던 건문제를 어찌 죽였는지 기억하고 있다. 형제들의 목을 베어내고 오른 선황제였다. 그런데 자신의 대에 와서까지 또다시 형제간의 살육전이 일어나려 한다. 주고치는 그런 사실이 사무치도록 슬퍼졌다.

슬픈 눈으로 태손을 바라보던 주고치는 깊은 한숨을 내쉬면서 힘없는 목소리로 말했다.

"태손… 그리하라……."

자신의 아비인 주고치의 마음이 목소리를 통해 전해져 왔지만, 지금은 그런 값싼 감상에 젖을 때가 아니었다. 막지 못하면, 자신들이 죽어야 했으니까.

주첨기는 감싸 쥔 손에 힘주어 잡으며 어금니를 깨물고 대답했다.

"신 주첨기! 영을 받듭니다! 천세! 천세! 천천세!"

그 말에 따라 수많은 대신들이 일제히 입을 모아 외쳤다.

"천세! 천세! 천천세!"

자리에서 일어나 자신에게 눈길 한 번 주지 않고, 몸을 돌려 대전을 빠져나가는 주첨기의 뒷모습을 바라보는 주고치는 슬프기만 했다.

3

"뭐라? 뭐가 어째?"

주고후의 성난 음성과 함께 식사를 위해 잡았던 숟가락이 내동댕이쳐졌다.

"다시 한 번 말해보라! 누가 어찌 됐다고?"

한왕 주고후의 분노가 하늘을 찌르는 듯했다.

자신이 도착하기 전 즉위식이 선포되고, 돌아오는 자신들을 막아서기 위해 각성에 어림군이 파견되어 하북의 땅에 발조차 디디지 못하였고, 될 수 있으면 싸우지 않기 위해 사신까지 보냈건만, 그의 목을 단번에 쳐버리면서 자신들을 반란군으로 선포했다 했다.

"이, 이!"

분명 자신은 제위를 위해 패륜을 저질렀고, 대명의 제후로서는 잡지 말아야 할 손을 잡은 것이 사실이었다.

하지만 모든 것이 다 뜻대로 될 줄 알았고, 자신의 아비에게 수없이 마음으로 사죄를 구한 주고후였는데… 일이 이렇게 되자 무척이나 화가 난 것이었다.

"하만, 어디 있느냐!"

주고후는 분노가 극에 달해 일전에 자신을 찾아와 수많은 간계를 가르쳐 주었던 적삼인을 찾았다. 사신의 죽음을 알리러 온 장수는 갑자기 듣도 보도 못한 인물을 찾는 주고후의 음성에 어리둥절한 표정을 지었다.

"막아준다던 것이 북원 정벌군을 이용한 것인가? 크크크, 하나 모든 것은 내가 자초한 것을… 황제의 위에 눈이 멀어 한낱 무부의 계책에 놀아났구나. 하나 내 마음이 이미 정한 것을 후회하지는 않는다."

찾고자 한 적삼인은 보이질 않았다. 처음 자신을 찾아와 귀원련이라는 단체의 삼당주 중 하나라고 소개한 그의 이름은 하만이었다.

분명 그의 말대로 하면 금세라도 제위가 자신의 손에 떨어질 것만 같았다.

그의 말대로 영락제의 식사에 만성독을 타 독살했고, 자신의 조카이자 황태손인 주첨기를 달단의 무리들에게 버렸다. 또한 항상 자신을 따뜻하게 맞아주시던 형님의 목을 베려 했다. 그런데 자신에게 간계를 전한 하만이라는 적삼인은 보이질 않았고, 자신은 반란군의 우두머리가 되었다.

머리가 아파지려 했다.

"후후, 이렇게 된 이상 더 이상 물릴 수는 없다. 강위 장군! 강위 장군 있는가!"

그는 마음을 다잡고 군막 밖을 향해 소리쳤다.

"예, 전하! 신 전장군 강위, 여기 있사옵니다!"

구 척 장신의 거대한 풍채를 지닌 노장군이 군막의 휘장을 젖히면서 들어와 군례를 취했다.

"이제는 어쩔 수 없이 우리 모두가 반란군이 되었다. 황제의 유체를 중군에 모시고, 자금성을 향해 진격한다. 승리하면 영광이 함께할 것이고, 실패하면 구족이 멸해진다. 떠나고자 하는 자는 떠나도 좋다 일러라."

한왕은 결연한 표정으로 강위 장군에게 명했고, 강위 장군은 한마디의 물음도 없이 명을 받들었다.

"신 강위, 전하의 명을 받자옵니다."

그렇게 또다시 영락제의 정난의 변 이후에 형제간의 제위를 둘러싼 싸움이 시작되었다.

한왕군은 진군의 북을 울리면서 하북성으로 진격하기 시작했다.

피웅! 팍!

어림군이 사용하는 금빛 화살이 하늘을 가르며 날아와 땅에 박혔고, 성곽의 위쪽에 황금색 갑옷을 입은 장수가 나타나 진격하는 한왕군을 향해 외쳤다.

"멈추시오! 나는 폐하의 용체를 지키는 어림군의 다섯 장군 중 한 명인 북문어림장 오민창이라 하오! 더 이상 진격하면 아무리 대명을 위해 북원을 정벌한 영웅들이라 하나 묵과하지 않겠소!"

오민창은 자신의 금빛이 도는 장창을 들고 굳건히 서서 외쳤다.

그러나 한왕군은 그런 오민창의 외침 따위는 듣지도 않은 채 오히려 더욱 함성을 지르면서 진군을 해왔다.

"우와아아아!"

그런 한왕군의 기세는 자못 대단하였으며, 어쩔 수 없다는 듯이 오민창은 창을 쥐지 않은 손을 높이 들었다.

"어쩔 수 없군. 전군 쏴라!"

그의 명령에 따라 수천 개의 화살이 쏘아져 올라 하늘을 검게 물들였고, 한왕군을 향해 쏟아져 내렸다. 한왕군은 방패를 들고 막아 올렸으나 그 수가 너무나도 많았기에 피해자가 속출하기 시작했다. 그러나 그들의 진격은 속도조차 떨어지지 않은 채 밀려들기 시작했다.

이윽고 한왕군의 돌격대가 처음으로 성문의 근처로 난입하려던 찰나였다.

그그그긍!

갑자기 하북성의 북문이 굉음을 내면서 열렸고, 달려나가던 돌격대는 무척이나 의아해했지만, 그대로 성안 쪽으로 몰려들어 가려 했다.

슈아악! 뻐버버벅!

선두에서 달려들어 가던 돌격대 열둘이 무언가에 부딪치면서 말들과 함께 튀어 올랐다. 그리고는 금세 지면으로 내동댕이쳐지면서 떨어졌고, 말의 무게를 이기지 못한 기마병들은 그대로 즉사해 버렸다.

"뭐, 뭐냐?"

한왕군의 전군 돌격대장을 맡고 있던 고우찬은 갑작스러운 상황에 놀라 말고삐를 잡았지만, 질주하던 말들은 쉽게 멈추지 못했다. 순간 앞쪽으로부터 무언가 거대하고 스산한 느낌이 전해져 왔고, 마치 갑옷을 뚫고 들어오는 한 자루의 창과도 같은 기운이 느껴졌다.

"와류선창(渦流旋槍)! 바람의 소용돌이!"

짧고 간결한 외침. 무척이나 작은 소리였지만 말 위에 있던 고우찬은 분명히 들었다. 마치 무슨 주문이라도 외는 듯한 목소리.

그 작은 소리의 여파는 그 후에 일어났다.

갑자기 자신이 달리고 있던 성문 근처의 공간이 일그러져 보이는 순간, 대기를 가득 메우고 있던 공기가 무척이나 희박해지고 있다는 사실이 느껴졌다.

얼굴도 알 수 없는 검은색의 창을 든 사내가 천천히 창을 휘두르기 시작했다. 창은 무척이나 천천히 움직이는 듯했는데도 창대와 창날이 지나간 곳에는 기다린 잔영이 남겨졌다.

'웅? 공기가 빨려 들어가?'

느릿느릿하게 흐르는 시간 동안 고우찬이 느끼기에 사내가 휘두르는 창에 의해 모든 공기와 바람이 그를 향해 빨려 들어가고 있는 듯했다.

그가 휘두르는 창은 엄청난 소용돌이를 만들어내기 시작했다.

자신뿐만 아니라 타고 있던 말의 움직임마저 제어하듯 엄청난 풍압을 만들었다. 말고삐를 당겨놓았던 말들이 끌려가지 않으려고 제법 용을 써보았지만 그들의 노력은 금세 수포로 돌아가며 발굽의 긴 자국을 남기면서 창에서 생겨난 소용돌이에 다가서고 있었다.

무려 일백여 명의 돌격대는 말 위에서 어찌할 바를 몰라 하며 우왕좌왕했다. 그 순간 휘몰아치면서 빨려 들어가는 바람의 소용돌이 중심에서 검은 창을 든 사내의 입가에 새하얀 웃음이 생겨났다.

"와류선창(渦流旋槍)! 지충격(地衝格)!"

마치 폭풍 전의 고요와 같이 일순간 몰려들던 바람이 흔적도 없이 사라졌다. 바람에 끌려가던 일백의 돌격대는 어리둥절한 표정으로 고개를 휘돌려 주변을 돌아보았다.

고우찬은 검은 창의 사내가 엄청나게 살벌한 미소를 짓는다는 생각이 들었을 즈음, 그의 창이 세로로 들어 올려졌다가 후려치듯이 대지를 향해 그대로 떨어져 내렸다.

쿠아앙!

두들기듯이 대지에 떨어진 창은 엄청난 충격을 일으키면서 부딪쳤고, 그의 중심에서부터 엄청난 음파가 물결치듯이 퍼져 나갔다. 그 뒤를 따라 지면이 일렁이듯이 동심원을 그리면서 터져 나가 흙이며, 돌들 하나하나가 살인적인 기세를 품고 솟구쳐 올랐다.

퍽! 퍼퍽! 피육!

히이이잉!

"으악!"

마치 중심에서 그 주위로 동심원을 그리듯이 반경 십여 장의 지면이 터져 올랐고, 솟구쳐 나온 돌과 흙덩이 하나하나가 엄청난 공격력을 가지고 순식간에 수십 기의 기마병을 꿰뚫어 버렸다.

"흠, 역시 단련된 정병인가? 적어도 반 이상은 멸할 수 있으리라 여겼는데……."

검은 창을 든 무인은 순식간에 몇 번의 휘두름과 한 번의 내려침으로 무려 사오십 기의 기마돌격대를 일제히 쓰러뜨려 버렸고, 멈추어진 돌격대와 검은 창을 든 무료해 보이는 표정의 사내를 남겨둔 채 하북성의 성문이 다시 천천히 굉음을 내면서 굳게 닫혔다.

"뭐, 뭐냐?"

한왕은 수없이 많은 전쟁을 치러왔지만 이런 공격은 처음이었다. 순식간이었다.

호흡 몇 번 하는 순간에 돌격대의 수십 기가 일제히 쓰러지는 광경은 지금까지 살아왔던 시간 속에서 가장 기억에 남는 한순간이 될 것만 같았다.

그리고 그 광경을 바라본 한왕은 너무도 어이가 없어서 군대의 진격을 멈추어 버리고 말았다. 뿐만 아니라 휘하의 장수들도 어이없다는 듯한 표정을 짓고 있었다.

성문을 향해 달려나간 돌격대 일백여 기가 난입하려던 찰나 하북성 문이 열렸다. '기회다'라고 생각하고 군사를 몰아 성문을 향해 눈길을 돌리는 순간 보게 된 광경.

성문으로 들어가던 돌격대의 선두가 하늘로 솟구쳐 올랐다. 그리고 그 뒤를 따르던 기마대가 마치 무언가에 끌려가지 않기 위해 일제히 말고삐를 잡아 세울 때 마치 벽력탄이 땅속에서 터져 버린 듯 지면이 터져 올랐고, 그 여파에 휩쓸린 돌격대가 말과 함께 일제히 쓰러져 버린 것이다.

과거에도 현재에도 미래에도 절대 보지 못할 것만 같은 광경이었고, 자신의 상식선에서는 이해가 되지 않는 행동이었다.

"놈들이 미리 함정이라도 파두었던 건가?"

필시 함정일 것이라 생각이 들었다. 그렇지 않고서야 이 상황을 어찌 말로 설명한단 말인가.

"좌장! 병사들과 장수들에게 성문 근처에 함정이 있으니 주의하라 일러라."

"존명!"

"제길, 짜증나게 하는군."

한왕은 어금니를 깨물었고, 탐탁지 않은 눈으로 다시 돌격대가 쓰러진 하북성의 북문 쪽을 바라보았다.

피어올랐던 먼지가 가라앉고 격전지가 드러났다. 살아남은 돌격대원들은 말 위에 앉아 우두커니 멈추어 있었고, 성문 근처에서 누군가 쓰러진 돌격대의 말과 병사들을 지나 천천히 걸어나오고 있었다.

사내의 고개가 들려지며 거의 일백여 장이나 떨어진 한왕을 바라보았다.

흠칫!

한왕은 문득 오싹한 기분이 들었다.

무려 일백 장이나 떨어진 곳에서 바라본 사내의 모습. 꽤 먼 거리였기 때문에 그 모습도 잘 보이지 않았음에도 한왕은 분명하게 보았다.

사내의 눈.

마치 심장을 옥죄어오듯이 분명하게 자신을 바라보는 눈빛에 한왕은 가슴이 서늘해져 왔다.

'뭐지, 저놈은? 저런 장수가 어림군에 있었단 말인가?'

낡아 빠진 검은 무복을 입고, 한 손에 검은 창을 들고 무척이나 귀찮아하는 모습으로 뒷머리를 긁적대는 무인은 바로 장영이었다.

장영은 창극을 지면으로 길게 늘어뜨린 채로 천천히 고개를 들어 하늘을 바라보았다. 무척이나 싱그러운 느낌의 푸른 하늘이었다.

그는 고비사막에서 주첨기를 도와 달단의 십만 군세와 싸운 이후 남궁가휘를 전장에 남겨둔 채로 기병을 따라서 한왕의 군세를 피해 하북성에 들어왔다.

주첨기는 자금성으로 돌아가면서 어림군을 도와 한왕군의 움직임을 막아줄 것을 부탁했다. 아니, 막지 못해도 좋았다. 자신이 병력을 모아 하북성으로 돌아올 때까지만이라도 한왕군을 잡아달라 부탁했다.

북평의 북쪽을 막아서고 있는 하북성은 성곽 자체가 자금성의 방어를 위한 이차 방어막이었고, 만약 하북성이 한왕의 수중에 넘어가게 된다면 북평이 무너지는 것은 시간문제였다.

'공헌현비라…….'

장영은 문득 자신의 어미와 관계되어 있을지도 모를 공헌현비라는 사람이 떠올랐다.

주첨기의 말로는 영락제의 총애를 받아 현비가 된 조선의 공녀라 했다. 더구나 자신의 어미의 고모뻘이 된다고 했다.

일족에 의해 살해당한 어미의 과거를 알 수 있게 될지도 모른다는 생각에 장영은 과거 속에 묻어둔, 기억하지 않으려 했던 기억들이 떠오름을 느꼈다.

"휴우, 일단 막아야겠지?"

멀리서 흙먼지를 일으키면서 달려오다 잠시 주춤하고 있는 한왕군의 군세를 바라보다가 장영은 문득 실소가 흘러나왔다.

"많군."

한왕을 응시하던 장영은 고개를 돌려 성곽에 솟아오른 대명의 군기를 쳐다보았다.

그리고는 창의 중심을 잡고 들어 군기를 향해 마치 활을 쏘는 듯한 자세를 취했다.

활시위도, 화살도 없는 상황에서 무엇을 하려는 것일까? 더구나 검은색의 철로 만들어진 창대를 활처럼 휘기라도 할 참일까?

"와류선창(渦流旋槍) 맥궁(貊弓), 탄(彈)!"

장영의 행동에 한왕군과 어림군 진영의 모두가 의문을 품고 바라볼 때 검은 창이 서서히 마치 시위라도 걸린 것처럼 휘기 시작하더니 활 모양이 되어갔다.

일순간 화살을 시위를 놓듯이 장영의 시위를 잡은 듯한 손이 놓아지자 무언가 그의 창에서 엄청난 속도로 쏘아져 나갔다.

빡!

무언가 부러지는 소리가 들린 방향으로 모두의 고개가 돌아갔다.

'대명(大明)'이라고 거대하게 쓰여진 성곽의 군기(軍旗:군대를 알리는 명칭을 적은 깃발)를 묶어놓았던 깃대가 마치 무언가에 잘려지듯이 부러져 바람에 깃발을 펄럭이면서 바닥으로 떨어졌다.

"저, 저런!"

어림군의 장수 오민창은 장영의 놀라운 무공 때문이 아니라 대명의 군기가 부러졌다는 사실에 당혹성을 토했다.

전장에서 군기가 부러진다는 것은 곧 패전을 의미하는 것.

아무리 황태손인 주첨기가 자신의 친구라면서 하북성에 두고 간 자라 할지라도 용서할 수가 없었다.

"저, 저런 무도한 놈이!"

오민창이 화를 내든 말든 장영은 바닥에 떨어진 자신의 키만 한 깃발과 깃대를 잡아 들고 삼십여 보를 걸어나와 세차게 땅에 꼽았다.

깃발이 바람에 펄럭이면서 '대명'이라는 거대한 글자가 휘날렸다.

그리곤 오연히 한왕군을 바라보면서 선 장영이 입을 열었다.

"나는 장영이다. 나는 군사도, 장수도, 그 무엇도 아니다. 하나 지금 너희를 막아야만 할 이유가 생겼다. 자, 와라."

나직하면서도 무척이나 당당함을 느끼게 해주는 말투.

작은 목소리였고 소리치지도 않았지만, 그의 목소리가 드넓은 전장을 울린다는 사실이 무척이나 신기하게 느껴졌다.

"흠… 강호의 무인인가?"

한왕은 무려 사십만이나 되는 군세를 앞에 두고도 당당히 선 장영을 바라보면서 문득 호기심이 들었다. 그는 혼자이면서도 전혀 위축된 모습조차 보이질 않았다.

한왕은 듣고 싶었다, 어째서 무모하게 자신들을 막아섰는지.

"나는 한왕 주고후다!"

한왕은 말을 몰아 나서면서 장영을 향해 말했다.

"어찌하여 그대는 나를 막아섰는가!"

한왕은 당당히 나선 장영의 모습이 무척이나 마음에 들었는지 왠지 그를 죽이고 싶지 않다는 생각이 들었다.

"그대가 일백 돌격대와 싸우는 모습은 무척이나 인상 깊었다. 또한 수많은 군대에 홀로 맞서면서 당당할 수 있다는 사실에 나 또한 한 명의 장수이자 무인으로서 무척이나 마음에 들었다. 어떤가? 그대, 나와 함께 세상을 바꾸어보지 않겠나?"

한왕은 장영의 모습에 흡족하여 회유를 택하였다.

"후후… 나는 아직 어느 누구와도 함께할 생각이 없다. 단지 필요에 의해서 함께할 뿐……. 더구나 너에게서는 큰 필요성을 느끼지 못하겠군."

장영은 자신을 회유해 수하로 들이려 하는 한왕의 말에 냉소를 치며 비웃었다.

"저런! 버릇없는 놈이!"

"갈!"

자신들의 왕의 회유를 거절한 것도 모자라 감히 일개 무부가 한왕을 너라고 표현한 것에 대해서 한왕의 곁에 있던 장수들은 칼을 뽑아 들면서 화를 내었다.

"오지 않을 건가? 기다리기 지루하군. 그럼 내가 가지."

장영은 고개를 까딱거리면서 한왕군을 슬며시 바라볼 때 그의 모습이 전장에서 사라져 버렸다. 그가 있던 자리에는 갑자기 생긴 풍압에 먼지바람만이 피어났다.

파팍!

"응? 뭐지?"

"사, 사라졌다?"

갑자기 사라져 버린 장영의 모습으로 인해 그를 오랫동안 바라보던 한왕과 그의 장수들뿐 아니라 어림군의 진영에서도 경악성이 뱉어졌다.

파카카캉!

한왕군의 선두에서 진격 명령을 기다리던 수십 명의 병사가 철판을 엮어 만든 갑옷이 찢기며 피를 뿌리고 튕겨 나갔다. 어느새 사라졌던 장영의 모습이 한왕군의 전군 선두에 나타나더니 창을 휘둘러대고 있었다.

아무도 예상하지 못했기에 방비조차 못한 이들이 한번에 목숨을 잃어버렸다.

"뭐! 뭐냐?!"

또다시 장영의 신형이 수십 곳에서 나타났다 사라지기를 반복하면서 한왕군의 진영을 휩쓸기 시작했다.

장영은 엄청난 속도로 움직여대면서 검은 창을 휘둘렀고, 그때마다 어김없이 피가 튀고 병사들의 시체가 생겨났다. 휘두른 칼이며, 막아선 방패는 미처 그 역할조차 다하지 못하고 잘려 나가 버리고 깨어졌다. 몸을 보호하기 위해 입은 갑옷은 장영이 휘두르는 창날에 종잇장처럼 찢겨져 나갔다.

　단 한 사람에 불과한 장영이 한왕군의 전군 진영을 완전히 뒤흔들어 놓고 있었다.

　쿠아아앙!

　지면에 쑤셔 박은 창은 엄청난 압력으로 터져 나가면서 장영의 주위에 있던 수십의 병사를 한번에 갈가리 찢어버렸고, 시체조차 찾아볼 수 없게 했다.

　마치 우리를 뛰쳐나온 사자 한 마리에 지나가는 쥐 떼가 공격당하듯 한왕군은 속수무책으로 당하기 만했다.

　"서, 설마? 저 모습은… 광풍창!!"

　"으헉!"

　한왕의 곁에 있던 본군의 노장군 석영조가 어디선가 본 듯한 기억에 치를 떨 듯이 말했다.

　"응?"

　석영조 장군이 수염을 부들부들 떨면서 말하는 모습에 주고후는 의문을 품으면서 물었다.

　"광풍창이라니?"

　한왕의 물음에도 석영조는 여전히 장영을 향해 시선을 고정한 채로 말했다.

"모르십니까? 광풍창 흑무. 선황제께서 최초의 북원 정벌을 하실 때부터 두 번째 북원 정벌을 할 때까지 항상 좌군의 선두인 최전선에서 적의 기세를 꺾어버렸으며, 와자의 용장 텐누르의 일만 돌격 부대를 홀로 막은 자이고, 영락께서 친히 '전륜대장군'이라는 직함을 내려 그 용맹함을 치하했으나 어디론가 사라져 십 년이나 모습을 드러내지 않았던 그 무장입니다. 그런데 어째서 저자가 이곳에……."

한왕은 석영조의 설명에 고개를 돌려 전군을 휘저어대고 있는 장영의 모습을 바라보았다. 그의 움직임은 가히 섬전과도 같았고, 언뜻 언뜻 사라졌다가 나타날 때면 그 모습조차 찾을 수가 없었다. 더구나 그가 들고 휘두르는 검은 창은 폭풍과도 같은 기세로 거침없이 휘둘러져 이미 전군이 구성하고 있던 진영이 쑥대밭이 되어버렸다.

순식간에 수백여 명의 사상자가 생겨났다.

"광풍창이라… 그렇군. 저자가 바로 광풍창이었군. 첨기, 엄청난 무장을 얻었구나."

한탄과도 같은 자조 섞인 목소리로 한왕이 말했다.

"대단하구나. 어찌 한 사람이 저리 대단한 무위를 보일 수 있단 말인가. 미염공을 만부무장이라 했고, 자룡이 조조의 백만대군을 뚫었다 했건만, 저자는 그보다 대단하지 않은가."

한왕은 마치 야수와도 같이 전군을 유린하는 장영의 모습에 진정으로 감탄했다.

장영은 미친듯이 창을 휘둘렀다.

십 년 전 그때, 일만이나 되었던 달단의 무리들과 싸우면서도 삼 일 동안 호흡 한 번 흐트리지 않은 자신이었다. 지금은 십 년 전 그때보다 수배는 더욱 강해졌다.

오랜 시간 동안 전장의 난전을 경험해 보았고, 무림이라는 곳에서 인간 같지도 않은 인간들과 함께 싸워왔다. 더구나 한 번도 넘어보질 못한 독고진악이라는 괴물과도 싸워온 장영이었다.

하지만 명의 군대는 과연 대단했다. 일반 병사들도 무공을 익히고 있었고, 전장에서 단련된 장수들의 실전적인 무공은 무림의 웬만한 일류무인 급의 무위를 지니고 있었다.

슈아악!

그의 창이 휘둘러질 때마다 서너 명의 군사가 반으로 갈라져 버렸다.

또다시 그의 창이 휘둘러져 달려들던 군사들을 밀어내 버렸다.

"후우우욱."

잠시 호흡을 고르면서 주위를 둘러보는 장영.

그의 주위로 몰려 있던 병사들은 서로 가까이 다가가지 않기 위해 서로가 서로를 밀어내다 보니 수만 명이나 되는 전군의 틈에 장영의 주위로 삼 장여의 공간이 생겨났고, 그 공간에는 오로지 장영만이 존재했다.

천천히 주위를 돌아보면서 한왕이 있는 방향으로 걸음을 옮기는 장영의 움직임에 따라 둥글게 싸여진 군사들의 원이 이동했고, 누구도 그 원 안으로 다가서지 못했다.

"사포망진(獅包網陳:사자를 포획하는 그물 모양의 진형)을 갖추어라!"

누군가 외친 소리.

병사들은 서둘러 훈련받은 대로 장영의 주위에서 벗어나 진형을 짜기 시작했다.

"응?"

장영은 갑자기 겁먹었던 군사들의 움직임이 부산해지자 문득 의구심이 들었다.

슈아악!

무언가 자신을 향해 덮쳐 온다고 느껴지자 장영은 순식간에 몸을 피하면서 창을 휘둘렀다.

파카카캉!

창검도 아니었는데 불꽃이 튀어올랐다.

무언가 자신의 창에 걸려 잘라지면서 얽히자 장영이 창극을 바라보았다.

그것은 쇠 그물이었다. 무척이나 촘촘하게 짜여진 쇠로 만든 그물이 자신의 창에 얽힌 것이었다.

또다시 수십 개의 그물이 장영을 덮쳐 왔다.

장영은 방비조차 하지 않은 채로 그대로 서서 그물에 싸여버렸다.

"됐다! 놈이 갇혔다! 시우(矢雨:화살비)!"

거대한 쇠뇌가 그물에 갇힌 장영의 몸을 향해 쏘아졌고, 수많은 화살들이 장영을 조준하여 쏘아졌다.

막 쏘아진 쇠뇌와 화살들이 장영의 몸에 닿으려는 찰나, 그물 속에서부터 엄청난 살기가 폭풍 치듯이 사방으로 쏟아져 나오면서 음험한 기운의 바람이 장영이 있는 곳에서부터 휘몰아쳐 나왔다.

따다다당!

순식간에 폭발하듯이 찢어지는 그물과 함께 화살들이 튕겨 나가 버렸다.

"크르르르."

마치 짐승이 낮게 으르렁거리는 듯한 소리에 모두의 움직임이 멈췄다.

그물을 찢어발기면서 나타난 장영은 구부정하게 허리를 굽히고 한 손으로 지면을 짚은 마치 짐승처럼 사방을 둘러보기 시작했다.

그의 눈에는 시뻘건 핏기가 어리기 시작했다.

"크아아아앙!"

울부짖듯이 외친 장영이 엄청난 기세로 사방의 적을 향해 쏘아져 나갔다. 마지 신형이 엿가락처럼 쭈욱 하고 늘어나듯 움직였고, 그의 창이 사방으로 뻗어나갔다.

파카가강!

장영의 엄청난 살기가 전장을 휘몰아치기 시작했다.

내뱉는 숨이며 그의 몸 주위로 피어오르는 기세가 눈에 보일 정도로 유형화되어 넘실거렸다. 조금 전까지 그의 창에 어리지 않았던 기운이 창극을 비롯해 창대까지 넘실대면서 흘렀다.

장영은 거침없었다.

방금 전까지 싸운 모습은 인간으로서의 전투라고 한다면, 지금 그가 싸우는 모습은 싸움을 위해 태어난 짐승의 전투와도 같았다.

망설임도, 주저함도 없이 본능적인 움직임으로 싸우는 장영.

그는 닥치는 대로 전장을 유린하기 시작했다.

그의 주먹은 투구를 쓰고 있는데도 머리를 터뜨려 버렸고 허연 뇌수가 사방으로 튀었다. 장영의 발길질은 달려든 병사의 허리뼈를 부서뜨렸다. 손에 든 검은 창은 엄청난 잔영을 남기면서 휘둘러져 순식간에 십수 명의 목숨을 앗아버렸고, 창에 씌워진 강기는 막아내는 족족 잘라 버렸다.

서서히 공포감에 휩싸인 병사들이 그로부터 뒷걸음치면서 도망치기 시작했다.

"으아아아!"

"괴물! 피, 피해랏!"

"살려……."

"크르르르르."

닥치는 대로 베고 찌르며 한왕의 전장을 헤집고 다니는 장영의 모습에 모두가 넋을 잃어버렸다. 사십만의 군세가 장영이라는 한 명의 무인에 의해 걸음이 묶여 버렸다.

"전하! 정신 차리시옵소서! 놈은 단지 한 마리 짐승에 불과합니다!"

"응? 아!"

마치 전신과도 같은 모습으로 온몸에 핏물을 뒤집어쓰고 싸우고 있는 장영의 모습에 넋을 잃고 바라보던 한왕 주고후를 향해 석영조 장군이 말했다.

그랬다. 엄청난 무위를 가진 장영일지라도 결국 한 명에 불과했다. 지독히 강할지라도 언젠간 그 힘에도 한계가 있을 것이었고, 혼자서 사십만 군세를 막아낼 순 없었다.

또한 한 명이 사십만이 공격하는 전 지역을 모두 방어해 낼 수는 없었다.

"그래도 실로 대단하군. 한 명의 무장이 사십만을 압도하다니……."

한왕 주고후는 장영을 먼 시선으로 바라보며 고개를 절레절레 흔들었다.

"석 장군!"

"예, 전하!"

"북문을 버린다. 북문은 전군 십만으로 하여금 치도록 하고, 좌군을 십만으로 하여 동문을 치고, 우군을 십오만으로 하여 서문을 쳐서 적의 군사를 분산시킨다. 후군은 파쇄차(破碎車)로 하여금 서문의 우측 성곽을 부숴라. 한번에 밀어붙인다."

"예, 전하!"

한왕 주고후는 더 이상 넋을 놓고 바라볼 수만은 없었다.

감탄만 하고 있기에는 시간이 촉박했다. 즉위식이 시작되기 전에 북평을 점령해야만 했다. 남아 있는 시간은 불과 닷새.

서둘러 하북성을 넘어야만 했다.

한왕 주고후는 장영을 향해 아쉬운 듯이 입맛을 다시면서 말 머리를 돌려 본군 진영으로 돌아갔다.

"멋진 무장이었는데… 아깝군."

第八章

북원과 귀원련(歸元聯)

戰鬼
전귀

1

마교가 있는 신강의 서남쪽에는 거대한 고원이 있었다. 주원장이 수많은 정벌 중에도 넘지 못했던 대고원 카라코람 산맥.

카라코람 산맥은 북원의 근거지였고, 명과의 전쟁에서 살아남은 원의 모든 부족들이 살고 있는 곳이었다.

카라코람 산맥과 서장의 경계선.

"하만! 실패했다 들었다."

숫구치는 화를 참아내듯이 은은한 노성으로 금포를 어깨에 걸친 노인이 물었다.

"죄, 죄송합니다. 예상치 못한 변수가 생기는 바람에……."

노인으로부터 하만이라 불린 적삼을 입은 청년이 바닥에 무릎을 꿇고 바들바들 떨고 있었다.

"예상치 못했다……."

노인은 하만의 말을 곱씹 듯이 두 눈을 감고 자신이 앉은 의자의 팔걸이를 힘주어 잡으며 이빨를 꽉 깨물었다.

"그, 그렇습니다. 주첨기, 그놈이 그런 막강한 패를 지니고 있을 줄은……."

하만은 어떻게든 지금의 순간을 벗어나고 싶었다.

지금까지 쌓아온 신뢰가 얼마이던가? 단 한 번의 실패였다. 이제껏 한번도 자신의 아비이자 무리의 수장인 눈앞의 노인에게 실망을 안겨준 적이 없었다.

아니, 실패를 해서는 안 되었다. 태어나서 지금까지 한 번도 해본 적이 없는 실패였고, 무척이나 중요한 일임을 자신도 잘 알고 있었다.

"막강한 패라……?"

노인은 다시 한 번 하만의 말을 되물으면서 무척이나 기분이 언짢은 듯이 인상을 찡그렸고, 천천히 두 눈을 떠서 하만의 얼굴을 바라보았다.

노인의 눈초리에 하만은 얼른 고개를 숙여 눈길을 피했고, 온몸이 와들와들 떨려오며 등줄기에는 서늘한 소름이 돋아 올랐다.

"하만, 웃기지 마라. 지금쯤 너는 한왕을 도와 하북성을 넘었어야 했다."

"죄송합니다. 아버님, 제발 용서를……."

하만은 어떻게든 벗어나기 위해 자신이 그의 핏줄임을 말했으나 그것이 오히려 노인의 화를 돋우게 했다.

"멍청한 놈! 아비라 부르지 마라!"

노인의 노성이 내실을 무너뜨릴 듯이 뒤흔들었다.

"하만! 그 일이 얼마나 중요한지 몰랐단 말이냐! 대계를 성공시키는 데 있어 가장 중요한 일이었다. 반드시 주고치와 그의 아들 주첨기를 죽이고 한왕이 제위에 오르게 했어야 했다. 그렇지 못하면 아무리 무림을 틀어쥔다 해도 절대 명을 넘어뜨리고, 다시 우리 달단의 세상을 열 수 없음을 몰랐단 말이냐!"

노인의 화는 더욱 거세지고 있었다.

"하지만……."

쾅!

중얼거리듯이 말하는 하만의 변명에 노인은 손바닥으로 거세게 탁자를 내려쳤다.

"하지만? 뭐냐, 또 최선을 다했다는 말만 할 참이냐? 십만이었다, 무려 십만! 아로태로 하여금 너를 돕게 하여 십만이나 되는 군세를 투입했다! 그런데도 최선을 다했다는 말만을 늘어놓을 테냐! 우리는 최선을 다하기 위해 존재하는 것이 아니다! 반드시 성공시켜야만 했었다! 너의 그 최선으로 형제들이 오만여 명이나 초원에 묻혀야 했다! 이노옴!"

하만은 입이 열 개라도 할 말이 없었다.

자신에게 맡겨진 임무. 그것은 다시 올 수 없는 정말로 중요한 기회이자 사명이었다.

주원장에 의해 원이 무너진 이후 카라코람으로 쫓겨와 살아
온 지도 벌써 오십 년이라는 시간이 흘렀다. 수많은 칸이 전쟁
에서 목숨을 잃고 드디어 욕심에 눈먼 영락의 차남인 한왕 주
고후로 하여금 영락의 목숨을 빼앗도록 하였고, 다시 중원으
로 돌아갈 수 있는 절호의 기회를 얻은 것이었다. 그런데 예상
치 못한 무인의 등장으로 인해 돌아가는 주첨기의 군대에 패
배하여 오만의 정병을 잃어버리게 된 것이었다.

노인은 끓어오르는 분노를 참지 못하고 일어나 무릎을 꿇고
엎드린 자신의 차남이자 이번 일의 책임자였던 하만을 향해
허리의 만도를 뽑아 들었다.

"하만! 너는 너의 과신으로 인해 대계를 그르쳤다. 그것은
절대 용서받을 수 없는 일."

노인의 서슬 퍼런 기세에 하만은 더 이상 어떠한 변명도 하
지 못했다.

그때였다.

"호라크! 그만 하게!"

무척이나 강인한 힘이 느껴지는 목소리의 남자가 노인과 하
만이 있던 내실의 문을 열며 들어왔다. 막 목을 늘어뜨린 하만
을 향해 만도를 내려치려던 노인은 다가오는 남자를 바라보고
는 금세 고개를 숙였다.

"호라크, 이미 늦은 일이네. 그만 하게."

들어온 남자는 약 이십오 세 정도의 건장한 몸을 가진 호남
형의 남자였다.

그는 바로 대몽고의 제왕이자 초원의 전사인 북원의 이십육 대 제왕 아다이 칸이었다.

대명과의 전쟁에서 어린 나이에 죽은 델베그 칸의 뒤를 이어 제왕이 된 남자였으며, 무예가 뛰어나고 가진바 힘이 장사였으며, 현재의 북원을 살아가는 모든 전사의 우상이었다.

"칸께서 어찌 이곳까지……."

호라크라 불린 노인은 고개를 숙여 최상의 공경을 취하는 듯한 예를 갖추며 칼을 내리고 물러났고, 목을 길게 빼고 죽음을 기다리고 있던 하만은 아다이 칸을 향해 바닥에 배를 깔고 엎드려 고개조차 들지 못했다.

"당신의 종 하만이 위대하신 초원의 제왕 칸을 뵙습니다."

칸은 천천히 호라크와 하만을 향해 다가왔다.

"일어나라, 하만."

아다이 칸은 얼굴에 미소를 지으면서 엎드려 있는 하만의 어깨를 잡고 일으키려 했다.

하만은 차마 황송함을 감추지 못하고, 고개를 숙인 채로 바닥을 기면서 뒤로 물러나 칸의 손길을 피했고, 바닥에 머리를 찧으면서 용서를 구했다.

"죄송합니다! 제가 죽을죄를 지었습니다! 감히 칸께서 바라시는 대계를 그르치는 불손한 죄를 지었으니, 이 죄는 목숨으로 갚겠습니다!"

눈물을 흘리면서 머리를 바닥에 계속해서 찧는 하만의 모습에 칸은 눈살을 찌푸렸다.

"그만 하라 하지 않았나! 내 말이 우습게 들리는가!"

짐짓 화를 내는 듯한 음성으로 칸이 말하자 하만은 고개를 땅에 깊이 박은 채로 움직임을 멈추었다.

"호라크, 그만 하라 하게. 어쩔 수 없지 않은가. 이미 전쟁터에서 패전을 하고 돌아온 만호장 아로태 장군의 보고를 통해 광풍창이 나타났었다는 것을 들었네. 그는 십일 년 전 전대 칸이신 델베그의 최고 무장인 텐누르 왕자와 그의 일만의 돌격대를 홀로 몰살시킨 자. 더구나 주첨기의 군대가 십만이었다 했네. 아무리 뛰어난 대만호인 호라크, 자네의 아들이라도 어쩔 수가 없었을 것이야."

아다이 칸은 호라크를 바라보면서 부드러운 음성으로 말했다.

칸의 말이 무척이나 마음에 들지 않았지만, 호라크는 자신의 아들 하만을 쳐다보지도 않은 채로 말했다.

"하만, 칸께서 용서하셨다. 돌아가라."

하만은 고개를 푹 숙인 채로 천천히 일어나 힘없이 내실을 나갔다.

대만호(大萬戶) 호라크.

명의 군부에 오호대도독부가 있다면 북원의 제왕인 칸을 대신해서 병권을 통제하던 만호라는 직책이 있다.

통상 일만의 정병을 가지고 있던 북원의 귀족이자 장군을 지칭하는 말이었고, 실제로 전쟁에서는 거의 병권을 통솔하는 자를 말함이었다.

명에 쫓겨나 카라코람에 북원의 수도를 세운 현재, 다섯 명의 만호가 있었고, 그 위에서 모든 것을 통제하는 자가 바로 대만호 호라크였다.

"호라크 대만호."

자신의 호위병들을 손짓해 물리고는 의자 하나를 끌어 탁자 근처에 앉으면서 나직이 말하는 칸의 부름에 호라크가 대답했다.

"말씀하십시오, 칸."

"그대는 대몽고의 전사들의 스승과도 같으며 나 대초원의 제왕이 진심으로 존경하는 자다. 그리고 하만은 당신의 피를 이은 대전사. 그리 함부로 버릴 목숨이 아니다."

호라크는 아다이가 자신을 질책하는 듯한 말을 하자 무척이나 황송해했다.

"죄송합니다, 칸. 제가 미흡하여 심기를 어지럽혀 드렸습니다."

호라크는 일흔 살이 넘은 나이였고 북원 최고의 무인이었지만, 자신의 어린 칸에 대한 존경심과 충성심이 강했다. 일평생을 북원의 부흥을 위해 몸을 바쳐 왔고, 앞으로도 그럴 생각인 그였다.

아다이는 호라크의 충성스러운 말에 살짝 미소 지으면서 다시 물었다.

"후후, 됐소. 대만호는 어찌 그리 변하질 않는가."

"……."

칸의 말에 호라크는 말없이 고개만 숙일 뿐이었다.

"그래, 이번에 군 이외에 새로운 일을 계획해서 하고 있다고 들었네만……."

"아직 관심을 두실 만큼 성과를 내지 못하였습니다."

"그래도 듣고 싶군. 항상 전쟁터만을 돌아다니던 대몽고의 무장인 자네가 관심을 두고 진행하고 있는 것이 무언지 말이야."

칸은 아직 호라크가 하고 있는 일에 대해서 보고를 하지 않았지만, 어느 정도 알고 있는 듯했다.

"그렇다면 말씀드리겠습니다."

호라크는 천천히 고개를 들어 칸을 바라다보았다.

"저 넓은 중원에는 무림인이라는 세상이되 세상이 아닌 곳을 살아가는 자들이 있습니다."

"무림인?"

"그렇습니다. 그들은 엄청난 무공으로 하늘을 날고 산을 무너뜨린다고 합니다."

"호오… 그런 자들이 있단 말인가?"

"그렇습니다."

"그렇다면 우리가 전쟁에서 이겼던 이유는 무엇인가? 그런 자들이 저들의 군에 있다면 우리가 이길 가능성이 없지 않은가?"

"예. 하나 그런 능력을 가진 자들은 저들이 사는 무림이라는 곳에서도 몇 명 되지 않는 강자입니다. 하지만 무공을 배운 작은 어린아이일지라도 어른과의 싸움에서도 이길 수 있는 힘을 가졌다고 하지요. 과거 원이 주원장이 세운 명과 싸울 때 이기지 못했던 것은 그런 무림인들이 대거 전쟁에 참가했기 때문입니다. 하나 무림인들은 자존심이 강해 자신들과 관계된 일 이외에는 관여하지 않습니다. 국란에 의해 나라가 무너지려 하거나 자신과 관계된 자를 위한 전쟁이 아니라면 절대 참전하지 않는 것이지요. 과거 쿠빌라이께서 원을 세우셨을 때 그들의 힘을 얻어 강병을 육성하셨기 때문에 대제국을 건설하셨다 들었습니다."

칸은 이제껏 들어보지 못했던 이야기에 대해 호기심을 표하면서 호라크의 말에 귀를 기울였다.

"지금 저희가 이곳 카라코람에서 힘을 기르며 사는 동안 저들 대명의 태조인 주원장은 무수히 많은 무공 서적과 무공 교두를 통해 군사들에게 무공을 가르치고 훈련시켰습니다. 하나 무림인들은 자신들의 자존심으로 중요한 무리만을 빼고 전해 주었기 때문에 병사들이 배운 것은 기본적인 무공에 불과했던 것입니다. 하나 그것만으로도 그들은 엄청난 강병을 육성했고, 항상 저희가 연전연패를 거듭했던 것이지요. 그 때문에 소신은 중원의 무림에 하나의 단체를 만들어서 저들의 세력을 무너뜨리려는 계획을 세운 것입니다."

"그렇군."

아다이 칸은 호라크 대만호의 설명에 천천히 고개를 끄덕였다.

"과거 원이 중원에 있을 당시에 혈교라는 무림 단체가 있었습니다. 그곳의 초대 교주를 지낸 분이 바로 대몽고의 위대한 전사이신 투멘타님이셨습니다. 저들의 이름으로는 혈마자라고 불리었습니다. 그리고 제가 바로 그분의 후예입니다. 저는 저 무도한 명에게 복수하기 위해, 그리고 다시 한 번 칸께서 저곳 중원의 중심에 원을 세우시길 바라면서 오십 년을 바쳐 '귀원련(歸元聯)'이라는 하나의 세력을 마련했습니다. 그리고 그 힘을 키우기 위해 지난해 한족이 만든 무림맹이라는 단체로부터 하나의 물건을 탈취했고, 제 수하인 청연이라는 아이로 하여금 혈교를 서장에 뿌리 내리게 하였습니다. 이제 또 하나의 세력을 무너뜨리고 나면 그때는……."

엄청난 사실이었다.

금사촌의 혈사를 일으키고, 음마 주세기를 통해서 처음으로 밝혀졌으며, 혈교의 교주가 된 청연이라는 자가 소속된 련이라는 단체가 북원의 대만호가 세운 귀원련이었고, 그곳의 련주가 바로 호라크라는 이야기가 아닌가. 그렇다면 그들의 목적은 황위 찬탈이었단 말인가.

모든 것이 황위 찬탈을 위한 음모였고, 지금의 무림에 일어나는 모든 일들이 북원으로부터 시작되었다는 말이기도 했다.

第九章

하북을 지키다

戰鬼
전귀

1

전쟁은 어느 때보다도 치열했다.

한왕의 군대는 이미 반란군으로 지목된 상황에서 반드시 하북성을 넘어 북경을 쳐야 했고, 황제를 지키는 어림군은 막아내지 못한다면 그들의 역할을 다하지 못한 채로 황제의 위를 넘겨주어야 했기 때문이다.

빼앗으려는 자와 악착같이 지키려는 자의 싸움은 양쪽 진영을 절대 물러설 수도, 양보할 수도 없게 만들었다. 너무도 서로의 목적이 절실했기 때문이다.

나흘 동안 일어난 전쟁.

낮과 밤이 언제인지 서로 느끼지도 못한 채 전쟁에 도취되어 미친 듯이 싸우는 전쟁.

사십만이나 되는 한왕의 군대는 쉬지도 않고 하북성의 성문을 두들겨댔지만, 하북의 성문은 굳게 닫힌 채 저항했다.

그를 막기 위해 어림군이 쏟아 부은 화살만도 수십만 개에 달해 하북성의 성곽의 주위에는 수없이 많은 군사들의 시체들이 즐비했다.

끊임없이 성벽에 사다리를 놓고 기어오르는 한왕군과 사력을 다해 막아내는 어림군은 서서히 지쳐 가기 시작했다.

"허억……. 허억……."

목까지 차오른 숨을 가쁘게 내쉬듯이 전장을 노려보는 한 흑의 무복의 무인 장영.

창날을 지면에 끌 듯이 쥐고 있는 그는 무척이나 힘겨워 보였다.

밀려드는 적들로 인해 큰숨 한 번 쉬지 못한 그였다.

몸 안에 넘치던 공력은 어느새 바닥을 드러내고 있었고, 온몸의 근육들은 찢어질 듯이 고통을 호소해 왔다.

아무리 강하디강한 장영이었지만, 잘 단련된 한왕의 정병을 혼자서 막아내는 것은 무리였는 듯했다.

입고 입던 흑의 무복은 적의 칼과 창에 잘려 나가서 넝마가 되어 있었고, 언제 당했는지도 모르는 상처에서는 피딱지가 옷과 함께 몸에 달라붙어 있었다.

나흘 동안 진행된 전투에서 쉬지 못하고 쌓인 피로와 뜨겁게 대지를 달구는 태양으로 인해 온몸은 이미 땀투성이었다.

너무 쉽게 생각했음일까?

장영은 자신을 경계하면서 포위하고 있는 병사들을 바라보면서 단전에 남아 있던 마지막 기력까지도 짜내기 위해 기를 끌어올렸지만, 더 이상 몸으로 공력이 돌지를 않았다.

"후후……."

헛웃음이 나왔다.

한 번에 한 명씩 공격해 줄 정도로 친절한 한왕의 군대도 아니었거니와, 다음번을 생각해서 공력을 안배하고 싸우는 성격의 장영이 아니었다.

현재의 북문을 막고 있는 것은 자신 하나였다.

수없이 베어 넘겼음에도 아직도 꾸역꾸역 밀려드는 적들을 혼자서 막아내는 것은 무리였을지도 모른다.

세어보지는 않았지만 지난 나흘 동안 자신이 죽인 한왕군의 병사는 물경 수천, 아니, 수만 명이나 되는 듯했다.

지독한 피로로 인해 눈꺼풀이 감겨왔다.

이마에서 흘러내린 땀으로 인해 눈이 따가웠고, 온몸의 상처가 쓰라려 왔다.

한왕의 군대는 지쳐 보이는 장영이었지만 쉽사리 다가서질 못했다.

지난 나흘 동안 마치 야수처럼 전장을 휩쓴 악귀였기 때문일까. 자신들의 수가 수천 배나, 아니, 수만 배나 많았지만 함부로 다가설 용기가 생기지 않는 것은 일반 병사나 그들을 지

휘하는 장수나 매한가지인 듯했다.

턱.

무언가 등 뒤에 닿는 느낌.

어느새 장영의 비틀거리며 뒷걸음친 몸이 성벽까지 닿아버렸다.

"후우……."

거친 숨을 조절해 돌아쉰 장영이 문득 하늘을 바라보았다.

하늘에는 구름 한 점 없이 푸르기만 했고, 여전히 싱그러운 느낌이 들게 했다.

"재미있군. 상관없는 것이겠지?"

마치 하늘에 대고 대화라도 나누는 것처럼 혼잣말을 뱉어내는 장영은 지독히도 맑은 하늘이 원망스러웠나 보다.

푸욱!

잠시 숨을 고르는 사이 무언가 옆구리를 파고드는 아픔에 인상을 찡그리면서 장영의 쳐들렸던 고개가 천천히 내려왔다.

뾰족하게 담금질된 창날이 자신의 옆구리를 뚫은 채 박혀있었다.

창을 들고 무심코 찔러 넣은 병사는 장영의 몸에 너무도 쉽게 창날이 틀어박히자 어안이 벙벙한 표정이었다.

장영은 무심한 눈으로 병사의 얼굴을 바라보았다.

병사는 무척이나 앳되어 보이는 얼굴이었으나 잠을 못 잔 듯 무척 초췌했다.

장영은 천천히 자신의 몸에 박힌 창의 창대를 움켜잡으며 병사를 향해 미소를 지었다.

슈아악!

병사는 괴물과도 같은 자가 자신을 향해 미소 짓는 이유가 궁금했지만 물어볼 사이도 없이 어느새 목과 몸이 분리된 채로 쓰러졌다.

장영은 알고 있었다.

이 순간 지금은 자신에 대한 공포심으로 인해 쉽사리 달려들지 못하고 있었지만 조금이라도 허점을 보인다면 순식간에 승냥이 떼처럼 덤벼올 것.

장영은 천천히 몸에 박힌 창대를 뽑아내고는 몸을 곧추세웠다.

창을 뽑아낸 자리에서 핏줄기가 솟아올랐지만, 아무렇지도 않게 천천히 자신의 창대 끝을 움켜쥐고 무복을 찢어 동여매었다.

저려오는 손으로 인해 혹여 창을 놓칠까 싶어 창 자체를 자신의 손에 고정한 것이었다.

그런 장영을 향해 조금씩 조금씩 병사들이 다가왔다.

마치 상처 입은 야수를 사냥하듯이 창날을 곧추세운 채로 포위망을 줄여오는 것처럼.

"크크… 승냥이 떼와 같은 놈들이군. 좋다, 와라! 갈가리 찢어주마."

아까 박힌 창이 내장을 스치고 지나갔음일까? 목울대를 타고 비릿한 느낌의 무언가가 올라오는 듯했지만, 장영은 다가

오는 병사들에게 고함치듯 외쳤다.

입가에 잔인한 미소가 걸리고 두 눈엔 새파란 귀기가 흐르는 순간 수많은 창검이 장영을 향해 날아들었다.

챙! 빠각! 팅!

무시무시한 공력과 넘실대던 강기도 실리지 않은 창이었지만 장영의 창술은 엄청났다.

순수한 창술만으로 자신에게 날아드는 수십의 공격에 대항하면서 싸우고 있었다.

2

"막아라! 절대 오르게 해서는 안 된다!"

한왕과의 전쟁이 시작되고 얼마 지나지 않아 도착한 주첨기는 어림군을 지휘해 물밀듯이 밀려오는 한왕의 군대에 대항하기 시작했다.

처음 도착하여 한왕군의 전군이 공격을 시작한 북문을 바라보았을 때 그는 깜짝 놀랄 수밖에 없었다. 한왕의 간계에 의해 북원의 아로태가 이끄는 십만 달단군과 싸울 당시와 차원이 다른 장영의 무위에 할 말을 잃었다.

그는 마치 한 마리 악귀와도 같았고, 한 마리 짐승과도 같았다.

지난 전투에서 그가 보여준 모습이 강하면서도 완벽에 가까운 무인의 모습이었다면, 북문에서 한왕의 전군을 맞아 싸우는 그는 지옥에서 뛰쳐나온 악귀와도 같은 잔인한 모습이었다. 맨손으로 적의 머리를 부숴 버리는가 하면 창을 휘둘러 수십여 명을 조각 내어버렸다. 온몸이 피에 흠뻑 젖은 채로 미친 듯이 전장을 휘두르는 광포한 모습에 자신뿐 아니라 지켜보는 모두의 심장이 서늘해질 정도였다.

닥치는 대로 베고, 찌르며, 휘둘러대는 그의 살육에 미친 괴물과도 같은 모습에 사십만이나 되는 대군이 뒷걸음칠 정도였다.

하지만 한왕은 냉철했다. 순식간에 군을 나누어 북문을 버리고 서문과 동문을 공격해 들어왔다. 벌써 수만의 병사가 죽었음에도 눈 하나 깜짝하지 않고 공격해 오고 있었다.

시간이 지날수록 주첨기는 불안감이 생겨나기 시작했다.

북문을 막은 장영을 믿고 하북성을 수비하던 모든 군대를 나누어 동문과 서문에 배치했음에도 도저히 막아낼 수 있는 방도가 생각나질 않았다.

"제기랄, 끝도 없이 밀려드는군……."

북원 정벌군의 병사들은 대단했다.

자신이 지휘하여 달단의 무리들과 싸울 때는 미처 느끼지 못했지만, 적으로 만난 대명의 정병들은 엄청난 힘을 가지고 있었다.

하북성에서 공성을 하던 어림군은 성 위에 몸을 숨기고 막아내는 입장이었는데도 절반이 목숨을 잃거나 회생 불능의 상처를 입었다.

남아서 싸우고 있는 이들도 이미 지쳐 버렸고, 자잘한 상처가 없는 이는 찾아볼 수가 없었다.

항상 황도를 지키면서 틀에 박힌 무공만을 익히고, 번지르르한 갑옷에 어깨에 힘이나 주고 다니던 어림군과 수많은 전쟁터를 헤쳐 오며 단련된 정병과는 비교가 되질 못했다.

더구나 이미 동문의 성벽이 적의 파쇄차에 의해 무너질 듯한 위기에 놓여 있었고, 남아 있는 병력이 얼마 되지 않았는데 아직도 한왕의 본군은 참전조차 하지 않은 상태였다.

아마도 하북성이 무너짐과 동시에 자금성으로 달려들어 갈 심산인 모양이었다.

주첨기는 참담한 심정이 들었다.

황제의 명을 받은 후 평소 친분이 있던 무림 각파에 요청을 했으나 모두가 '형제간의 싸움에 나설 순 없다'라는 모호한 대답만을 하면서 그 누구도 나서주질 않았다. 분명 그들은 자신들의 이익을 재고 있을 것이었다.

한왕이 이기든지 현재의 태자가 이기든지 지는 쪽을 돕게 된다면 분명 자신들에게 해가 될 것이라 생각했음이리라.

으드득!

"더러운 무림인 놈들 같으니!"

주첨기는 자신들을 돕지 않는 무림인들에 대해 화가 났다.

"두고 보자! 저 한왕을 몰아내고 태자께서 보위에 오르시면 그대들을 가만두지 않겠다."

생각할수록 화가 나지만 지금은 그런 생각을 오래도록 할 수 있을 정도로 여유롭지 못했다.

쿵!

갑자기 성벽을 통해 엄청난 충격이 일어났다.

지진이라도 일어난 듯한 충격에 성벽 위에 있던 이들의 몸이 휘청거렸다.

"무, 무슨 일이냐!"

주첨기는 성벽을 넘어오는 한왕군을 베어 넘기면서 외쳤다.

"적의 파쇄차입니다, 태손 저하!"

"심각한가?"

"예, 아직까지는 버티고 있지만 이대로라면 위험합니다. 이미 성벽의 하단이 부서져 나가고 있습니다. 이 정도 충격이 올 정도라면 얼마 안 가 무너지고 맙니다. 태손 저하, 몸을 피하셔야 합니다!"

"제기랄! 여기서 피할 순 없다! 궁수들로 하여금 적의 파쇄차에 불화살을 쏘라고 해!"

주첨기는 발악하듯이 명을 내렸다.

"하지만, 저하! 이미 사용한 화살이 수십만 발입니다. 화살은 더 이상 없습니다!"

주첨기의 곁에서 사다리를 타고 올라오는 적을 찔러 밀어내던 부장이 고개도 돌리지 않은 채 대답했다.

"젠장할! 그럼 끓는 기름이라도 부으란 말이야! 부장! 부장! 어디 있나!"

낭패였다. 지난 나흘 동안 계속된 전쟁에 화살을 전부 소모해 버린 모양이었다.

주첨기의 부름에 거대한 도끼로 적이 던진 갈고리의 줄을 끊으면서 후려치듯이 적병의 몸을 쪼개던 부장이 머리에 흘러내린 피를 지혈하기 위해 붕대를 칭칭 동여맨 채로 주첨기의 곁으로 달려왔다.

"말씀하소서, 저하!"

이런 혼란스런 상황에서 예의를 갖추고 자시고 할 수도 없는 일이었기에 적병을 향해 거대한 도끼를 휘둘러대면서 주첨기의 부장 탑리격이 대답했다.

"자금성에 전문을 보내라!"

픽! 슈아악!

주첨기는 연신 자신의 검을 휘둘러 적을 베어 넘기면서 부장에게 명했다.

"하북성이 전복 위기에 있다고, 태자 저하께 옥체를 보존하시라 전해라!"

지금의 전황으로는 도저히 적들과 싸워 이길 수 없다는 판단이 섰음일까? 주첨기는 태자를 향해 도망치라는 전문을 보내려 하고 있는 것이었다.

부장은 자신이 잘못 들은 게 아닌가 하여 적의 공격이 자신을 향해 오고 있는 데도 불구하고 고개를 돌려 주첨기를 바라보았다.

"예?"

스걱!

"멍청한 놈! 어딜 보는 게야!"

주첨기는 멍청히 선 자신의 부장을 향해 창을 찌르며 올라오는 적병의 목을 베어버리고는 호통을 쳤다.

"이 전쟁! 이기기는 커녕 막을 수 없을지도 모른다! 가서 빨리 전하란 말이다!"

주첨기는 쓰고 있던 투구가 무척이나 방해가 되는 듯이 벗어서 적병의 머리에 던져 버리면서 부장을 향해 다시 한 번 명했다.

"예? 옛! 부장, 탑리격! 명을 받듭니다!"

탑리격은 그제야 황태손 주첨기가 하고 있는 말의 의미를 이해하고는 서둘러 성벽을 뛰어내려 가려 했다.

쿠앙!

또다시 엄청난 충돌음이 일어나면서 성벽이 휘청대었다. 막아내던 어림군도, 성벽을 타고 오르던 한왕군도 순간 멈칫거렸다.

찌지지직!

무언가 금이 가는 듯한 소리.

성벽의 아래에 수십 번 이상이나 같은 곳을 두들긴 파쇄차에 의해 천천히 성벽에 거미줄과도 같은 금이 가기 시작했고, 그 금은 어느새 성벽을 타고 오르면서 퍼져 나갔다.

투둑…….

"제기랄! 피해랏!"

무언가 부서지면서 떨어지는 듯한 소리에 본능적으로 위험을 느낀 주첨기는 몸을 날렸다.

우드드득, 우지끈!

거대한 성벽이 무너져 내리기 시작했다.

서문의 한 귀퉁이를 굳건히 지켜온 거대한 성벽이 천천히 무너져 내리면서 거대한 폭음을 내며 쓰러졌고, 그곳에서 싸우던 수백 명이 무너져 내리는 돌덩이에 깔려 압사당했다. 주첨기의 명을 전하기 위해 성벽을 내려가던 부장 역시 미처 피하지 못한 채 그 명을 다했다.

"성벽이……."

무너진 성벽에 주첨기는 망연자실한 얼굴로 고개를 돌렸다.

들려진 한왕 주고후의 손이 멀리서도 선명하게 보였다.

"끝… 끝인가……?"

한왕의 손이 천천히 내려지는 순간 본군의 기병들과 보병들이 엄청난 함성을 지르면서 서문을 향해 공격해 오기 시작했다.

두두두두두두!

거대한 발굽 소리가 대지를 울려왔다.

"아, 아버님, 이를 어찌한단 말입니까."

질주해 오는 한왕의 본대의 모습에 망연자실한 주첨기의 두 눈에서 눈물이 흘렀다.

북원의 정벌군을 헤치고 억지로, 억지로 황도에 도착해서 얼마 되지 않는 병력으로 가까스로 막아왔건만 결국 막아내질 못한 것이었다.

더 이상 힘이 빠져 칼조차 휘두르지 못한 주첨기는 문득 한왕의 본대 뒤로 엄청난 먼지구름이 일어나고 있는 것이 보였다.

'저건……?'

하북성의 서문을 향해 질주하던 한왕의 뒤에서 갑자기 일어난 먼지구름으로 인해 질주하던 한왕군이 우왕좌왕하기 시작했다.

'뭐지?'

질주하던 한왕군의 머리 위로 무언가 솟아올라 오더니 금세 한왕군의 진영으로 떨어져 내리기 시작했다. 엄청난 수의 화살비였다. 미처 방비하지 못한 한왕군은 뒤에서 떨어져 내리는 화살에 엄청난 수가 몰살을 당해 버렸고, 뿔뿔이 흩어지기 시작했다.

'화살? 어째서 저곳에?'

주첨기는 갑자기 일어난 황당한 상황에 시선을 집중해 바라보았다.

뚫린 성벽을 통해 자금성으로 내달리려던 한왕군의 후미를 공격하며 학살하듯이 베어내며 돌격해 오는 새로운 군대는 선두에 흰 바탕에 검은색으로 '명(明)'이라는 글자와 '좌군 황엄'이라는 글자가 선명하게 수놓인 군기를 펄럭이고 있었다.

"황엄? 황엄! 황 장군이 돌아오는 건가! 다행이다, 정말 다행이다!"

주첨기는 갑자기 긴장이 풀려 버리면서 그 자리에 주저앉아

버렸다.

주첨기는 살아오면서 사람이 이렇게 반가웠던 적이 없었다.

절망하던 눈물은 어느새 기쁨과 환희의 눈물로 바뀌어가고 있었다.

4

한왕과의 전쟁으로 인해 생겨난 수많은 시체가 성의 주위를 발 디딜 틈도 없이 가득 메우고 있었고, 수많은 군사들이 죽어간 시체들을 들어 한곳으로 모으고 있었다.

무너진 서문의 성벽.

한 명의 늙은 무장이 무릎을 꿇고 주첨기에게 군례를 올렸다.

"주군, 좌장군 황엄, 늦어서 죄송합니다."

노쇠한 모습과 달리 당당한 음성이 울렸고, 노장수의 뒤에 서 있던 무장들 역시도 한쪽 무릎을 꿇어 군례를 취했다.

"충!"

기뻤다. 황엄 장군의 군례를 받고 있는 주첨기는 지금 이 순간이 날아갈 만큼 기뻤다.

막 공격을 시작했던 한왕 주고후의 본대는 뒤를 공격해 들어간 황엄 장군의 좌군에 의해 와해되다시피 했고, 두 배에 가까운 전력을 보유하고 있었음에도 예상치 못한 공격으로 인해 순식간에 과반수 이상이 목숨을 잃고 쓰러져 버렸다.

더구나 선두에서 질주한 한 명의 무인.

장영이 주첨기를 따라나서면서 남겨둔 남궁가휘는 혼자서 수백 명을 베어버리며, 질주하듯이 한왕군을 뚫고 선두에 있었던 한왕 주고후의 근처까지 다가갔다. 그를 막아선 무장들로 인해 그 목을 베지는 못하였지만, 수십의 무장이 죽어버리자 한왕은 혼비백산하여 도망을 쳤고, 황엄의 좌군은 도망치는 한왕군에 몰살에 가까운 타격을 입혔다.

결국 하북성의 동문과 서문을 공격한 적병들도 순식간에 전의를 상실하고 패하여 뿔뿔이 흩어지거나 도망가다 목숨을 잃었고, 대다수의 군사가 병장기를 버리고 항복을 했다.

"저하, 용체가 많이 상하셨습니다."

황엄은 고개를 들어 눈물을 흘리고 있는 주첨기를 향해 안쓰러운 얼굴로 말했다.

"아니오, 아니오."

주첨기는 목이 메이는 듯이 자신에게 군례를 올리는 장수들의 모습을 보면서 울먹이면서 연신 '괜찮다', '아니다' 라는 말만을 했다.

"고생 많았소, 좌장군. 정말 고생 많았소."

"아닙니다, 저하. 오히려 빨리 달려오지 못해 송구스러울 따름입니다."

자신들에게 연신 고생했다 말하는 주첨기에게 되려 황송한 듯이 황엄은 고개를 숙였다. 황엄은 주첨기가 일으킨 손에 몸을 일으키면서 주첨기에게 말했다.

"아마도 흑무, 아니, 장영이라는 자가 두고 간 무인이 아니었다면 이리 빨리 돌아올 수 없었을지도 모르겠습니다."

"엉?"

"예, 그 장영과 함께 다니던 무인 말입니다."

"아! 그 말하지 못하던……. 그렇구려, 고마운 자들이오. 그런데 그들의 모습이 보이질 않는구려."

주첨기는 황엄의 주위에 있던 무장들을 둘러보면서 남궁가휘의 모습을 찾았다.

"그러고 보니 장영이라는 그자도 보이질 않는군요."

황엄 역시 이쪽저쪽을 두리번거리면서 장영을 찾았다.

"아!"

주첨기는 경황이 없던 터라 이제껏 잊고 있었던지 황엄의 말에 생각이 난 듯이 중얼거렸다.

"그는 북문에 있었소."

"북문입니까?"

"그래. 북문! 정말 대단했소. 들었던 것보다 더욱 대단한 자였소. 홀로 북문을 지켰소. 아직 북문이 뚫렸다는 소식을 듣지 못했으니 그가 막아내었나 보오."

"그, 그렇습니까?"

"암요. 혼자서 십만이 넘는 군사를 막았단 말이오. 어서 가봅시다."

주첨기는 서둘러 몸을 돌렸다.

아무리 강한 무인이었지만 나흘 동안이나 북문을 홀로 지켜내었다. 하지만 전장의 상황이 너무도 급박했었기 때문에 까맣게 잊고 있었다.

그가 혼자서 북문을 공격한 십만의 군대를 막아내고 있었다는 사실을.

"무탁!"

"예!"

황엄의 부름에 태대로가 죽은 후 좌군의 부장이 된 무탁 장군이 대답했다.

"태손 저하를 뫼셔라. 북문으로 간다!"

5

남궁가휘는 장영이 도저히 인간 같아 보이질 않았다.

장영과 주첨기가 떠난 후 장영의 명에 의해 황엄과 함께 북원군과 싸워 이겨낸 이후에 미친 듯이 말을 달려 도착했다.

한왕군을 뚫고 도착한 하북성.

수많은 시체들과 전쟁의 흔적들은 상황이 얼마나 치열했는가를 여실히 느끼게 해주었다.

갑작스럽게 등장한 좌군으로 인해 패퇴하는 한왕군을 베어넘기고 전투가 끝나자 남궁가휘는 장영을 찾기 시작했다.

한참여를 돌아다니면서 도착한 북문에서 장영을 발견했을때, 장영은 자신을 보면서 웃었다. 몸에 무려 다섯 개나 되는창을 박고, 피를 흘리면서도 웃고 있었다.

그는 가쁜 숨을 쏟아내면서 몸을 뚫고 지나간 창으로 인해 앉지도 못한 채로 자신의 창을 지지해 선 채 남궁가휘를 향해 '늦었군'이라 말하고는 천천히 정신을 잃고 쓰러져 버렸다.

남궁가휘는 쓰러진 장영 몸에 박힌 창을 빼고 혈도를 눌러 지혈하고 신속하게 응급처치를 했다. 멸마단 이대에서 배운 생존술이 이렇게 도움이 된다는 사실이 너무도 기뻤다.

"휴우……."

남궁가휘는 이마에 흐르는 땀을 닦아내면서 한숨을 쉬었다.

하북성의 안으로 들어와 이곳저곳을 뒤져서 찾아낸 의원에게 장영을 보이자 한참여 동안 치료를 한 의원은 남궁가휘를 향해 혀를 내둘렀다.

자신이 살면서 이렇게 심한 상처를 입고도 살아 있는 사람이 있다는 것이 신기하다는 말을 했다. 배를 뚫고 박힌 창에 의해 창자가 끊어졌고, 무리하게 공력을 운기한데다가 한쪽 팔의 근육까지 파열된 상황인데도 살아남은 것이라 했다.

남궁가휘는 정신을 잃은 채로 침상에 누워 있는 장영을 물끄러미 쳐다보았다.

"어째서 그렇게……. 도대체 무엇 때문에……."

어느새 남궁가휘는 말을 하고 있었다.

몇 달 동안이나 하지 못했었는데 지금 누워서 정신을 잃고 있는 장영을 향해 말을 하고 있는 것이다.

"하여간……. 괴물은 생명력도 괴물 수준인가?"

별안간 허탈한 웃음이 났다.

멸마단 이대로 온 지 일 년이라는 시간 동안 살아온 스물두 해의 삶보다도 더 많은 일이 있었고, 더 많은 것을 경험했다. 왠지 자신이 다른 사람이 되어버린 듯했다. 처음 멸마단에 들어와서 만나게 된 대주를 비롯한 열다섯 명의 무인.

처음엔 삼류무인이라고 생각했던 자신의 대주였고, 함께 지내면서 엄청난 강자라는 것을 알게 되었으며 전쟁을 하면서 그의 과거를 잠시나마 보게 되었다.

하지만 아직도 그가 어떤 사람인지 무엇을 위해 살고 있는지를 알 수가 없었다.

"어쨌든……. 돌아왔군. 이제부턴 내가 찾아야겠지? 무인으로서의 삶을……."

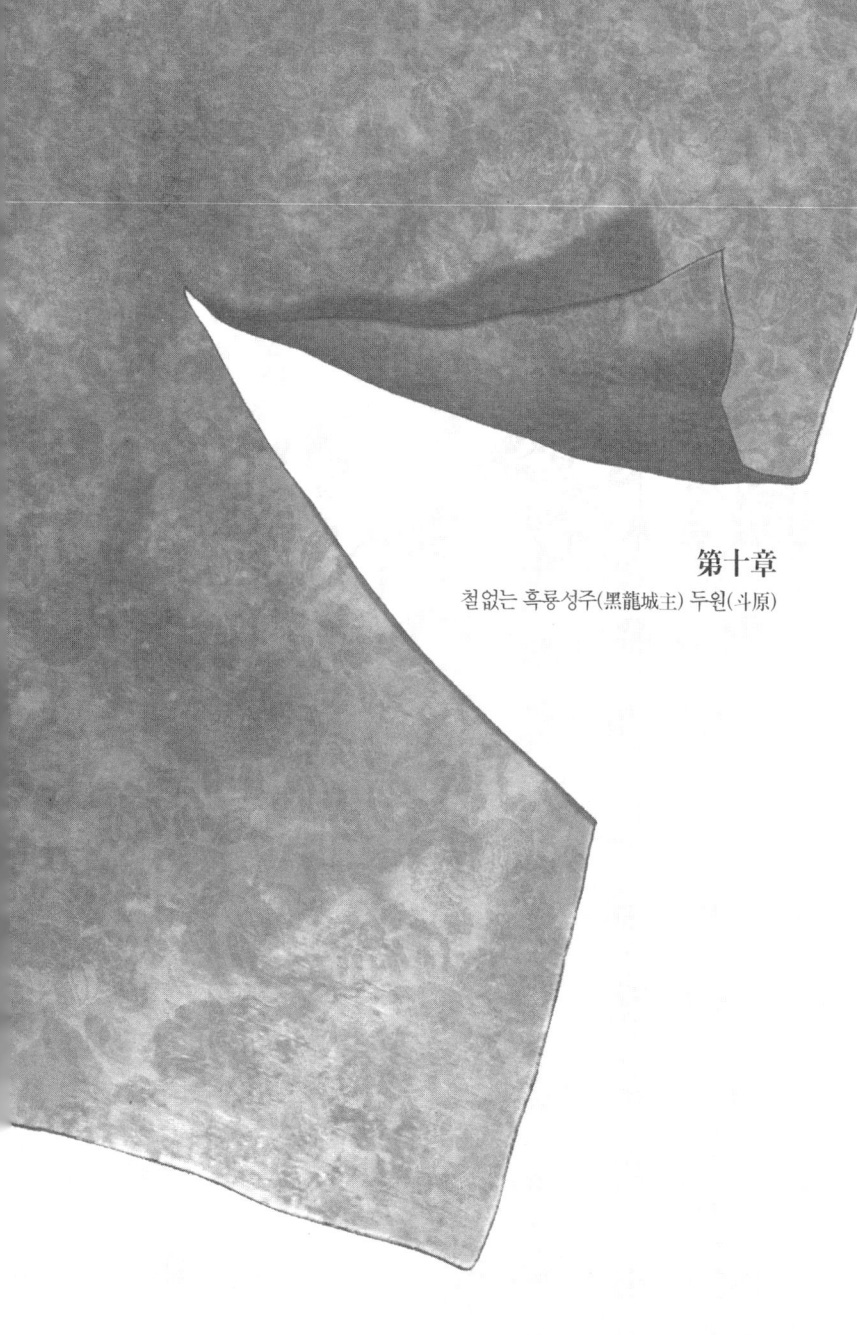

第十章
철없는 흑룡성주(黑龍城主) 두원(斗原)

戰鬼
전귀

1

　한왕의 군대가 하북성을 공격하는 동안 남무림의 세력 판도
가 또다시 변하고 있었다.

　혈교주 청연에 의해 서장이 혈교의 영역으로 바뀌어 버린
지도 벌써 반년이라는 시간이 흘렀고, 어느새 그들이 서장의
지배권에 강한 입지를 굳히는 시간이 되었다.

　원래부터 영락제에 의해 지배되기 이전까지 포달랍궁과 라
마교에 의해서 다스려지던 서장이었기에 관부보다 무림인의
지배에 더욱 익숙한 서장 사람들이었고, 과거 포달랍궁의 라
마승들처럼 자신들의 배를 불리기 위해 자신들을 지배하던 것
과는 달리 무척이나 배려하고 신경 써주는 혈교였기에 그에
대한 지지도가 엄청나게 올라갔다. 서장의 모든 현에 혈교의

지부가 만들어졌고, 혈교의 지부가 있는 곳에서는 도적 떼나 산적 떼를 찾아볼 수 없을 정도로 치안이 잘 유지되기 시작했다. 물론 황태자의 칙령에 의해 분쟁이 없어진 탓도 있었지만, 그 모두가 혈교가 서장에 왔기 때문이라고 생각하는 사람들의 인식이 생겨났다. 더구나 서장으로 파견된 어림군과 동창들도 힘없는 관부보다는 혈교와 협조를 통해 황제의 칙령을 지켜가고 있었다.

또한 정도무림은 그 나름 변화의 시기를 겪고 있었다. 지난 금사촌 혈사로부터 시작된 바람[風]은 정도무림을 뒤흔들어 놓았고 정도무림의 패자였던 무림맹은 어느새 구파일방의 모임이 되어버렸다.

원래 열 개이던 거대 문파 중 해남파가 빠져나가 중립을 선언하면서 시작된 세력 구도의 변화는 하북팽가와 황보세가가 빠져나가면서 오대세가의 탈퇴를 가져오게 되었고, 빠져나간 오대세가는 자신들끼리 모여 세가 연합체인 오가회(五家會)를 만들었다. 구파일방과 오대세가가 서로의 세력을 만들어 버리자 갈 곳이 없어진 수많은 중소 방파들과 세력이 약한 세가들은 그들 나름대로 하북언가를 중심으로 패왕련(覇王連)을 만들었다.

결국 정도무림맹은 다시금 세 개의 세력으로 갈라져 버렸다. 각파에서 강한 무인을 모아 만들었던 천룡단, 백귀단, 철혈기마대, 비웅단, 환룡단은 수많은 무인들이 빠져나가 버리자 유명무실해져 해체되어 버렸다.

갈 곳이 없던 멸마단은 세 개로 갈려져서 일대는 지옥야차 금대연을 따라 만금산장으로, 삼대는 대력패권 여상흠을 따라 여가장으로, 사대는 그대로 무림맹에 남게 되었고, 장영이 부재한 이대는 남궁세가의 권유에 따라 잠시 몸을 의탁하고 있었다.

혈교가 포달랍궁을 무너뜨린 지 불과 두어 달 사이에 일어난 일들이었다.

서장과 정도무림에 그렇게 새로운 바람이 불고 있는 동안 호남성(湖南省)을 중심으로 복건성(福建省), 광동성(廣東省), 광서성(廣西省), 귀주성(貴州省), 운남성(雲南省) 등지의 사파무림을 지배하고 있던 흑룡성에도 새로운 움직임이 일고 있었다.

이백여 년 전.

사파무림은 서로가 원래부터 막강한 구심점이 없어 잘 뭉치지 않는 세력들이었고, 어디서 주워 배운 무술이나 정심한 내공심법 같은 것이 없는 도적 떼나 불량배들의 조직에 불과했다.

뒷골목의 건달들이 모여 불법 도박장, 홍등가 등을 관리하며 자신들의 배를 채우는 집단이었다. 어디선가 배워온 외공이나 마구잡이식 칼질 같은 것들로 문파랍시고 남의 장원을 협박해서 자신들의 거처로 삼는 불법적인 단체나 범죄자들의 집단이 대부분이었다.

그런데 언젠가부터 사파무림에도 변화라는 것이 생기기 시작했다.

멸시받고 천대받던 기녀들, 거지들, 뒷골목의 소매치기들이 하나둘 모여 하나의 단체를 만들었고, 사람들은 그들을 하오문(下午門)이라고 불렀다. 하오문은 점차 그 지배권을 넓혀 나가 그 문도 수만도 개방의 거지 수를 훌쩍 넘길 정도라 했고, 본단의 위치가 어딘지 문주가 누군지 전혀 알려지지 않은 비밀스러운 문파였다.

하지만 그들의 힘은 무서웠다. 하오문을 업신여겼던 무수한 무림 명숙과 강자들이 소리 소문 없이 제거되었으며, 중원의 대부분 정보를 주무르면서 사고팔아 정보 조작을 통해 죄 없는 자도 범죄자로 만들어 버릴 정도였다.

중원의 모든 기루나 청루, 홍루 등이 하오문에 포함되어 있을 정도니 그들의 세력이 얼마나 큰지는 짐작도 할 수 없었다. 하지만 그런 큰 규모를 가지고 있음에도 자신들을 드러내지 않고, 무림을 지배할 수 없었던 이유는 초절의 강자가 없기 때문이었다. 그들은 그들 하나하나가 강한 것이 아니라 약한 이들이 모이면 강함을 발휘할 수 있다는 것을 보여준 대표적인 예였다.

드러나지 않는 하오문을 제외하고, 사파무림을 변화로 이끈 문파는 총 아홉 개의 거대 세력이었다. 일곱 명의 도객이 모여 만든 호남성의 철혈도문(鐵血刀門), 복건성의 흑사방(黑四房)과 마참대(馬斬隊), 광동성의 낭아보(狼牙堡), 광서성의 비사문(飛巳門), 귀주성의 향화십삼방(香花十三房), 운남성의 환락정(歡樂

庭), 산적들의 집단인 녹림칠십이채와 수적들의 집단인 장강수로채가 바로 그들이었다.

그들은 각자의 지역에서 서로의 영역을 가지고 있었고, 서로 다른 장기로 자신들만의 세력을 구축하고 있었다. 그러나 새외무림인 북해, 독곡, 포달랍궁 등을 제외하고 중원을 나누어 가지고 있었던 정도무림의 연합체인 무림맹이나 신강의 절대패자인 마교에 비해 응집력이 떨어졌고, 항상 그들의 등쌀에 밀려 찬밥 신세를 면치 못했다.

그러나 지금으로부터 약 백 년 전, 한 명의 초절의 강자가 등장하면서 뭉치지 못할 것 같은 사파무림을 통일해 버린 이가 있었으니 그가 바로 당금의 흑룡성을 세웠던 참혼마도 구일서였다.

참혼마도(斬魂魔刀) 구일서(丘溢瑞).

백 년 전 홀연히 무림에 등장한 초강자로, 당시의 무림에서는 가장 강하다는 삼 인 중 한 명이었다.

지금의 천하제일인이라 불리는 마교주 독고진악 이전에 무림을 쥐락펴락했던 북해의 천설(天雪) 설관웅, 독곡의 무독(武毒) 변황파와 더불어 가장 강했던 남자였다.

한 자루 도로 무림을 평정하면서 사파를 최고의 전성기로 이끌었던 사내였고, 정파에 비해 세력권이 약했던 사파무림을 하나로 뭉쳐서 흑룡성을 세웠다.

참혼마도는 당시 결혼을 하지 않았었기에 자식이 없었고, 그의 세력에 규합된 아홉 개의 무림 단체 중 뛰어난 후계자들 중에서 하나를 뽑아 소성주로 삼아 자신의 모든 무공을 전수했다. 그렇게 이대째 흑룡성주가 된 자가 바로 비사문주의 세 딸 중 막내였던 사황신모(巳皇神母) 황려군이었다. 그 후 흑룡성은 후계자를 선정할 때 초대 성주의 유지를 받들어 항상 구대 세력에서 후계자 경합을 벌여 소성주로 삼고, 당대 성주로부터 모든 무공을 전수받아 성주에 올라 사파무림을 다스리게 했다.

그러한 후계 선정 방식은 각 세력들이 좀 더 나은 후기지수를 배출하게 하는 데 있어 더욱 혈안이 되도록 했고, 그로 인해 점차 그들의 무공은 발전되고 더욱 강해지게 되었다.

당대의 흑룡성주는 철혈도문에서 선발된 무인이던 천잔도(天殘刀) 두원이라는 자였다.

2

"웃기는군. 무군이 그 사람, 말년에 완전 똥 됐구만 그래."

침대와도 비슷하게 생긴 거대한 의자 위에 반쯤 기댄 채 누워 말하는 중년인.

얼굴에는 세월의 흐름이 그대로 느껴지듯 굵은 주름이 이마를 가르고 있었고, 귀밑으로 생겨난 흰머리가 희끗희끗했다.

무언가를 씹으면서 말하는 그의 얼굴과 언뜻언뜻 비치는 가슴 부위에는 수많은 상처의 흔적들이 남아 있어 무척이나 강한 인상을 느끼게 하는 남자였다.

그의 이름은 당금의 흑룡성주라 불리는 천잔도 두원이었다.

마교와 무림맹과 더불어 중원을 삼분하고 있는 흑룡성의 초강자이자 사파무림의 절대자로 군림하고 있는 그.

"표, 어떤가? 지금의 우리도 곧 정도무림과 비슷한 꼴을 겪지 않겠나?"

두원은 씁쓸하게 비웃는 모습으로 자신의 옆 자리에 앉은 무척이나 인상 좋아 보이는 사내에게 물었다.

서생과도 같은 호리호리한 모습을 하고 엉덩이 쪽으로 길게 걸쳐 놓은 거대한 도가 무척이나 어울리지 않아 보이는 남자는 '표(彪)' 라는 이름으로 불리는 듯했다.

"글쎄요……."

무언가 탐탁지 않은 말투로 말하는 표는 여인의 그것마냥 새하얗고 기다란 손을 가지고 있었고, 그의 모습이 조금 가벼워 보이기는 했지만 그는 그리 가벼운 이름을 가진 남자가 아니었다.

'표' 라는 이름.

흑룡성에서 성주와 마주 앉아 '표' 라고 불릴 수 있는 자는 단 한 사람이었다.

초대 흑룡성주가 만들어 그의 본신 무공 중의 하나라고 전해지는 참혼칠도(斬魂七刀)를 전수해서 만든 일백 명으로 구성된 도귀의 단체이며, 흑룡성이 가진 여타의 세력들과는 달리

유일하게 당대 성주의 명령만을 신봉하는 이들의 집단인 혈사
검대의 대주 혈마도(血魔刀) 표.

그것이 그의 진정한 이름이었다.

대부분의 사람들이 흑룡성의 혈사검대라고 하면 검을 사용
하는 무인들의 집단이라고 생각하게 마련이었고, 실제로도 정
도무림에서는 그들을 혈사검대(血邪劍隊)라고 부르고 있었지
만, 실제로 그들의 이름은 혈사검대(血儳劍隊:검을 부서뜨리는
자)였다.

자신들이 세상의 최고인 마냥 다른 이들을 낮추어 부르는
정도무림은 사파라는 글자의 원래 '홀로, 개인적인'이란 뜻의
사(私) 자 대신에 '간사하다, 어긋나다'라는 뜻의 사(邪) 자를
붙혀서 쓰는 것처럼 혈사검대의 사(私) 자 역시 원래의 사(儳:
잘게 부수다)라는 뜻 대신에 사(邪) 자를 써서 지칭했다. 하지만
그들의 진정한 뜻은 '검을 부서뜨리는 자', 즉 검을 주무기로
사용하는 '정도무림을 무너뜨리는 자'였다.

"글쎄요라… 과열된 후계 구도로 인해 구대 세력이 각자의
후보자들을 소성주로 세우기 위해 서로 반목하고 있다고?"

두원은 표가 건넨 서류를 읽어보면서 물었다.

"……."

"그래, 지금 제일 강한 세력을 가진 자가 누구지?"

흑룡성주는 말없는 표를 보면서 넌지시 물었다.

"태진입니다."

무언가 무척 마음에 들지 않는 듯한 목소리와 표정으로 성

주를 향해 대충 짧게 대답했다.

"호오…… 처음 듣는 이름인걸?"

"그러실 테지요."

역시나 무척이나 무성의한 대답을 하는 표.

성주의 물음에 짧고 간단하게 대답하면서 귀찮은 듯한 표정을 지었다.

빠직!

자신의 말에 계속해서 무성의한 대답을 하고 있는 표의 모습에 가만히 앉아서 서류를 뒤적대고 있던 흑룡성주 두원의 이마에 조그만 힘줄 하나가 돋아 올라왔다.

"왜 이상한 점이라도 있는 게냐? 태진이라는 놈이 무슨 짓이라도?"

절레절레.

"……."

빠직!

흑룡성주의 이마에 또 하나의 힘줄이 돋아 올랐다.

"크흠! 근데 보고서는 어째서 태진이라는 놈에 대한 동태가 많은 거냐?"

"글쎄요."

빠직!

이번엔 굵은 힘줄 하나가 작은 힘줄들 사이를 비집고 올라왔다.

심드렁하게만 대답하는 표의 말투에 솟구쳐 오르는 화를 가까스로 참으면서 흑룡성주가 다시 물었다.

"그, 그렇구나. 근데 이 태진이라는 놈은 강하냐?"

절레절레.

으드득!

"그래, 그래. 그럼 일류 정도는 되겠지?"

성주의 물음에 표는 계속해서 단답형과 고갯짓으로만 대답을 했고, 성주는 그런 표의 행동에 더 이상 참지 못하고 화를 터뜨렸다.

빡!

"이 자식아! 말로 안 할래?"

"아이씨! 젠장, 왜 때리십니까!"

'적반하장도 유분수' 라는 말뜻을 상기하게 해주는 표의 반항에 잠시 동안 두원이 할 말을 잃었다. 흑룡성주의 직속이라고 하지만, 표는 두원의 예하에 있는 직속 무사대의 대주에 불과했다. 그런데 직속상관에게 '아이씨!' 라는 표현과 '젠장' 이라는 표현을 쓰고 있는 것에 대해 두원은 잠시 어안이 벙벙했다.

"젠장이라니! 이 자식이 지금 장난하나, 니가 성주냐?"

절레절레.

표가 짐짓 화난 표정으로 또다시 고개를 흔들었다.

빠직!

"그럼 내가 니 밑이냐?"

절레절레.

"그럼 누가 더 말을 많이 해야 하냐? 나냐, 아님 너냐?"

"……."

성주의 비아냥거림에 새침데기마냥 코웃음을 치며 팔짱을 끼고 고개를 홱 돌려 버리는 표의 행동에 성주는 또다시 마음 속 저 안쪽에서 무언가 확 치밀어 오르는 걸 느꼈다.

탁!

'엥? 퍽! 이나 팍! 것도 아니면 빡! 이 아니고, 탁?'

분명히 자신이 표의 뒤통수를 향해 거대한 손바닥을 날렸음에도 기대한 소리가 나오질 않자 잠시 의아해하던 성주는 성질이 제법 나 있는 표정으로 씩씩대면서 자신의 팔목을 잡은 표의 팔을 바라보았다.

"어쭈, 막아? 이게 오늘 뭘 잘못 먹었나? 아주 죽을려고 용을 쓰는구나!"

급기야 성주의 이마에서 수십 개의 힘줄이 돋아나면서 기괴한 표정으로 변하기 시작했다.

자신이 사랑하고 아끼는 부하 표의 반항. 무척이나 생소하고 새로운 느낌이라는 생각이 들고 있는 흑룡성주 두원이었다.

"아, 씨! 진짜로! 그냥 읽어보시면 될 걸 왜 자꾸 물어보십니까, 귀찮게?"

"뭐, 뭣이라? 귀찮아?"

두원은 자신이 잘못 들었는가 하여 잠시 소리를 질러 양쪽 귀의 청력을 확인해 보았지만 아무런 이상이 없자 더욱 화가 났다.

　사실 원래부터 흑룡성주가 된 두원은 소탈한 성격의 소유자였고, 직속 무사대인 혈사검대와는 자주 어울려 술을 마시고 스스럼없이 지내곤 했다. 하지만 표가 이 정도로 자신에게 반항할 정도는 아니었는데, 오늘은 좀 심하다는 생각이 들었다.

　"어차피 관심도 없으시잖습니까, 예? 지금 성의 예하 세력들은 자기 배나 불리고, 세력 다툼하느라고 난린데, 만날 기녀들 치마 속이나 찾아다니시다가 갑자기 무슨 바람이 불어서 일개 보!고!서! 따위에 관심을 기울이십니까, 예? 그냥 놔두시면 몇 명 되지도 않는 저희 애들 데리고, 발바닥에 땀나도록 돌아다니고 코피 터지도록 몇 날 며칠을 밤새서 하찮은 보!고!서!를 만들어 드릴 텐데요!"

　표는 갑자기 지난 시간 동안 고생했던 사실이 복받쳐 오르는지 분을 참지 못하고 자신의 상관이자 주군인 두원에게 마구 쏘아대기 시작했다.

　갑자기 표가 신세 한탄과도 같은 '보고서' 이야기를 하자 머쓱해진 두원은 슬며시 들었던 주먹을 내리면서 의기소침하게 말했다.

　"아니, 그게 아니라… 내 말은……."

　"이 눈 보십시오, 눈!"

　표가 자신의 손가락으로 눈가를 잡아 늘리면서 충혈되어 보고 있기 만해도 피로가 느껴지는 자신의 눈을 두원의 얼굴 앞으로 들이밀었다.

두원은 못 이기는 척 힐끔거리면서 표의 눈을 바라보고는 조금 미안해졌는지 헛기침을 했다.

"험, 험."

"우리 애들이 전부 이 상태거나 그 이상이란 말입니다, 아시겠습니까?"

"험, 험. 표야……. 그만 해라."

점점 자신이 궁지에 몰린다는 생각이 들자 표의 말을 끊어 볼 요량으로 두원이 넌지시 말했다.

"아뇨! 말 나온 김에 계속할랍니다. 요즘 도대체 성주님 하시는 일이 뭡니까? 만날 불쌍한 우리 애들한테 이거 해와라, 저거 해와라."

"아니, 원래… 성주가 하는 일이……."

"지금 벌써 몇 달째인 줄 아십니까? 안 그래도 요새 이놈저놈 설쳐 대서 그거 뒷수습하느라고 바빠 죽겠는데, 과중한 업무에 쓰러진 애들만 수십입니다. 제발 정신 좀 차리세요!"

흑룡성의 성주로 부임한 지도 벌써 이십오 년째였다. 통상 흑룡성에서는 소성주를 들여 오 년 동안 가르치고 나서 삼십 년째 되는 해에 성주의 직위에서 물러나 소성주로 삼은 자를 약 십 년 동안 후견인으로서 보살피고 은거를 하는 것이 관례였기 때문에 작년부터 소성주 자리를 위해 아홉 개의 세력들에서 후계자들을 보내오고 있었다.

이번 소성주 선발은 지금의 성주 나이를 생각했을 때 시기적으로 조금 늦은 감이 있었기 때문에 서둘러 진행되었다.

그런데 이번 소성주 선발에서 갑자기 분란이 일기 시작한 것이었다. 무엇 때문인지 모르지만 후계자들끼리의 싸움이 무척이나 과도해지기 시작하더니 급기야 연일 싸움이 일어나서 성내가 무척이나 어지러웠던 것이다.

뿐만 아니라 후계자들끼리 서로 파벌을 만들어 우두머리를 세워서 중립을 지켜야 하는 흑룡성의 주요 무력 단체들에 대한 포섭을 시작한 이후로는 서로가 서로를 뜯어 먹기 위해서 매일 싸움이 일어나고 있는 실정이었다. 빈번하게 유혈 사태가 일어나는가 하면, 심지어 독살에 암살까지도 성행했던 것이다.

혈사검대와 표는 그런 사실에 분란을 잠재우기 위해서 연일 뛰어다녀야 했고, 지난 몇 개월 동안 거의 잠도 못 잔 상태라 신경이 매우 날카로웠던 것이다.

"안 그래도 요새 눈코 뜰 새 없이 바빠 죽겠는데, 성주라는 사람이 한다는 짓이… 쯧쯧. 맞다! 얼마 전에 류승현이한테 봄 왔다고 꽃 구경갈 계획을 만들어오랬다구요? 여름 다가온다고 물놀이 갈 계획 세워오라구요? 지금 장난하십니까! 내참! 제발 철 좀 드세요, 예! 애들이 지금 다들 사표 내고 싶다고 만날 저한테 울먹거리는 통에 아주 죽겠단 말입니다!"

"……."

표가 쏟아내는 타박에 흑룡성주는 멀뚱멀뚱 쳐다보면서 아무런 말도 하지 못했다.

"저기, 근데… 표야?"

"뭐요!"

"너 원래 이렇게 말이 많았었냐?"

빠직!

정말로 새로운 무언가를 발견한 것처럼 자신을 초롱초롱하게 바라보는 두원의 얼굴을 보면서 표는 할 말이 없었다.

"……."

"……."

흑룡성주 두원을 잠시 바라보던 표는 깊게 숨을 들이쉬었다가 내쉬고는 천천히 성주의 곁으로 다가가더니 성주가 누운 침상과 비슷하게 생긴 의자의 다리를 양손으로 잡았다.

"왜?"

"에라이!"

와장창!

표는 자신을 천진난만하게 쳐다보는 성주가 누운 의자를 들어서 뒤집어엎어 버렸다.

"그냥 저잣거리에 나가서 죽어라! 이 인간아!"

3

흑룡성의 후계자 선정은 항상 공정하게 이루어졌었다.

흑룡성을 받치고 있는 아홉 개 세력의 후계자들은 흑룡성으로 들어와 각 세력의 수장이 준비한 아홉 가지 시험을 받게 되었고, 그 시험을 통해 가장 높은 점수와 후기지수들로부터 가장 많은 지지를 받은 자가 흑룡성의 소성주의 자리에 올랐다.

점수만 높다고 하여 소성주가 되는 것이 아니라 함께 시험을 보았던 이들로부터 가장 많은 지지를 이끌어낼 정도로 인망과 지도력이 높아야만 했다.

이러한 과정이 일어나는 동안 외부의 입김을 배제하기 위하여 흑룡성주는 개입을 할 수가 없었다.

이런 흑룡성의 후계자 선출 방식은 초대의 흑룡성주인 참혼마도가 만든 이후로 한 번도 어겨져 본 적 없이 이어져 내려왔다.

이번에 아홉 개의 관문을 최고의 성적으로 통과한 무인은 마참대의 금관홍이라는 무인이었다.

그는 모든 면에서 여타 세력의 후기지수를 압도하였고, 시험이 종료되었을 때 모든 후기지수들이 손가락을 들어 그를 지지했고, 그러한 사실에 대해 모두가 당연하다고 생각했다.

그는 어린 시절부터 흑룡성의 영역 안에 살아가는 모든 세력들이 부러워했을 정도로 뛰어난 신동이었다. 그리고 그가 자라나는 동안 한 번도 기대를 저버리지 않을 만큼 모범적인(?) 무인이라고 칭찬이 자자했다.

결국 그는 만장일치로 제칠대 흑룡성의 소성주로 추대되었고, 입성식만을 앞두고 있었다.

사단이 일어난 것은 그때부터였다.

갑작스런 금관홍의 죽음.

금관홍은 평소 친하게 지내던 낭아보의 후계자이자 이번 소성주 선출 시험에 함께 참가한 조학과 함께 입성식 하루 전날 낭아보 근처의 객점에서 술을 마셨다.

그리고는 거나하게 취해 기분이 좋아진 그들은 광동성에서 가장 유명하다는 불산의 홍등가를 찾았다.

그러나 얼마 지나지 않아 그는 함께 하룻밤을 보내려 했던 기녀와 함께 침대에서 갈가리 찢겨진 채로 발견되었고, 그 후 낭아보의 후계자이던 조학의 행적이 사라져 버린 것이다.

이에 흑룡성 산하의 모든 세력들은 경악을 금치 못했고, 모든 시선이 낭아보를 주목했다. 하지만 사건의 단서를 쥐고 있으리라 생각한 조학의 흔적은 어디에서도 발견할 수가 없었고, 불산 홍등가를 이 잡듯이 뒤져도 흉수의 단서는 커녕 증인조차 없었다. 낭아보 역시 후계자인 조학을 잃어버린 것은 마찬가지였기 때문에 결국 무혐의 처분이 내려졌으나 마참대는 그런 사실을 인정하지 않았다.

결국 마참대는 낭아보의 음모라 여기고 공격을 감행했다.

이에 흑룡성주는 혈사검대를 파견하여 두 세력에 대해 중재를 하기에 이르렀고, 결국 낭아보는 사건이 해결될 때까지 외부의 모든 활동을 접고, 가택에 연금되는 처분을 받게 되었다.

그로부터 일 년이 흐르는 동안 소성주의 선택을 미루어 둘 수가 없었기에 다시 한 번 소성주 선택을 위해 시험을 치르게 되었지만, 특별히 뛰어난 인재가 나오질 않았다.

그로 인해 각 세력들은 자신들이 선출한 후계자를 소성주로 만들기 위해 서로 기세 싸움을 시작했고, 시간이 흐를수록 그

골은 점점 깊어졌다. 결국 흑룡성을 중심으로 뭉쳐 있던 사파 무림의 구대 세력의 동맹은 조금씩 금이 가고 있었다.

흑룡성이 있는 악록산 근처의 성도인 장사에는 동정호의 지류를 따라 수많은 기루들이 지어져 있었다.

그중 가장 유명한 곳이 사파 구대 세력 중 하나인 향화십삼방 중 하나인 천향루였다.

무림에서 가장 어여쁘다는 기녀들이 즐비했고, 동정호를 바라보며 지어진 누각은 귓가를 울리는 거문고 소리로 인해 더욱 운치가 넘쳐흘렀다.

하루에도 수많은 여행객들이 드나들었고, 제법 풍류를 즐긴다는 한량들이 장사를 지날 때면 항상 들르고는 하는 곳이었다.

아름다운 노랫가락과 흥겨운 춤사위가 있어야 할 천향루의 특별실이 위치한 삼층 누각에서는 평소와는 다르게 흉흉한 기세가 내실을 가득 채우고 있었다.

"금관추! 감히 네놈이 본 보주를 업신여기는 것인가!"

"흥! 업신여기다니요. 본인은 단지 이 자리에 어울리지 않는 자와 함께하고 싶지 않을 뿐이외다."

"이, 이… 감히! 낭아보의 존장인 나에게!"

"존장? 후후… 살인자 주제에…….."

"뭐라? 살인? 지금 살인자라 했나!"

얼굴이 시뻘겋게 변해 분을 참지 못하고 있는 자는 낭아보의 십이대 보주인 조무룡이었고, 그에 맞서서 말싸움을 하고 있는 자는 마참대의 이대주인 금관추라는 무인이었다.

금관추는 살해된 금관홍의 동생이었다.

이들은 일 년에 한 번씩 열리는 각 세력의 회합에 참가한 참이었다. 막 도착한 조무룡을 보게 된 금관추가 지난 일에 대한 분노를 참지 못하고 낭아보주가 참가하는 자리에 있을 수 없다면서 자리를 박차고 일어나면서부터 싸움이 시작되었다.

"흥, 감히 나의 형님을 살해한 낭아보가 이번 회합에 참가할 자격이 있다고 생각하는 것이오? 그 일로 인해 대주이신 나의 아버님께서 일 년이나 두문불출하고 계시건만, 무슨 염치로 이번 회합에 참가한 것이오! 더구나 아직 낭아보는 가택 연금조차 해결되지 않았건만!"

"뭐라, 살해? 그 일은 벌써 무혐의로 결정되었거늘… 감히 어린 자가……!"

"무혐의? 우리 마참대는 낭아보가 그 일과 관계없다는 사실을 인정한 적이 없소!"

금관추는 어금니를 깨물면서 낭아보주를 쏘아보았다.

금관추와 낭아보주의 팽팽한 기세 싸움이 시작되자 낭아보의 무사들과 마참대의 이대 무사들 역시 자신들의 무기를 꺼내 들었고, 금방이라도 싸움이 일어날 듯했다.

"본인과 우리 마참대는 절대 당신과 당신의 아들을 용서할 수 없소. 비명에 가신 나의 형님이 그대들의 음모로 인해 죽었다는 사실을 밝혀낼 때까지 그대들은 우리의 적. 반드시 그 일의 모든 것을 밝혀 응당의 대가를 치르게 해주겠소."

금관추는 이미 몇 번의 조사를 통해 모든 증거가 낭아보와는 관계없음이 밝혀졌음에도 낭아보주를 범인인 것처럼 몰아가고 있었다. 조무룡은 무섭게 금관추를 쏘아보다가 입을 열었다.

"그래, 역시 금관홍이 죽은 것은 우리 흑룡성을 위해서 잘된 일인지도 모르겠군. 금관추, 자네를 보아하니 금관홍이 어떤 인물이었는지 알게 되는군. 사리분별도 못하는 애송이를 소성주로 추대했었다니……. 누군지 몰라도 금관홍을 잘 죽였다는 생각이 드는군."

챙!

조무룡이 비아냥거리는 듯한 음성으로 독설을 퍼붓자 금관추의 얼굴이 분노로 물들며 환도를 뽑아 들었다.

"닥쳐라! 감히 죽인 것도 모자라 망자를 욕보일 셈이냐!"

금관추는 금방이라도 낭아보주를 향해 칼을 휘두를 듯했다.

"호오… 피를 보고 싶은 것이라면 마다하지 않겠다. 해볼 테냐?"

"이익! 나서라! 나 금관추, 네놈의 목을 베어 비명에 가신 형님의 원혼을 달래야겠다."

"놈! 바라던 바다!"

우려하던 일이 일어나 버렸다.

지난 일은 그들 사이의 골을 더욱 깊게만 했고, 사건이 완전히 조사되지 못한 채 미결로 끝나 버리는 바람에 남아 있던 앙

금이 드디어 터져 버린 것이었다.

금세 싸움이 일어날 듯한 일촉즉발의 상황이었음에도 거대한 탁자에 앉아 있던 각 세력의 존장들은 모두가 아무런 관심도 보이질 않았다.

두 세력이 혈난이라도 일으켜 세력이 약해진다면 지금의 후계 구도에서 두 명이나 되는 후보자가 빠지게 되는 셈이었고, 두 세력이 차지하고 있던 영역을 조금 더 차지할 수 있는 기회가 되기 때문이었다.

지난 일 년간의 시간은 강했던 결속력보다 자신들의 이익을 생각하는 시간이 되었던 것이다.

그들이 모여 있던 삼층의 누각은 두 세력이 뿜어대는 살기로 가득 차올랐다.

한참여를 서로를 쏘아보며 기세를 피워올리던 싸움.

아직은 연륜과 경험보다는 패기가 앞섰던 금관추가 먼저 움직였다.

그의 환도에는 젊은 무인이라고 생각하기에는 넘칠 정도의 도기가 뿜어져 나왔고, 그에 맞추어 낭아보주 조무룡도 자신의 낭아곤을 휘둘러 쳐댔다.

두 개의 거대한 기운이 맞부딪치려는 순간이었다.

누군가 엄청난 속도로 조무룡과 금관추의 기가 충돌하는 중심을 향해 파고들었다.

꽈광!

엄청난 충돌음과 함께 튕겨 나간 기의 조각이 누각 전체를 울리며 터뜨려졌다.

"윽!"

"컥!"

조무룡과 금관추는 자신들의 기가 무언가에 부딪치면서 되돌아온 반탄력에 의해 서너 걸음이나 밀려나면서 침음성을 토했다.

금관추가 인상을 쓰면서 자신의 공격을 튕겨낸 이를 노려보았다.

그는 붉은 무복을 입고 얼굴을 반쯤 복면으로 가린 채 거대한 도를 엉덩이에 걸친 호리호리한 체격의 무인이었다.

"표?"

조무룡이 나타난 인영이 누군지 알아보고는 당황한 채로 말했다.

그는 바로 흑룡성주의 직속 무사대인 혈사검대주이자 흑룡성에서 성주를 제외하고 가장 강한 무인인 '표'였다.

표는 두 개의 기운을 막아낸 손목이 저리는 듯 인상을 쓰며 싸늘한 표정으로 조무룡과 금관추를 바라보았다.

"이번 회합에서의 싸움은 금지되어 있을 텐데요."

마치 서생과도 같은 얼굴로 무지막지하게 날아오는 두 개의 공격을 그 중심에서 튕겨내 버린 괴물과도 같은 표의 목소리는 냉담하기만 했다.

금관추는 그렇다고 쳐도 조무룡은 무림에서도 거의 최고수에 놓여지는 무인이었다. 그런 무인이 아무리 최선을 다하지 않았다고는 하지만 막아내기가 쉽지 않았을 터인데도, 갑자기 뛰어들어 그의 공격을 튕겨내어 버린 표를 보면서 당사자들인 조무룡보다도 다른 각파의 무인들이 더 놀랐다.

표는 조무룡과 금관추를 싸늘하게 바라보다 엉거주춤한 자세로 일어서 놀란 얼굴로 자신을 바라보는 각파의 존장들을 둘러보았다.

'다들 정말 너무하는군…….'

고작 자신들의 세력 때문에 수십 년을 사귀어온 이들의 싸움을 방관하는 그들에게서 환멸감이 느껴지는 표였다.

"혈사검대는 들어라!"

표의 나지막한 말에 누각의 곳곳에서 마치 유령처럼 생겨나듯이 표와 같은 복장을 한 시뻘건 반복면인들이 나타났다.

"성주님을 무시하고 회합에서 분란을 일으킨 두 사람을 구금하라!"

"존명!"

표는 무척이나 언짢은 얼굴로 혈사검대에 명령을 내렸고, 혈사검대는 신속하게 낭아보와 마참대의 무인들에게 다가갔다. 사파에서도 최고의 전투력을 가지고 있으며 웬만한 세력들은 반나절 만에 몰살시킬 수 있는 전력의 혈사검대였기 때문에 그 누구도 반항하지 않고 무장을 해제하기 시작했다.

"아니, 그런 법이……!"

"무슨……!"

조무룡과 금관추는 갑작스런 무장해제 지시에 당혹스러움

을 표했다.

"닥치시오!"

두 사람의 불만 어린 말투에 표가 싸늘하게 소리치자 거대한 천향루가 쓰러질듯이 휘청거리며 벽을 장식하고 있던 도자기며 술병이 터져 나갔고, 그곳에 있던 모두가 인상을 찡그렸다. 실로 엄청난 공력이었다.

"감히! 성주님께서 다스리는 세력권에서 사단을 일으켜 놓고 무슨 잡소리요!"

표의 일갈에 두 사람은 인상을 찡그리면서 입을 다물었다.

표는 혈사검대에 의해 무장해제되어 고개를 숙인 채로 삼층의 누각을 내려가는 그들의 모습을 바라보면서 그곳에 모인 각파의 수장들에게 혼잣말과도 같이 비아냥거렸다.

"정말 잘 돌아가는구만. 어째, 말리는 놈 하나 없나. 하여간 이놈이고 저놈이고 제 배때기 채우기에 급급할 뿐이지."

꿈틀!

중얼거리듯이 나직한 말이었지만 듣지 못할 정도의 청력을 가진 이는 아무도 없었다. 각파의 수장들의 얼굴이 똥 씹은 듯이 구겨졌다.

"흥, 왜요? 내가 틀린 말했소? 어떻게 한번 제 아들놈을 성주 자리에 얹어보겠다고 하는 꼬라지들하고는……."

지난 일 년여 동안 내분 아닌 내분을 일으킨 각파의 수장의 행동을 대놓고 꼬집는 표의 말에 모두의 얼굴이 시뻘겋게 달아올랐다.

"말을 삼가시게, 표!"

녹림의 대제왕이라 불리는 거력부왕 기웅이 더 이상 화를 참지 못하고 일어섰다.

"흥, 그래도 자존심은 있나 보구요."

쾅!

평소 물과 기름같이 서로의 의견에 항상 반대하던 장강수로채의 총채주 합리돈이 거대한 주먹으로 탁자를 내려치면서 화를 내었다.

"네놈! 알량한 무공 실력과 성주의 위세를 업고 기고만장하는구나!"

뿐만 아니라 당금의 성주를 배출한 가문인 철혈도문의 문주 두지광을 제외한 흑사방주 모겸과 비사문주 황석, 환락정의 사미파파 역시 자리에 앉은 채로 표를 잡아먹을 듯한 눈빛으로 노려보았다.

그때였다.

누군가 삼층의 누각을 어슬렁거리면서 걸어 올라왔다.

"응? 누가 누구를 업었다고?"

무척이나 쾌활한 목소리.

올라온 자는 얼굴에 세로로 길게 상흔이 있는 인상 좋은 구릿빛의 근육질 남자였다.

"뭐야? 여기 다들 모여 있었나? 어쩐지 시끄럽다 했지, 카카카."

그는 당금의 흑룡성주인 두원이었다.

두원이 나타나자 표는 잠시 각파의 수장들을 째려보다가 고개를 돌려 버렸고, 고개를 절레절레 흔들면서 흑룡성주의 뒤로 가서 시립했다.

각파의 수장들은 표에 대한 화를 풀지 못한 채 인상을 구기고는 흑룡성주 두원에게 포권을 하면서 예를 갖추었다.

"성주님을 뵙습니다."

"아, 그래. 다들 오랜만이야. 하하!"

두원은 사람 좋은 웃음을 흘리면서 수장들의 인사를 받고는 자신의 뒤로 다가온 표에게 작은 목소리로 말했다.

"야! 너, 인마. 갑자기 사라지면 어떡하냐? 그나저나 매향이는 찾은 거냐? 향화방주가 안 보여. 오늘 오면 꼭 자리를 마련해 준다고 하고서는……."

맹주가 소곤거리는 듯이 말하자 표는 한숨을 내쉬면서 머리가 지끈거리는지 자신의 관자놀이를 눌렀다.

"여전하시군요, 성주."

철혈도문의 두지광이었다.

"아! 조카, 그래. 나야 뭐, 여전하지. 얼마 전에 아들 장가보낸다더니 신색이 훤하구만 그래. 하하, 내가 바빠서 참석하지 못한 걸 이해하시게나."

두원은 웃으면서 인사하는 자신의 조카이자 철혈도문의 현 문주인 두지광의 어깨를 잡으면서 반색했다.

"저… 창이가 장가간 건 육 개월 전입니다만……."

"그랬나? 하하! 이놈의 정신머리하고는."

육 개월 전 일을 얼마 전의 것으로 기억하며 인사를 하고는 무안하지도 않은지 사람 좋은 웃음을 흘리는 성주의 모습에 표의 인상은 더욱 찡그려졌다.

'제발, 정신 좀 차리시죠.'

"참! 이봐, 흑사방주. 지난번에 손주 돌잔치 때 못 가서 미안하네."

흑사방주는 성주의 체통없는 모습에 불편한 기색을 내비치면서 말했다.

"크흠! 성주님, 그건 제가 아니라 비사문주입니다."

"그런가? 이것 참, 요샌 나이가 들어서 그런지 방금 들은 것도 금세 잊어먹어서 말이지. 우하하!"

'관심이 없는 거겠지요.'

넉살 좋게 웃기만 하는 성주를 보면서 뒤에서 표는 입을 삐쭉댔다.

"근데 말이야. 자네들, 설마 여기서 싸운 건가?"

두원은 그제야 벽 주위에 떨어져 깨진 도자기와 조무룡과 금관추의 공격이 튕겨져 나가면서 깨진 마룻바닥을 보면서 물었다.

'그런 건 제발 좀 빨리 눈치 채시죠. 하아… 정말 같이 다니기 싫다.'

표는 한숨이 나왔다.

"쯧, 다 큰 사람들이 싸움을 하면 쓰나. 말로 해결하라고, 말로……. 안 그래도 요즘 표가 내분이 일어난다는 둥 후계자 싸움이 격해지고 있다는 둥 말이 많다고……."

두원은 혀를 차면서 각파의 수장들을 향해 말했다.

각파의 수장들의 표정이 싸늘하게 변했다.

항상 이런 식이었다. 매사를 우유부단하게 처리하는 성주.

더구나 무림맹주인 화무군이 친구라는 이유로 피해를 보아도 매번 양보를 하면서 좋게좋게 해결하려는 모습 때문에 불만이 많았던 각파의 수장들이었다.

더구나 지금의 흑룡성은 너무도 정체되어 있었다.

무림인으로서 강호를 살면서 어찌 항상 평화롭기만을 바라는 것일까.

어쩌면 지금의 후계를 둘러싼 각파의 신경전과 분란은 저 우유부단한 성주가 원인이었는지도 몰랐다. 오늘이 회합이라는 것조차 까맣게 잊어버린 채 기녀 따위를 만나기 위해 나타난 성주의 모습에 각파의 수장들은 문득 화가 치밀어 올랐다.

"후계자 선정에 관한 문제는 성주께서 관심 두실 만한 일이 아닙니다."

비사문주 황석이 짜증을 내는 듯한 목소리로 성주를 향해 말했다.

두원의 뒤에 있던 표는 그의 예의없는 말에 순간 화를 내었다.

"감히!"

하지만 두원이 표의 행동을 막아서듯 손을 들어 제지했다.

"성주님!"

표가 화를 내며 말했지만, 두원은 비사문주 황석을 향해 미소 지으면서 말했다.

"그래, 뭐 내가 관심 둘 만한 일은 아니긴 해, 그치? 소성주를 뽑는 것은 전적으로 그대들의 소관이니까 말이야."

"치잇!"

성주는 화도 나지 않는지 여전히 사람 좋은 얼굴이었고, 표는 그런 성주의 표정에 끓어오르는 화를 삭였다.

"그런데 말이지……."

두원의 얼굴에 지어졌던 미소가 무척이나 살기가 넘칠 정도로 짙어졌고, 그의 몸에서 끈적끈적한 기운이 퍼져 나오기 시작했다.

'헉!'

각 세력의 수장들은 무언가 음습한 기운이 자신들의 몸을 서서히 옭죄듯 다가오자 침을 삼켰다.

"그대들이 무얼 하든지 나는 상관없어. 하지만 언제부턴가 말이야, 내 밥에 고약한 놈이 함께 섞여 있더라 이 말이야. '만성독'이라 하더라고……. 물론 내가 독 따위에 당할 위인이 아닌 것은 모두가 알 것이고… 좋아, 그런 것 따위야 애교 정도로 생각하고 웃고 넘어가 주자고. 그런데 당신들, 언제부터 내 허락도 받지 않고 싸우기 시작했지? 내가 요즘 웃어주니까 간이 굵어진 것인가?"

흑룡성주는 여전히 웃고 있었지만 그에게서 퍼져 나오는 광포한 기세는 삼층의 마룻바닥을 쩍쩍 갈라놓을 정도였고, 숨막히는 압박감에 모두가 숨조차 제대로 쉬지 못했다.

평소에는 무척이나 우유부단하고, 놀기 좋아하며, 만날 술이나 먹고, 바보처럼 행동하는 성주였지만, 그는 사파 최강의 고수인 천잔도 두원이었다.

"그리고… 어이, 비사문주. 언제부터 내 말에 짜증을 낼 수 있었지? 내가 모르는 사이에 나를 능가하는 절대 무공이라도 익혔나?"

성주의 기세가 삼층 전체를 지배하고 있었다. 더구나 그 넓은 공간을 자신의 간격으로 만들어내면서 비사문주에게 더욱 압박을 가하고 있다는 사실이 너무도 놀라웠다.

천잔도(天殘刀) 두원.

그는 강자였다. 다른 어떤 미사여구로도 표현되지 않는 절대강자.

세상의 모든 사람들이 천하제일의 무공을 가진 자가 독고진악이라 한다.

흑룡성주인 천잔도 두원은 기껏해야 무림맹주와 동수를 이루거나 그 이하일 것이라고 말한다. 하지만 흑룡성의 모든 무인은 알고 있다.

평소에 시비를 싫어해서 잘 싸우지 않기 때문이지, 그의 무력은 아마도 독고진악을 상회할 것이라는 것을……. 또한 그가 어째서 천잔도라 불리는지도…….

그가 처음 흑룡성주가 될 당시 보여준 단 하나의 무공.

그 무공은 말 그대로 '하늘을 해치는 칼'이라 불릴 만했다. 일도를 뻗어 눈에 보이는 하늘의 모든 곳을 자신의 간격으로 만들어 버리는 엄청난 무공.

그때가 불과 스물여덟 살의 나이. 건장한 중년인의 모습인 성주였지만 지금의 나이는 칠십여 살 정도였다. 얼마나 강해졌을지는 아무도 상상하지 못했다.

모여 있던 모두가 성주가 뿜어낸 기세에 숨조차 쉬지 못하고 식은땀을 흘렸다. 손가락 하나만 움직여도 난자당할 듯한 그런 기세였다.

"표!"

성주는 나직하게 표를 불렀다.

"예, 성주님!"

표는 오랜만에 보여주는 성주의 살기등등한 모습과 잔뜩 위축되어 어깨도 펴지 못하는 수장들의 얼굴을 보면서 힘차게 대답했다.

"오늘 회합은 없다. 모두 돌려보내라. 그리고 각파에 연통을 넣어 사흘 내로 후계자들을 내 앞에 전부 데려와라."

"존명!"

표는 고개를 숙였고, 성주는 쳐다보지도 않고 몸을 돌려 삼층 누각을 내려가 버렸다.

그 순간 성주의 기세가 꺼지듯이 사라져 버렸고, 각파의 수장들은 그제야 막혔던 숨을 토해냈다.

"허억! 허억!"

가공할 성주의 기세.

잠시 동안 침묵이 흘렀지만 아무도 입을 열지 못했다.

"혈사검대는 들어라. 각파의 수장들께서 돌아가신다. 천향
루의 입구까지 배웅하도록!"

"존명!"

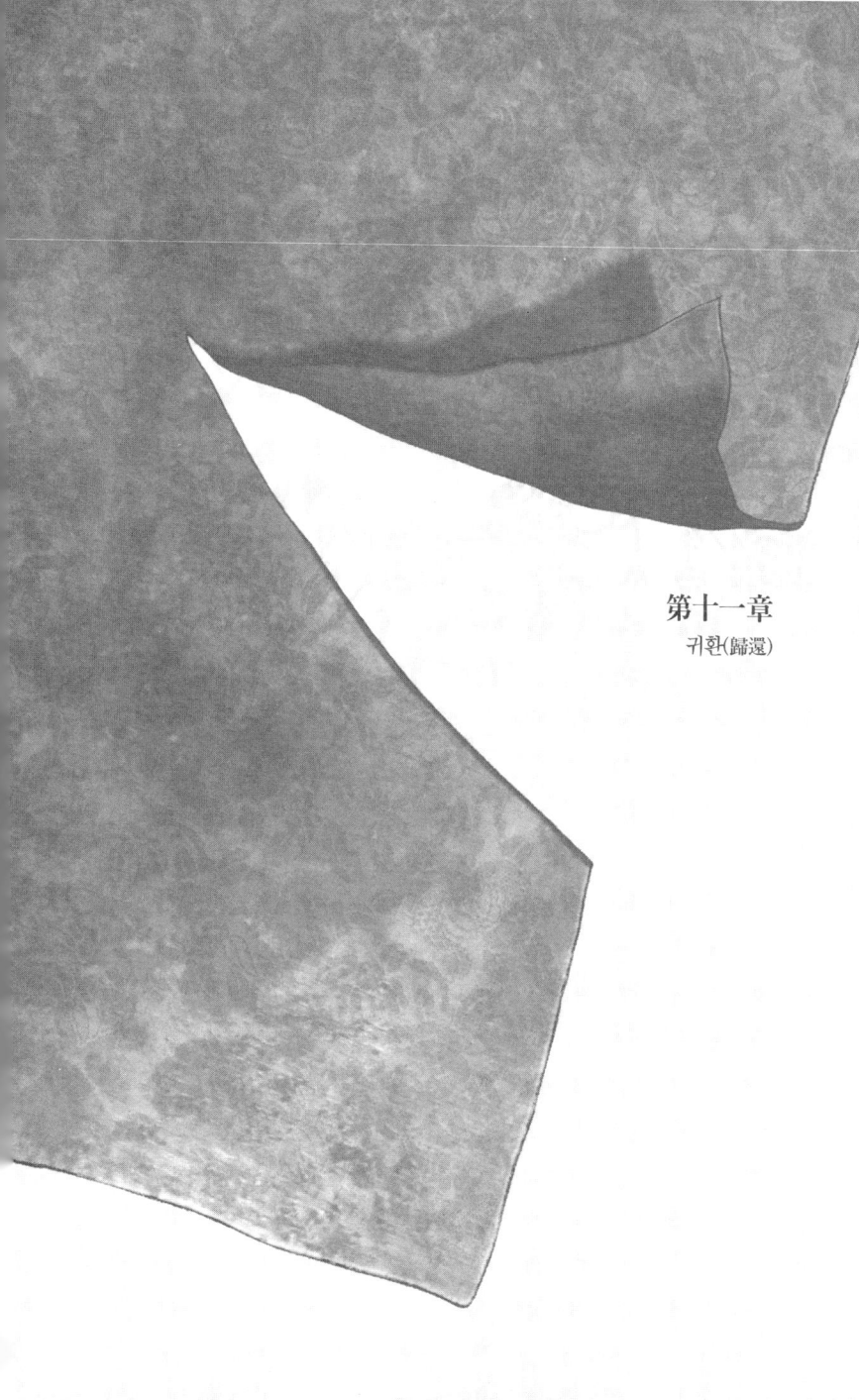

第十一章
귀환(歸還)

戰鬼 전귀

1

파파파팡!

일검은 만변을 만들어내고, 만변은 만물을 제압한다.

수십 개의 검이 창궁에서 쏟아져 내리는 빛살처럼 검기의 줄기가 대지를 향해 내려꽂혔다.

하나하나가 고도로 단련된 일정한 위력의 기운.

여러 사람이 한꺼번에 쏟아낸 것인데도 한 치의 오차도 없이 정확한 기운으로 연무장의 바닥을 때렸다.

검기가 내려꽂힌 연무장의 청석은 거대한 망치를 가지고 내려친 것처럼 똑같이 한 치 깊이로 지면을 눌러 들어가면서 조각조각 깨어졌다.

퍼석!

솟구쳐 오른 몸으로 검을 떨쳐 검기를 쏘아낸 일곱 명의 검수는 지면에 닿자마자 칠성의 방위를 점하면서 각기 다른 기수식을 취했다.

머리에 푸른색의 창궁건을 동여맨 똑같은 복색의 무인들.

들고 있는 검날은 줄기줄기 검기를 뽑아내면서 다음에 이어질 공격을 준비했다.

그들은 대남궁세가가 자랑하는 일곱 명의 청년 무인인 창궁칠수(蒼穹七手)였다.

그들이 취하고 있는 칠성검진(七星劍進)은 남궁세가에서 가장 유명하고 무림에서도 최고의 검진으로 손꼽히는 창궁무애검진의 기본이 되는 칠성검진.

말이 기본일 뿐이지 만변의 묘리를 담고 있는 고차원의 절진이었다.

통상 여타의 검진과 마찬가지로 칠성검진 또한 검진을 구성하는 무인의 실력에 따라 그 위력이 천차만별이었는데, 지금의 칠성검진을 구성한 일곱 명의 검수는 하나하나가 왠만한 문파의 당주급 이상의 실력을 가진 무인이었고, 모두가 검기상인(劍氣傷人)의 경지를 뛰어넘은 실력자들이었다.

창궁칠수가 펼쳐 내는 칠성검진은 강호의 백대고수 두어 명 정도라도 함부로 경시하지 못할 만큼 대단한 위력을 가지고 있었다.

하나 그런 검진이 지금 한 명의 무인에 의해 그 위명을 잃어가고 있었다.

칠성의 방위를 밟으면서 검진의 변화를 이끌어가고 있는 그들의 중심에 선 한 명의 무인.

그는 무척 낡아 보이는 검은 무복을 입고 있었고, 투박하게 생긴 삼절곤을 들어 주위를 날카롭게 쳐다보고 있었다.

촘촘히 짜여진 검진의 위력으로 인해 무인의 이마에는 굵은 땀방울이 흘러내리고 있었지만 표정은 무척이나 여유로워 보였고, 입가에는 작은 미소마저 띠고 있었다.

사내의 이름은 멸마단 이대 돌격조 소속의 비중 없는(?) 무인 중 하나인 양녹산이었다.

그는 지금 무림에서도 내로라하는 남궁세가의 떠오르는 실력자 중 하나인 창궁칠수의 공격을 홀로 막아내고 있었다.

"대단하구만, 이거 창피를 당하겠어. 허허."

창궁칠수의 무공 교두이자 남궁세가의 젊은 무인들을 가르치는 무사부 중 일인인 열혈창궁검객(熱血蒼穹劍客) 벽창호는 진정으로 감탄하고 있었다.

이름도 알려지지 않은 무사가 아무리 젊은 무인들로 구성되었다고는 해도 그 위력 자체가 엄청난 창궁칠수의 칠성검진을 홀로 막아내고 있었다.

운이 아니라 실력이라는 점에서 더욱 감탄스러웠고, 피하고 막는 것에 모자라 허점까지 찾아내어 공격을 할 때는 침을 삼킬 정도로 긴장감을 연출하고 있었다.

"저 친구, 상대를 느끼는 감각이 엄청나구만. 내 사십 년을 살면서도 저렇게 공력을 적재적소에 운용하는 무인은 처음 보는구만."

벽창호는 창궁칠수의 공격을 수없이 막아내 버린 양녹산을 보면서 신기하고도 놀라운 표정을 지었고, 그 옆에서 상황을 지켜보던 적환은 음흉한 미소를 지었다.

"흐흐흐. 벽 교두님, 그럼 미리 약조하신 대로 오늘 술값은 벽 교두님 몫입니다."

술값? 무슨 이야기일까.

사건의 전말은 몇 시진 전으로 돌아간다.

무림맹이 거의 해체되다시피 하면서 여타의 다른 무력 단체들처럼 출신 문파가 없었던 멸마단 이대의 무인들은 대주인 장영이 돌아오기 전까지 자신들의 세가에 머물러 있으면 어떻겠느냐는 창궁일검 남궁창환의 제안에 안휘성으로 거처를 옮겨와 남궁세가의 식객당에 머무르게 된 것이었다.

어차피 남궁가휘와 함께 떠난 장영이니 남궁세가에서 기다리고 있는 것도 괜찮겠다는 생각이 들었기 때문이고, 남궁세가에서는 멸마단 이대의 막강한 전력이 세가에 있어준다는 사실에 대해서 상당히 긍정적으로 생각하고 있었던 것이다.

안휘성에 도착한 멸마단 이대는 모든 것을 제공해 주는 남궁세가로 인해 매일 하릴없이 빈둥대는 것 이외에는 할 일이 없었다.

그러던 중 무림맹이 해체되면서 새롭게 생겨난 오가회의 첫 번째 회합에 참가하기 위해 떠나는 남궁가주가 현재 멸마단 이대의 대주 대리를 하고 있는 사마수동에게 함께 가줄 것을 요청해 왔고, 식객으로 지내고 있던 사마수동은 흔쾌히 승낙하여 오가회의 회주가 된 하북팽가로 길을 떠났다.

멸마단 이대의 무인들은 그들을 제어(?)하고 있던 사마수동이 떠나자 고삐 풀린 망아지처럼 행동하기 시작했다.

처음 며칠 동안은 아무런 사고 없이 남궁세가의 식객당에서 생활을 하고 있었는데, 차츰 그들은 엄청난 사고를 쳐대기 시작했다.

술에 취해 객점의 기물 파손에 대민 피해를 일으키는가 하면, 도박장에서 싸움을 일으키는 것은 예삿일이었다. 더구나 부녀자 희롱으로 안휘성의 옥사에 갇히는 일까지 있었다. 안 그래도 한왕의 반란으로 인해 세상이 흉흉한 차였기 때문에 괘씸죄로 가중처벌까지 받게 된 것이었다.

그때마다 안휘성에서의 영향력이 상당했던 남궁세가의 태상가주인 남궁무 덕분에 풀려날 수 있었지만, 자중하지 못하고 계속해서 사고를 쳐댔다.

신성한 연무장에서 주사위 놀음을 하는 것은 기본이고, 만날 술 먹고 고성방가에 자기들끼리 싸움질을 해대기까지 했다. 가주와 태상가주의 명에 의해서 잘못을 해도 그냥 넘어가 주던 남궁세가 사람들이었지만, 안하무인격으로 행동하는 멸마단 이대의 무인들을 고운 시선으로 볼 리가 없었다.

그러던 중 어느 날.

여느 때와 다름없이 연무장에서 빈둥대고 있던 멸마단 이대는 검진 수련을 위해 연무장을 찾아온 창궁검수들과 시비가 붙게 된 것이었다.

사실 멸마단이 무림맹의 주요 인사들과 북해, 독곡, 흑룡성, 마교 등지에는 꽤나 알려진 강자였지만 정작 정도무림에는 그다지 알려진 바가 없었고, 대부분의 무사들이 멸시하고 무시하는 무림맹의 별 볼일 없는 단체에 불과했던 것이었다.

남궁세가에서도 멸마단의 임무나 역할에 대해서 알고 있는 것은 태상가주인 남궁무와 가주인 남궁창선을 비롯한 고위직의 몇몇과 식객당에 함께 머물고 있는 북해빙궁의 무사들 정도였다.

명예를 중시하고 정의를 구현하는 창궁검수들이 멸마단 이대에 대하여 가지고 있는 인식은 무림맹의 쓰레기, 별 볼일 없는 첩보 무사대 정도로만 알려져 있었다. 더구나 식객당에 머물면서 쳐대는 사고를 대충 알고 있었기 때문에 연무장에서의 그들의 행태를 곱게 보지 않고 있었다.

그렇지 않아도 태상가주인 남궁무의 엄명에 의해 멸마단 이대 무인들에 대해 최대한 예의를 갖추라는 지시에 대해 불만만 가득 생겨나 있었던 차였다.

그런데 그들이 자신들이 검진을 수련하는 소연무장에서 술을 퍼먹고, 도박이나 하고 있었으니 시비가 안 붙는 것이 더 이상하게 여겨질 정도였다.

창궁검수 일곱을 데리고 창궁검진의 기본이자 주축인 칠성검진을 수련하러 왔던 무공 교두 벽창호는 멸마단 이대의 행

태에 분노했고, 급기야 대결이라는 명목하에 모종의 내기를
진행하게 된 것이었다.

                    *   *   *

"훙! 비키지 못할까!"

열혈창궁검객 벽창호의 노성이 연무장을 울렸다.

"응? 뭐야?"

갑자기 자신들의 등 뒤에서 소리친 벽창호로 인해 멸마단
이대의 무인들이 잠시 고개를 돌렸다가 이내 관심을 끊고 자
신들의 일에 열중하기 시작했다. 벽창호는 마치 자신을 무시
하는 듯한 그들의 모습에 더욱 화가 났다.

"이, 이런 버르장머리없는 노무 자식들이!"

한번쯤 고개를 돌려 관심을 가질 만도 했는데, 멸마단 이대
의 무사들은 한번도 고개를 돌리지 않았다.

열혈창궁검객 벽창호는 지금은 남궁세가의 창궁검수대의
무사부로 있지만, 한때 강호 백대고수 중 하나였던 강자였다.
남궁세가에서 몇 번이나 공을 들여 초빙한 고수였고, 허접한(?)
멸마 이대에게 무시를 받을 만한 그런 위치의 무인이 아니었던
것이다.

"정파인의 한 사람으로서 대남궁세가에 너희 같은 쓰레기
들이 있다는 사실을 절대 용납할 수 없다! 내 오늘 네놈들의 버
릇을 단단히 고쳐야겠다!"

벽창호는 자신의 지도용 목검을 손아귀에 힘을 주어 잡고는 자신을 무시한 채 도박에 열중하고 있는 멀마단 이대의 무사들을 향해 걸어가려 했다.

"교두님, 참으십시오."

"그렇습니다. 저런 놈들 상대해 봐야 좋을 게 없습니다."

"맞습니다. 똥이 무서워서 피하는 건 아니지 않습니까."

"그냥 무시하고 다른 곳으로 가시죠. 안 그래도 가주님이 안 계신데… 괜히 저들과 엮였다가 태상가주님의 불호령을 받는다고요."

창궁검수들은 혹여 괜히 사단이라도 일으켜서 성격이 불같은 태상가주로부터 참회 수련을 받을까 하여 화내고 있던 벽창호를 말렸다.

"음… 하지만 저놈들 하는 행태가……."

"그래도 참으십시오. 저런 놈들과 엮여봐야 교두님의 위명에 누만 됩니다."

창궁검수들이 거듭 만류하는 통에 벽창호는 불쾌한 기색으로 몸을 돌렸다.

쉬이이익—

마치 바람이 작은 구멍을 지나는 것처럼 창궁검수들과 벽창호가 나누던 말이 빠르게, 도박패를 쥐고 노름을 하고 있던 적환의 귀로 파고들었다.

모두가 무시하고 있었지만, 이런 쪽 일로 무척이나 민감한(?) 적환의 머리는 들려오는 소리들과 분위기를 종합하여 엄청난 속도로 머리가 회전하기 시작했고, 하나의 음흉한 계획을 만들어내고 있었다.

'흐흐흐. 잘됐다, 건수다.'

무슨 건수?

적환은 갑자기 도박패를 바닥에 내던지듯이 뿌리치면서 일어나 몸을 돌려 나가는 창궁검수들을 향해 화난(?) 음성으로 소리쳤다.

"듣자 하니 말이 심하군!"

불쾌한 목소리가 들리자 막 연무장을 나서려 했던 창궁검수와 벽창호는 잠시 걸음을 멈추었다.

"우습군. 혼자서 화내고, 혼자서 꼬리 내리는 게 남궁세가를 대표하는 창궁검수들인가?"

웬일인지 적환이 창궁검수들을 향해서 화를 내고 있었다.

"쟤가 지금 뭐라는 거냐?"

함께 있던 북궁우천은 갑자기 도박을 하고 있던 적환이 패를 던진 것도 모자라 갑자기 화를 내자 어리둥절해하면서 금마연에게 물었다. 말없이 히죽대는 금마연은 대수롭지 않게 말했다.

"놔둬라. 심심한가 보지. 그냥 패나 돌려. 저 자식 빼고……."

적환의 도발에 분기탱천한 모습으로 고개를 돌리는 창궁검수들의 얼굴에는 분노한 표정이 이글거리고 있었다.

"지금 뭐라 했나!"

벽창호가 적환의 말에 입술을 씰룩거리면서 되물었다.

"흥! 가는귀가 먹으셨나? 어디 한번 실력 좀 보지. 대놓고 사람을 무시하는 그 행동과 말이라면 실력도 그만하게 갖추셨겠지?"

대놓고 도발해 대는 적환의 모습에 벽창호와 창궁검수들의 얼굴이 일그러지기 시작했다.

"뭐라? 감히 우리가 누군 줄 알고?"

"누구긴, 대남궁세가의 창궁검수님들이 아닌가. 그걸 모르는 사람도 있나?"

적환은 빈정대면서 계속해서 도발하기 시작했다.

"이 자식이, 태상가주님 때문에 봐주려고 했더니……!"

벽창호의 얼굴이 서서히 붉으락푸르락하게 변하기 시작했다.

'흐흐흐, 걸려들었다.'

적환은 눈이 튀어나올 듯한 모습으로 화내는 벽창호를 보면서 마음속으로 음흉한 미소를 지었다.

"왜 봐줘? 무인이 칼을 뽑았으면 피를 봐야지, 암!"

계속해서 화를 돋구는 적환의 모습.

"오냐, 이놈들! 네놈의 안하무인한 태도, 오늘 반드시 고쳐주마!"

끓어오른 분노로 온몸을 부들부들 떨어대는 벽창호의 뒤로 창궁검수들도 살기를 피워 올리고 있었다.

무인들의 살기가 연무장을 가득 채우자 구석에 찌그러져서 자고 있던 양녹산과 한백을 비롯하여 도박을 하던 금마연과 북궁우천, 술을 마시던 태성욱과 남학기, 정석, 이경 등이 눈살을 찌푸리면서 자리에서 일어섰다.

"저기… 근데 무슨 일이야? 저기, 안 어울리게 서 있는 덩치 크신 적환 씨랑 쓸데없이 사람 잠이나 깨게 살기를 풀풀 풍기는 남궁가 무인들은 또 뭐야?"

한백이 잠에서 덜 깬 눈으로 북궁우천에게 물었다.

"몰라. 갑자기 저놈이 쓸데없이 창궁검수들을 도발했어."

"왜?"

"난들 아냐?"

한백과 북궁우천이 수군거리는 사이에 분노한 벽창호가 목검을 들고 한 걸음 나섰다.

"나서라, 이놈! 그 입을 놀릴 만한 실력인지 보겠다!"

"좋아, 좋아. 그렇게 나오셔야지, 암. 그런데 말이오, 그냥 하는 것보다는 대결을 하는 게 어떻겠소. 그동안 남궁세가의 칠성검진을 귀에 못이 박히도록 들어왔지. 거기 창궁검수들이 딱 일곱 명이니 어디 그 유명한 칠성검진 좀 보지."

적환이 히죽대면서 말했다.

"흥! 어줍잖은 놈들이 감히 남궁가의 칠성검진을 논한단 말이냐? 오냐, 보여주도록 하마. 오늘의 교훈을 뼛속 깊이 새기도록. 창궁칠수!"

"옙!"

"나서라! 칠성검진이다!"

창궁검수들은 벽창호의 말에 자신들의 고색창연한 검을 뽑아 들면서 천천히 한 걸음씩 걸어나왔다.

"아! 잠깐."

적환은 위협적인 기세를 펼치면서 걸어오는 창궁검수들을 막듯이 한 손을 들어 올렸다.

"흥! 뭐냐? 다시 생각해 보니 겁이라도 나는 거냐?"

벽창호는 잠시 멈추고자 하는 적환을 비웃었다.

"아니지, 아니지. 이런 대결이 그냥 이루어지면 쓰나, 안 그래? 어떤가 내기를 하는 것은?"

"뭐라, 내기?"

"그래, 내기."

창궁검수들의 안색이 찌푸려졌다.

무인 간의 대결에 내기를 걸려고 하다니 정말 어이가 없었다. 자신들이 무슨 사파도 아니고, 신성한 대결을 내기의 목적으로 사용하다니, 정말 용서해서는 안 되는 놈들이라는 생각에 코웃음이 나왔다.

"대결을 하자면서 내기라니……."

"쯧, 쓰레기 같은 놈들 같으니……."

"그러게 말이야. 저런 놈들을 식객으로 받으시다니 태상가주님을 이해할 수가 없구만."

창궁검수들이 저마다 비웃으면서 한마디씩 하며 비웃었다. 그러나 그들이 무슨 생각을 하든 무슨 말을 하든 간에 전혀 신경 쓰지 않은 채 멸마단 이대의 무사들은 적환을 보면서 한숨을 쉬었다.

'어째 저놈이 나서더라니⋯⋯. 결국 목적은 내기였구만.'

적환은 멸마단 이대에서도 내로라하는 도박꾼이었다.

"왜? 겁나냐, 질까 봐? 뭐, 자신없으면 하지 않아도 좋아."

"뭐라, 자신? 겁이 나? 내참, 사십 평생에 너 같은 놈은 처음이로구나. 천둥벌거숭이 같은 놈! 좋다. 네놈의 도발에 응해주마."

벽창호는 적환의 어이없는 도발에 넘어가 주기로 했다. 어서 빨리 이 무도한 놈들을 단죄하고 싶을 뿐이었다.

벽창호의 승낙에 적환은 눈에 빛을 내면서 음흉하게 웃었다.

"흐흐흐, 그럼 내기 성립!"

슈아아악!

갑자기 무언가 엄청난 속도로 다가오는 기세에 벽창호는 움찔대면서 자신의 허리춤으로 손을 가져갔다.

"그럼, 지는 쪽이 저녁 술값을 내는 걸로 하시지요. 벽창호 어른."

'헉! 어, 어느새?'

실로 엄청난 속도였다.

깜짝 놀라서 검을 뽑을 뻔했고, 등줄기에 식은땀이 흘러내렸다.

'움직임을 읽어내지 못했다.'

갑자기 엄청난 속도로 다가와 자신의 앞에서 간사한 미소로 두 손을 비벼대면서 말하는 적환을 보면서 벽창호는 심장이 떨어지는 줄 알았다.

방금 전까지 적환이 있던 곳은 무려 이 장여나 떨어진 거리였다. 그런데 언제 자신의 앞으로 나타났단 말인가.

"야! 빨리들 비켜! 우천, 절루 비키라구!"

방금 전까지 창궁검수를 도발하면서 비아냥거리던 적환은 어느새 정반대의 모습을 보이고 있었다. 언뜻 간사해 보이기까지 한 웃음으로 벽창호에게 공손하게 대했고, 엄청나게 밝은 모습으로 멸마 이대의 무인들을 연무장에서 쫓아냈다.

"자, 그럼 누가 좋을까나······. 녹산아!"

"예?"

적환의 부름에 술병을 들어 입에 가져가고 있던 양녹산이 고개를 돌려 적환을 바라봤다.

"네가 나가라."

"예에? 왜 접니까? 저 술마셨다구요. 더구나 일은 형님이 꾸미신······."

싫다는 기색이 확 표시나는 녹산의 표정.

"어쭈, 나가기 싫어? 전에··· 수동이 형님이 은자 주머니······."

"알았어요. 나간다구요, 나가. 내참, 치사해서······."

양녹산은 적환이 음흉한 웃음으로 무언가를 까발리려 하자 금세 술병을 놓고 연무장의 중앙으로 걸어나갔다.

"뭐냐, 그건?"

금마연이 갑자기 행동을 달리하는 양녹산과 적환이 말한 '사마수동의 은자 주머니'에 관심을 가지면서 적환에게 넌지시 물었다.

"아, 그런 게 있어. 크크크크!"

한순간 적환의 움직임 때문에 당황하고 있던 벽창호는 양녹산이 연무장의 중앙에 나서자 이내 정신을 차리고 의문이 가득한 표정으로 적환을 바라보았다.

"끝인가?"

"예?"

"우리 창궁검수와 싸운다는 상대가 고작 하나? 달랑?"

이대의 무인 전체가 나설 것이라고 생각했던 벽창호는 단 한 명만이 연무장으로 나서자 어이없다는 표정으로 물었다.

"예, 칠 대 일이죠. 당연히……."

한치의 망설임도 없이 자신하는 적환에 의해 벽창호는 더욱 어이가 없었다. 처음에는 화가 났고, 두 번째는 놀람, 세 번째는 어이없음으로 바뀌고 있는 중이었다.

'이자, 설마 진심인가?'

도대체 저런 자신감이 어디에서 비롯된 것인지 모르겠지만, 남궁세가에서도 당주 급을 상회한다는 실력을 가진 남궁칠수를 술 먹은 무인 하나로 막겠다니, 무슨 경극도 아니고 정말 어이없음이 연속해서 생겼다.

하지만 그런 생각이 경악으로 바뀌는 데는 불과 일각여도 지나지 않았다.

　　　　　*　　　　　*　　　　　*

　"정말 대단하다는 말밖에 안 나오는구만. 내 오늘 정말 개안을 하는 듯하네."

　벽창호는 놀란 입을 다물지 못했다.

　어설프다고만 생각했던 멸마단의 무인이 이 정도의 대단한 실력을 가졌다는 사실이 놀랍기만 했다.

　한번도 본 적 없는 기의 운용 방법, 거기다가 엄청난 무공 감각까지. 투박한 움직임이었지만 적재적소에 초식을 사용하는 모습은 어떠한 명가의 무인보다도 뛰어났다.

　지금 양녹산이 싸우고 있는 창궁칠수는 남궁세가 내에서도 손꼽히는 무인들이었다.

　남궁세가 최강의 무인들의 집단이자 무림 내에서도 누구나 인정하는 검객들인 창궁검수들 중에서도 수위권에 들어가는 이들이 바로 창궁칠수였다.

　그리고 그 창궁칠수가 펼치고 있는 칠성검진은 일반적인 창궁검수들이 펼치는 것보다 수배나 더 강한 위력을 가지고 있었다.

　그런데도 단지 한 명이 그 검진을 막아내고 있었다.

　남궁세가가 무림에 나온 이래 처음 있는 일이었다. 무림명도 없는 한낱 무부가 칠성검진을 홀로 막아내고 있는 것이었다.

벽창호는 무도하고 어설프기만 했던 사고뭉치 무인들인 멸마 이대가 새롭게 보이기 시작했다.

'어쩐지 가주와 태상가주가 이들을 그리도 칭찬하시더니……'

벽창호가 놀라고 있는 사이 입에서 술 냄새를 풀풀 풍겨대는 더벅머리무인이 말했다.

"저놈, 뭐 하는 거야? 고전하고 있잖아? 내참, 저놈도 요새 한참 놀더니 감각이 많이 죽었네."

멸마단 이대의 무인이자 '색마 이무기' 사건의 모든 계획을 했던 태성욱이었다.

"뭐, 뭐라? 감각이 죽어?"

벽창호의 고개가 홱 하고 돌아갔다.

창궁칠수의 칠성검진을 혼자서 막아내고 있다는 것도 무림인들이 보았다면 턱이 빠질 정도로 놀랄 일인데…….

"야! 녹산, 빨리 안 끝내냐? 이 씨, 벌써 저녁 시간이 다돼가잖아, 인마!"

적환은 짜증을 내면서 양녹산에게 외쳤다.

"에이 씨, 이게 쉬운 줄 알아요? 이 사람들 창궁칠수라고요! 우리보다 백배는 유명한 무인이구만, 이 정도로 막아내는 것도 대단한 거라고요."

창궁칠수가 펼쳐 내는 무수한 검기를 막아내면서도 적환에게 빽 하고 소리를 지르는 양녹산.

"그럼 네가 술 살래?"

"쳇! 알았다구요. 젠장할 선배 같으니…… . 내가 어째서 내기의 대상인 거냐고."

양녹산은 자신의 무기인 삼절곤을 휘두르면서 투덜대었다.

"휴우… 너무 강하서서 어쩔 수가 없네요, 죄송합니다. 좀 다치셔도 이해하세요."

양녹산은 혼잣말로 투덜대다가 숨을 고르고 있던 창궁칠수를 향해 싱긋이 웃으면서 기세를 끌어올렸다.

움찔!

갑자기 엄청난 바람이라도 이는 듯한 기의 폭풍이 양녹산을 중심으로 모여들기 시작했다.

양녹산의 몸에서 피어오르는 엄청난 기운에 다음 공격을 위해 기수식을 취하고 있던 창궁칠수의 몸에 소름이 돋아 올랐다.

"그럼, 갑니다."

귀기 어린 눈빛이 양녹산의 눈을 통해 쏟아져 나오기 시작했다.

파팟!

땅을 박차 오르는 작은 소리와 함께 양녹산의 신형이 사라져 버렸다.

격공보가 펼쳐진 것이었다.

'헉! 무슨……?'

창궁칠수는 갑자기 자신들의 눈앞에서 사라져 버린 양녹산의 모습에 공격하려던 검을 멈춘 채 엉거주춤하게 사방을 둘러보았다.

따다다당! 빡! 퍼퍽!

"큭!"

"켁!"

격타음이 들리자마자 순식간에 창궁칠수가 쓰러졌다.

양녹산은 쓰러진 창궁칠수의 중심에 나타났다.

"삼절타곤(三節打棍)! 종횡무진(縱橫無盡)! 휴우… 오랜만이라 꽤 힘드네. 아구구구!"

격공보를 시전하면서 갑자기 빠져나가 버린 공력에 힘이 쭉 빠지는 듯했다.

벽창호는 경악에 경악을 거듭해 입을 벌릴 수밖에 없었다.

엄청난 속도의 움직임.

자신조차도 흐릿하게 잔영만 언뜻언뜻 보았을 뿐이다.

아마도 마주 상대하고 있던 창궁칠수는 어떻게 당했는지 느끼지도 못했을 것이다.

순식간에 진의 축에 있던 무인을 때리고는 삼절곤을 분리하면서 세 명의 무인에게 날려 쓰러뜨리더니 한 명은 원앙각으로, 한 명은 정권으로, 마지막 한 명은 붕권을 사용해서 무너뜨려 버렸다.

한 호흡 동안 무려 열 번의 움직임과 일곱 번의 공격이 거의 동시에 이루어졌다.

벽창호 자신도 정확히 다 보지를 못했다. 저 정도의 무위라면 백대고수인 자신과 겨루어도 전혀 손색이 없을 듯했다.

"순간적으로 저런 움직임이라니……."

만약 양녹산이 살의를 가지고 처음부터 저런 공격을 했다면 창궁칠수는 단 한 수에 모두 생을 마감해야 했을 것이다. 벽창호는 문득 자신의 손바닥이 축축하게 젖어옴을 느꼈다.

"설마, 자네들 전부 저 정도인가?"

"에이, 설마요? 저놈이 돌격형이라서 강한 거지요. 대주님과 부대주님, 우천이, 그리고 저기 꾸벅꾸벅 졸고 있는 성욱이. 이렇게 네 명을 빼고는 저희 중에 제일 강할 겁니다."

"그, 그런가?"

대단한 이들이었다. 지금 양녹산만 하여도 엄청난 실력이거늘, 그보다 강한 자가 그 위로 네 명이나 더 있다니. 어찌 이런 무인이 정도무림에 회자되지 못했단 말인가. 벽창호는 다시 한 번 적환과 멸마단의 무인들을 쳐다보았다.

문득 일 년 전 멸마단 이대로 들어간 소가주가 떠올랐다.

"혹시… 우리 소가주께서는 어느 정도인가?"

무림맹으로 떠날 때만 하여도 자신이 가진 기운을 다 소화하지 못했고, 구룡의 정점으로 불리울 정도로 강했지만, 초식 활용이 서툴렀던 자신의 소가주.

"아, 꼬맹요? 그렇지, 그 녀석 남궁세가의 소가주였죠?"

"꼬, 꼬맹이?"

적환이 대수롭지 않게 남궁가휘를 멸마단 내에서의 별명으로 부르자 벽창호는 약간 떨떠름한 표정이 되었다.

"아마도 대주님과 떠날 때쯤에 수동이 형님과 비슷한 실력이었으니까… 지금쯤이면 거의 비슷하거나 더 강해졌을지도 모르죠. 뭐, 대주님이야 원체 괴물이시니까 비교할 수가 없구요."

"혹, 수동이 형님이라는 자가 절혼권을 말함인가?"

"네. 절혼권 사마수동. 그 사람이 바로 저희 부대주님이시죠. 전에 뵙지 않으셨나요?"

"아! 그가 절혼권이었구만. 이런, 눈앞에 무림 명숙을 보고도 알아보질 못했다니."

얼마 전 멸마단 이대와 함께 들어온 그들의 대주 대리라는 자가 바로 무림의 오대권사 중 일인이며, 내뻗은 주먹으로 상대의 혼마저 끊어버린다는 절혼권일 줄은 상상도 못했다.

무림에는 권법으로 강한 다섯 명의 무인을 가리켜 오대권사라 불렀다.

그들은 강호 백대고수라는 자들과는 비교되지 않을 정도로 강한 무인들이었다.

굳이 위치를 따지자면, 무림에서 알려진 이들 중 가장 강한 서른 명에 들어가는 정도의 수준이었다. 더욱이 오대권사 중 하나인 절혼권은 무림에 잘 등장하지 않아서 제대로 알려지지 않은 자였는데 그가 멸마단 이대의 부대주로 있었다니. 정말 놀랄 만한 사실이었다.

"그런…… . 오대권사와 동급의 실력이라니… 소가주님도 대단하시구만."

벽창호는 무척이나 감격에 겨웠다.

처음 세가의 윗분들 결정에 의해 최고의 후기지수라 불리는 자신들의 소가주가 멸마단으로 입단할 때만 해도 얼마나 많은 반대를 했던가.

더구나 방금 전 자신이 멸마단 무인의 실력을 보기 전까지는 멸마단으로 간 소가주가 어서 빨리 세가로 돌아오기만을 바랐던 것이다.

그런데 그렇게도 강해졌다니.

벽창호는 감격스러운 마음에 금세 눈물이라도 흘릴 듯한 표정이 되었다.

"저기, 벽 교두님. 혹여 잊어버리신 건 아니죠?"

"어? 무얼 말인가?"

눈에 그렁그렁한 눈물을 훔치면서 벽창호가 자신에게 넌지시 말하는 적환을 향해 고개를 돌렸다.

"술값이요, 술값."

"아! 그럼, 당연하지! 술이 문제인가! 내 오늘 자네들이 원하는 걸 다 사주겠네! 어서 가세나, 하하하! 창궁칠수! 너희들도 따르거라! 뛰어난 무인을 만나 겨루었다는 것으로도 큰 배움이 되었을 터다. 어서 가자!"

벽창호는 양녹산의 공격으로 인해 아직 아픔을 채 가셔내지 못한 창궁칠수를 부르면서 멸마단 이대를 재촉했다. 무척이나 기분이 좋아 보였다.

창궁칠수 역시도 강자로부터 어떠한 배움을 얻었다는 사실로 인해 그들을 무시하고 경시했던 생각은 이미 머릿속에서 지워져 있었고, 어느새 눈빛에는 존경스러움의 표정까지 띠었다.

그러나 그런 벽창호와 창궁칠수의 감격 어린 마음과는 전혀 다르게 멸마단은 다른 무언가에 대한 생각에 음흉하게 웃었다.

'크크크! 다 사준단다.'

'공짜다!'

'대박이다, 대박!'

'포식해 주지!'

'잘했다, 적환!'

벽창호는 기분 좋게 이대의 무사들과 창궁칠수를 데리고 안휘성에서 가장 비싸고 맛있는 주루로 갔고, 그것은 그의 가장 큰 실수였다.

멸마단 이대의 열둘이 그렇게 비싼 음식을 그렇게나 많이도 처먹을 줄은 상상조차 하지 못했다. 그들은 사람이 아니라 수십 일 굶은 아귀였다.

그 일이 있은 후 벽창호는 다시는 내기를 하지 않게 되었다는 후일담이 전해진다.

3

창궁칠수가 양녹산 단 한 명에 의해 무너졌다는 소문은 발이 돋친 듯이 세가로 퍼져 나갔다.

처음에는 헛소문이라면서 코웃음을 쳤지만, 자존심 강했던 창궁칠수와 무공 교두 벽창호가 당연하다는 듯이 시인하자 세가의 모든 무인들의 시각이 달라졌고, 어느새 창궁칠수가 검진의 연무장으로 사용했던 곳은 멸마단 이대 무인들의 전용 연무장이 되어버렸다. 하지만 누구도 그 사실에 대해서 토달지 않았다.

그런데,

항상 조용하기만 했던 연무장에서 갑자기 곡소리가 울려 퍼졌고, 무슨 일인가 하여 수많은 사람들이 모여들었다.

"이노무 새끼들이 내가 조용히 지내라 그랬지, 앙?"

빠각! 뚜악! 픽! 뻐벅!

"꾸에에엑!"

분노에 가득 찬 노성에 이은 뼈가 부러지고 바닥에 처박히는 소리가 연무장을 가득 채웠다.

"어쭈? 피해? 아직 정신 못 차렸지?"

픽! 퍼픽! 빡!

"뭐? 주루에서 싸워?"

빠각!

"부녀자를 희롱해?"

뻐벅!

"기물 파손에 이어서 옥살이까지 하셨다고?"

빠가각!

사마수동은 한번도 쉬지 않고 마치 박자를 맞추는 것처럼 호통치는 소리 다음에는 반드시 매타작하는 소리, 그리고 비명을 질러대는 소리가 남궁세가의 식객당을 울렸다.

"무, 무섭다."

한동안 남궁세가를 울려댄 잔인한 소리에 모인 구경꾼들은 사마수동이 멸마단 이대의 무인들을 두들겨(?) 패는 모습에 치가 떨리고, 소름이 돋아왔다.

이미 사마수동에게 얻어맞은 상처가 시퍼렇게 멍들고, 머리가 터지고, 살갗이 찢어진 채로 연무장에 시체처럼 누워 있는 멸마단 이대의 무인들은 경련이라도 일으키듯이 푸들푸들 떨고 있었다.

"이 새끼들 봐라? 뭘 얼마나 맞았다고, 안 일어서?!"

마지막으로 양녹산의 몸이 연무장 바닥에 쓰러지자 사마수동은 시체처럼 바닥을 꾸물대고 있는 이대의 무사들에게 일어서라고 호통을 쳤다.

그러나 어찌나 많이 맞았는지 아무도 일어서지 못했다.

'죽은 척해야 해.'

'설마 구경꾼이 이렇게나 많은데 더 하실라고……'

이대의 무사들은 지금까지 얻어맞은 것만 해도 견딜 수가 없었기 때문에 그냥 누운 채로 정신을 잃은 척하기로 했다. 이미 식객당 담벼락에는 수많은 남궁세가의 무인들이 담 너머로 연무장을 지켜보고 있었고, 그런 상황에서 설마 사마수동이 더 때리지는 않을 거라는 생각을 하고 있었다. 그러나 그것은 그들의 오산이었다.

"어쭈 안 일어난다, 이거지? 크크크! 좋아, 절대 일어나지

마라!'

사마수동은 자신의 말에도 일어나지 않는 대원들을 보면서 입술을 씰룩대면서 웃었고, 표정이 웃는 건지 화내는 건지 모를 정도로 기괴하게 변했다.

그리고는 천천히 자신의 허리춤으로 손을 가져갔다.

사마수동의 손길에 의해 서서히 그 위용을 드러내는 어른 팔뚝만 한 나무 막대기.

무척이나 유명한 장인이 만든 듯 육각으로 보기 좋게 깎여 있었고, 손잡이에는 아름다운 금색 수실까지 달려 있는, 그 이름도 저주스러운 '멸마이대전용정신개조봉(滅魔二隊專用精神改造棒)' 일명 '정신봉(情神棒)'이었다.

'헉! 저, 저것은?'

'정… 신… 봉…….'

'조때따!'

사마수동이 꺼내 들고 사악하게 미소 짓는 모습을 본 대원들은 신속하게 몸을 튕겨 일어났다. 아니, 일어나려 했다.

수아아아─ 콰직!

"꾸에에엑!"

"꺄울!"

사마수동은 누워 있던 멸마 이대의 대원들을 향해 엄청난 속도로 움직이면서 일어나려는 족족 발로 밟아대기 시작했다.

"크크크! 어디 일어나지 마, 절대로! 카카카카!"

미친 듯이 대원들을 짓밟으면서 웃어 젖히는 사마수동.

마치 악마 같은 모습이었다.

사마수동의 모습에 지켜보던 구경꾼들은 마치 자신들이 얻어맞고 있는 듯한 공포를 느꼈다.

한참을 그렇게 짓밟던(?) 사마수동은 이내 자신의 구타를 멈추고는 땅이 꺼져라 한숨을 내쉬고 고개를 들어 하늘을 바라보았다.

그리고는 품속에 손을 넣어 여유롭게 연초를 입에 물었다.

"휴우……. 불."

파파팍!

사마수동의 나직한 말에 멸마단 이대의 모든 물건을 만들어 내는 상준강이 몸을 튕기듯 일어나 사마수동의 연초에 불을 붙였다. 자신이 만든 작은 부싯돌 기계였다.

"후우… 다들 일어나."

연초의 연기를 한 모금 길게 들이쉬었다가 내뿜으면서 사마수동이 나직하게 말했다.

귀를 기울이지 않으면 들을 수조차 없었던 나직한 음성.

파파팍!

혼잣말하듯 뱉어낸 말이었지만, 멸마단 이대 무사들의 귀에는 천둥소리보다 크게 들리는 듯했고, 처음부터 서 있었던 것처럼 사마수동의 앞으로 오와 열을 맞추어 섰다.

역시 교육(?)의 힘은 엄청나다는 사실을 알게 해주었다.

일어선 멸마단 무사들은 누가 누군지 형체를 알아볼 수 없을 정도로 얼굴이 부어올라 있었다.

"아프냐?"

"저때 아임니다(절대 아닙니다)!"

"잘못했지?"

"에에(예에)!"

"그렇지? 그럼 엎드려라."

파팍!

소리를 질러댈 필요도 없었고, 화를 낼 필요도 없었다. 나직한 말에도 순식간에 두 팔을 뻗어 엎드렸다.

역시 '매 앞에는 장사가 없다' 는 말이 정확한 모양이었다.

"뒤집어."

파팟!

사마수동의 짧은 말에 대원들의 몸이 엎드린 자세에서 그대로 뒤집히면서 배를 하늘로 향했다. 언뜻 보기에도 무척이나 힘든 자세였지만, 멸마단 이대의 무사들은 한 치의 흐트러짐조차 보이지 않았다.

"하늘 보니까 마음이 푸근하지?"

'이런 시팔, 부대주 같으면 푸근하겠수?'

'젠장할 부대주 같으니… 만날 새로운 벌이냐!'

'니가 해봐라. 팔 아파 죽겠구만…….'

대원들은 사마수동의 부드러운 음성에 속으로는 엄청나게 욕설을 뱉었지만 실상 입으로 나오는 말은 전혀 달랐다.

"그러음니다(그렇습니다)!"

"그래……. 이대로 내일 일출을 본다."

'젠장!'

'망할!'

'썩을!'

사마수동은 대원들은 잠시 바라보다가 흡족한 얼굴을 한 채로 천천히 걸음을 옮겨 연무장을 나가 버렸지만, 아무도 자세를 풀거나 바꾸질 못했다.

"어, 엄청나구만……. 멸마단은……."

"저렇게 맞으면 아무리 강한 무인이라도 죽을 거야."

"앞으로 잘해줘야겠어."

창궁검수들은 고개를 멸마단의 대원들이 벌받는 모습을 보면서 측은한 표정으로 고개를 절레절레 흔들었다.

또한 벽창호는 그런 멸마단을 보면서 이제껏 지켜온 교육 방침을 바꾸어볼까를 심각하게 고민했고, 창궁검수들은 왠지 오한이 드는 듯한 기분을 느껴야 했다.

4

남궁세가가 식객당에 머무는 멸마단으로 인해 시끄러운 한때를 보내고 있을 때쯤.

누군가가 안휘성의 성문을 통과해 걷고 있었다.

"오랜만이군."

무척이나 잘생긴 남자.

단정하게 머리를 빗어 묶고, 용이 수놓아진 백색 영웅건을 쓰고 있었으며, 눈보다도 새하얀 백의를 입은 사내.

고금을 통틀어 가장 잘생겼다던 송옥이나 반안도 울고 갈 정도의 미남이었다.

남자는 오랜만에 안휘성에 돌아온 듯 무척이나 감격한 표정을 짓고 있었고, 이곳저곳을 둘러보는 그의 눈에는 따스함이 감돌았다.

백의의 무인은 한참여를 걸어 거대한 장원의 정문 앞에 도착했다.

굳게 닫혀진 정문의 위에 걸려 용사비등한 필체를 자랑하는 현판.

창궁지혼(蒼穹之魂).

푸른 하늘의 영혼이라는 뜻의 현판.

그곳은 바로 안휘성의 거대 세가이자 무수히 많은 절정의 검귀를 보유한 대남궁세가였다.

"드디어… 일 년 만의 귀가인가?"

순백의 옷을 입은 미남자의 이름은 바로 멸마단 이대의 꼬맹이 남궁가휘였다.

『전귀』 4권에 계속…

번외편

노호광창(怒虎狂槍)

戰鬼
전귀

1

신강은 다른 말로 서역이라고 불리는 곳의 한 부분이었고, 예로부터 동서의 교통 요충지였으며, 사막과 함께 한없이 넓게 펼쳐진 초원으로 이루어져 있었다.

신강의 중심을 동서로 가르면서 발달한 천산산맥의 남쪽으로는 탑리목 분지가 형성되어 있었고, 북쪽으로는 고원 지대가 형성되어 있었다.

천산의 남쪽으로는 탑리목 분지로 인해서 거대한 강과 평원은 사막과 초원을 만들어내었다.

넓은 초원의 발달한 지역은 대부분의 사람들이 유목을 하게 만들었고, 드넓은 사막이 있는 곳은 농사를 지을 수 있는 대지가 적어 곡물이 충분하게 생산되지 않아서 먹을 것이 부족했다. 결국 무수히 많은 마적 떼들의 소굴이 되었다.

신강의 사막 지역이 위치한 곳은 중원이었으되 중원이 아닌 곳이었고, 황제의 권력이 거의 미치지 못했다. 결국 황도의 힘은 미약하여 무뢰배와 다름없어져서 민초를 다스리는 관리는 마적 떼와 결탁한 탐관오리에 불과하였다. 하지만 신강의 북쪽인 탑리목 분지와 천산의 남쪽은 무소불위의 마적 떼도, 탐관오리도 함부로 약탈을 하지 못했다.

천산의 아래쪽으로 이어진 거대한 봉우리들이 즐비하게 늘어선 십만대산이 있었는데, 그곳에는 이곳 신강의 실질적인 주인이며 단일 세력으로는 최고의 힘을 가지고 있다는 마교가 위치하고 있었다.

과거 정파가 기득권을 차지하고 수많은 무인들의 힘을 모으기 위해서 마도로 몰아서 중원에서 밀려나 신강에 터를 잡고 숨어 살게 되었지만, 그들은 결코 최초부터 마인이나 악인이 아니었다. 서역에서 밀려온 한 종파의 갈래로 시작하여 자신들의 교리를 전파했을 뿐이고, 단지 그들은 강함을 숭배하고 정파무인들과 다른 방법으로 수행하지만, 그들은 단지 강함의 극의를 추구하는 무인일 뿐이었는데 말이다.

정파로부터 무수히 많은 질타와 멸시를 받고, 일반 양민들에게 배척을 받아가자 시대가 흐르면서 점차 사람들의 소문과 비슷해져만 가버렸다.

그들은 결국 사람들이 생각하는 그런 마교가 되어버린 것이다.

그렇게 마교는 수많은 세월을 거쳐 가면서 더욱 강해지고 발달해 왔고, 지금에 이르러서는 최고의 성세를 구가하고 있는 중이었다.

너무도 강한 무인들이 항상 수련을 하면서 사람들의 눈을 피해서 갇혀만 지내다 보니 수없이 돌출적인 행동이 많아졌고, 때로는 중원무림에 엄청난 혈겁을 불러오기도 했다. 그때마다 마교는 무수히 많은 정파와 그들의 정적들에 의해 공격을 받아야만 했고, 점점 더 깊은 곳으로 숨어들기 시작했다.

하지만 현재의 교주가 취임을 하면서부터는 그 분위기 자체가 달라졌다.

혈영마제 독고진악.

전대의 수석 장로인 독고황의 둘째 아들로 태어나 무공의 천재였던 그는 과거 어느 누구도 익히지 못했던 혈영마공을 극의로 수련하고 전대 교주였던 위지강과 정식으로 일전을 치러 마교의 제이십팔대 교주로 취임하자마자 마교의 모든 것을 휘어잡아 버렸다.

마교는 원래 장로원과 호법원의 각 세력들이 파벌처럼 구성되어 교주의 힘이 무척이나 약했던 곳이었는데, 독고진악이 교주가 된 이후 그 막강한 힘으로 교주 단일 체제의 마교로 탈바꿈시켜 버렸다.

수차례의 반목과 반란이 있었지만, 혈영마제 독고진악은 그 모든 것들을 가볍게 눌러 버렸고, 세력에 참가했던 무수한 무인과 그 휘하의 세력뿐 아니라 사돈에 팔촌의 목까지 눈 하나 깜빡이지 않고 따버렸다.

원래부터 강함 그 자체를 숭배해 왔던 마교의 무사들은 젊은 독고진악의 극강함과 잔인함에 매료되었고, 시간이 얼마 지나지 않아서 마교는 독고진악을 중심으로 더욱 결속력이 강해졌다. 그리고 마교주의 능력에 부합해 마교는 과거보다 거의 두세 배 이상이나 강해졌고, 교주가 된 이후로 육십 년간이나 마교를 그의 발아래 지배하고 있었다.

2

딱!

흑요석으로 만든 작고 단단한 바둑돌이 거대한 대리석으로 만들어진 바둑판을 때리면서 작은 공명음을 일으키며 넓은 동굴 안을 울렸다.

흰색과 검은색으로 이루어진 바둑돌들이 바둑판 위에서 급박한 형세를 유지하고 있었다.

바둑일 뿐이었지만, 마치 검은 돌이 백색의 돌들을 집어삼킬 듯한 기세가 느껴졌다.

백색의 돌을 만지작거리고 있는 앙상한 손의 늙은이는 심하게 땀방울을 흘려대면서 고민에 고민을 거듭했다. 도저히 빠져나갈 틈이 없었다.

그 노인 앞에는 독고진악이 흑색돌을 놓아두고는 비스듬하게 몸을 기댄 채로 무표정하게 앉아 있었다.

"이거 참, 교주. 하… 참……."

앙상한 손의 노인은 도저히 방법이 없었는지 바둑판과 교주를 번갈아 가며 바라보았다.

그랬다. 흑색돌의 주인이 바로 당금 무림의 최대 세력인 마교를 이끌고 있는 혈영마제 독고진악이었다.

"무료하군, 이장로. 안 두실 게요?"

교주는 그의 나이가 벌써 세수 구십을 헤아리고 있었지만, 마치 반노환동이라도 한 듯 중년인의 얼굴을 하고 있었다.

"포기하지. 오늘도 내가 이긴 듯한데?"

이장로라 불린 노인은 현재 마교의 권력의 정점에 서 있다고 해도 과언이 아닐 정도로 그 가진바 힘과 권력이 막강한 환혼수 구양수였다.

"교주님, 너무하신 거 아닙니까? 벌써 스무 번이나 연패입니다. 한번쯤 봐줘서 수하의 기세를 세워주어야 하지 않겠습니까?"

반백의 노인 모습이 된 구양수였지만, 뽀로통한 표정을 지으면서 교주에게 투정을 부렸다.

교주는 그런 구양수의 얼굴을 보면서 무료하고 권태로운 표정을 지었다.

"심심하군. 천악, 그러고 보니 그 녀석이 생각나는군. 꽤나 놀라운 꼬마였지?"

교주는 심드렁한 표정을 지우고 갑자기 무언가 생각난 듯이 꽤나 호기심 많은 꼬마처럼 자신의 뒤에 시립해 있는 무사를 향해 말했다.

"혹, 그 '노호광창' 이라는 놈 말입니까?"

"그래, 그 녀석. 이젠 노호광창이라 불리는 건가?"

"네. 말하길 좋아하는 놈들이 '마교주의 행보를 막은 영웅 노호광창' 이라고 불러대면서 칭송한다고 하더군요. 괘씸한 정파 놈들 같으니라고! 또 마교를 우습게 만들었습니다."

항상 교주의 뒤를 지키면서 수발을 들고 있는 교주 직속의 무사대이자 마교 최강의 무사대인 수라마황대. 통칭 수라대의 대주인 냉천악이 자신의 독문 무기인 거대한 도끼를 땅에 짚은 채로 으르렁거렸다.

"아, 그 무슨 '교주의 나들이' 라는 그 책 이야기 말이구만. 안 그래도 한번 응징을 가할 필요가 있지. 그놈 자식들은 사사건건 야비하게 자기 잘못을 남한테 뒤집어씌운단 말이야. 고얀 놈들 같으니라고……."

구양수가 얼굴을 찡그리면서 분개했다.

"됐어. 응징은 무슨……. 정파의 장단에 손발 맞춰줄 정도로 이장로와 수라대주가 한가했었나?"

독고진악이 그런 둘의 반응에 히죽거리면서 대수롭지 않게 말했다.

"그나저나 그놈 이름이 뭐라고 했지?"

독고진악은 현재 정파가 퍼뜨리고 있는 말도 안 되는 소문

따위는 신경도 쓰지 않은 채로 냉천악에게 물었다.

"아! 그놈 말입니까? 갑자기 튀어나온 놈이라……. 비응단에 확인해 보겠습니다."

냉천악이 교주의 물음에 고개를 숙이고는 뒷걸음치면서 물러났다.

그런 냉천악의 모습을 보고 구양수가 다시금 교주에게 물었다.

"교주님, 이대로 그냥 두실 겁니까? 정파 놈들 하는 짓이 늘 그랬지만, 이 자식들 아주 교주님 얼굴에 먹칠을 했지 않습니까? 더구나 영웅이라니요, 별 시답잖은 놈까지. 명을 내리십시오. 제가 가서 일 수에 그 애송이 놈의 목을 따버리겠습니다."

구양수가 또다시 흥분을 못 이기고 분개하면서 말하자 독고진악이 그런 구양수의 얼굴을 물끄러미 바라보다가 나직하게 말했다.

"이장로……."

"네! 교주님, 하명하십시오."

"자네, 언제부터 내가 같은 말을 두 번 말하도록 간이 부었나? 아니면, 요즘 좀 강해졌나? 분명 됐다고 한 것 같은데 말이지……."

독고진악이 비스듬히 기댄 채로 흑색의 바둑돌을 만지작거리더니 구양수를 향해 입꼬리를 말아 올리면서 비웃었다.

구양수는 교주에게서 찰나였지만 무시무시한 살기가 자신의 몸을 스치듯이 나오자 심장이 정지하듯이 놀랐다. 교주의 반쯤 뜬 눈에는 미세하지만 핏빛 혈광이 번들거렸다.

일순간 등골이 싸늘해지는 기분이 들었다. 단지 눈빛에서 일렁인 살기가 살짝 스친 것뿐이었는데도 몸에 소름이 돋아올랐다. 구양수는 즉시 마교주와 함께 앉아 바둑을 두던 곳에서 내려와 오체복지하며 말했다.

"헉! 교, 교주님, 감히 제가 어찌……."

구양수는 손가락이 떨려옴을 느꼈다. 여기서 말 한마디만 잘못해도 교주는 분명 무표정한 얼굴에 일말의 감정도 없이 자신의 생명줄을 끊어버릴 것 같은 느낌이 들었다.

지금의 마교는 그 강대한 힘이 과거처럼 엄청나게 강한 무사대도 아니고, 호법원이나 전대의 은퇴한 거마들의 집단이 원로원도, 장로원도 아니었다.

독고진악. 마교주, 그 자체가 마교의 힘이었다.

마교의 일만 무사 정도는 순식간에 목을 베어버리고 마교주 독고진악만이 남아 있다 해도 어느 누구도 마교를 경시하지 못할 정도로 강한 당대의 교주. 그가 바로 독고진악이었다.

그에게 있어 아무리 교 내에서 교주 다음으로 강하고, 중원 무림에서 환혼수라고 불리면서 공포의 대상인 자신이라도 일반 무사의 목숨과 다름없을 것임을 알고 있었다.

말을 버벅대며 두려움에 사지를 떨고 있는 구양수를 권태로운 눈으로 바라보던 독고진악은 감정조차 실리지 않은 목소리로 말했다.

"이장로, 돌아가라. 오늘 바둑은 이만 두는 걸로 하지."

교주의 권태로운 눈이 자신에게서 돌려지자 구양수는 혹여 교주의 마음이 바뀔까 봐 얼른 허리를 구부린 채 그곳을 벗어났다.

구양수가 나간 후 독고진악은 무심한 눈으로 빛 한 올 새어 나오지 않는 동굴의 천장을 바라보면서 히죽거렸다.

"훗! 그놈, 재미있었어. 그때 나의 손에 닿은 창의 느낌."

무료하던 그의 얼굴에 그 순간 떠오른 것은 흥미였다. 권태로운 그의 일상에 던져 줄 흥미.

'분명히 그놈, 저주받은 일족. 확실히 예전에 만난 그 노인처럼 사람을 미치도록 흥분시키는 살기였다. 크크크! 기대되는군, 다음에 만날 땐 얼마나 커 있을지.'

교주의 흥미는 얼마 전의 사천혈사에서 비롯되었다.

후에 중원인에게 '교주의 나들이', '사천의 혈사', '노호광 창의 등장' 등으로 알려진⋯⋯.

*   *   *

쾅!

거세게 탁자를 내려친 손이 한 자나 되는 두께로 만들어진 탁자를 산산조각 내며 거대한 굉음을 일으켰다.

"뭐라고! 암황 당천악이 뭐, 어째?"

천둥이라도 치듯이 대전을 거세게 울리는 음성은 머리끝까지 화가 치밀어 오른 듯한 느낌이었다.

"도대체 암황이 어째서 그 살겁을 일으킨 건가!"

암황 당천악

사천을 세 등분하고 있는 청성파, 아미파와 더불어 최강의 세력이자 독과 암기의 명가이며, 정사지간에 위치해 있으나 협의로는 더욱 정파와 가까운 사천당가의 현가주였으며, 암황 이라는 칭호로 불릴 정도로 뛰어난 무인.

그런 그가 지금 엄청난 혈겁을 일으켰다는 보고를 받으면서 당금 무림의 패자 무림맹주 하군악은 화가 날 대로 나서 눈이 돌아가 버렸다.

얼마 전부터 청해성 인근에서 갑자기 일어난 혈사로 인해 무림에는 비상이 걸렸다.

무수한 양민이 살해당하고 인근의 군소 방파가 전멸해 버렸다. 이제까지 문을 닫은 문파만도 수십을 헤아렸다. 살겁을 일으킨 단 한 명의 무인 때문에 청해성은 지금 엄청난 혼란이 일었다. 처음에 관군이 그를 잡기 위해 뛰어들었다가 수십이 떼죽임을 당하고, 민심을 우려한 황도에서도 황군을 파견했지만 거의 백여 명의 황군이 까마귀밥이 되어버렸다. 결국 그가 남긴 흔적에 극강한 강기의 흔적과 독이 발견되면서 정파의 수많은 무인들이 뒤쫓았고, 무림맹에서는 수천의 무사를 동원해한 번도 펼쳐진 적이 없었던 '천급의 천라지망'을 발동하였음에도 그가 풍겨내는 엄청난 독 때문에 그다지 효과를 거두지 못했다.

결국 그를 잡기 위해 무림맹의 비밀 조직인 멸마단을 파견했는데, 그가 신강으로 들어서는 바람에 더 이상의 추적을 하지 못하게 되었다.

신강에 들어선 그가 갑자기 미쳤는지 겁도 없이 잠자는 마교를 건드려 놓았다. 정파로서는 마교에 가서 피해를 줘 전력을 낮추어주면 박수라도 쳐줄 일이었지만, 그 마교에는 살귀보다 더 무시무시한 괴물이 살고 있었다. 바로 현 마교주이며 사상 최강의 마두 독고진악이었다.

결국 마교의 본당 지부 세 개가 몰살당하자 마교주는 분노했고, 독인의 목을 따버리고, 그 시체마저 갈가리 찢어버렸다.

그리고 그가 사천당가의 가주인 암황 당천악임을 알게 되자 엄청나게 분노한 마교주가 그대로 사천성으로 공격 방향을 잡고 폭풍처럼 정파무림을 몰아쳐 갔다.

그를 막아서던 수십 개의 방파가 건물의 잔해조차 남기지 못하고 말살당했다.

비응단에 의해 보고를 받은 무림맹주 하군악은 이러한 사실 때문에 화가 나서 미칠 것 같았다. 될 수 있으면 절대 부딪쳐서는 안 될 인물인 마교의 교주가 개입을 시작했다. 일인 문파, 아니, 갈대 잎 하나로 저 드넓은 황하를 건넜다는 달마보다 강하다고 전해지는 독고진악이 중원무림으로 분노한 채 달려들었다.

만약 그를 막지 못한다면 무림은 끝이었다.

그다지 자신에게 피해만 주지 않는다면 움직이지 않는 게으른 위인인 마교주였지만, 조금이라도 신경을 거스른다면 순식간에 무림을 쓸어버릴 힘을 가진 자이기도 했다. 만약 그와 싸운다면 무림의 모든 힘을 동원해서 어쩌면 막아낼 수도 있겠지만, 그로 인한 피해는 복구하기조차 어려운 상태가 될 수도 있었다.

그런 그가 분노했다. 더 이상 말이 필요없었다.

"제기랄! 도대체 뭐가 어찌 된 거야! 사천당가가 미친 거 아냐? 뭘 잘못 처먹었길래 그래?"

하군악의 노기는 무림맹의 거대한 대전을 쩌렁쩌렁 울렸다.

그런 맹주의 분노에 무림맹의 장로들은 꿀 먹은 벙어리처럼 한마디도 못했다.

"뭐야! 도대체 누구 아는 사람 없어? 군사! 뭐라고 말 좀 해보란 말이야! 어찌할 거야! 마교주를 몰라서 그런 거야? 어? 이런 씨팔! 도대체 뭐야! 대책이 없는 거야!"

하군악은 원래의 불같은 성정이 그대로 드러났다.

이미 그런 그의 성격을 알고 있는 장로들과 군사는 아무 말도 못했다. 지금 괜히 말이라도 꺼냈다가는 맹주의 불호령을 받게 된다. 다들 나이가 많았지만 어쩌면 두들겨 맞을지도 몰랐다. 그런 그때 환룡단주인 제갈승후가 나직하게 말했다.

"아마도… 당가주는 금지된 비술을 실험하다가 독인이 되어버렸을지도 모릅니다."

장내에 모여 있던 모두의 고개가 환룡단주에게로 돌아갔다.

"무슨 소리야, 환룡단주! 금지된 비술이란 게 뭐야?"

하군악은 지푸라기라도 잡고 싶었다. 평소 말이 없고 음침한 성격의 제갈승후였지만, 머리 하나로는 최고라는 제갈세가의 인물이었다. 분명히 대책이 나올 게 분명했다.

"생각하기도 싫은 일이지만, 일전에 당가주가 제게 그런 말을 하더군요. 어쩌면 고금에 더없을 생강시를 만들어낼지도 모른다고……. 그리고 그것을 성공하면 자신은 당가의 숙원이었던 내쉬는 숨마저 독을 뿜는 독인을 완성시킬 것이라고요."

제갈승후의 말에 모여 있던 장로들이 경악성을 토했다.

"가, 강시라고?"

"무어라? 생강시! 그 금지된 술법을?"

하군악은 제갈승후의 말에 무언가 감추어진 것이 있다는 생각이 들자 노기를 가라앉히고 숨을 고르면서 재차 물었다.

"어찌 된 내용인지 자세히 말해보시오, 환룡단주."

제갈승후는 맹주의 말에 잠시 머뭇거리다가 땅이 꺼져라 한숨을 내쉬고는 이내 입을 열었다.

"당가주는 어떤 고서에서 보통의 강시를 만들어내는 방법이 아니라, 살아 있는 자에게 모종의 대법을 시행해서 이지를 조종하고, 피부를 금강불괴처럼 만들어 만독불침에 엄청난 내공을 일순간에 이끌어내는 생강시를 만들어내는 방법을 찾았고, 그것을 벌써 몇 년째 연구하고 있었지요."

금강불괴에 만독불침이라니, 이제껏 누구도 실현해 내지 못한 경지였다. 더구나 강시라니. 모두가 어처구니없다는 표정을 지으면서 고개를 저었고, 하군악 역시 그런 허무맹랑한 이야기로 치부하고 또다시 한숨을 내쉬면서 거대한 태사의에 몸을 털썩이며 주저앉혔다.

그런 반응에 제갈승후가 잠시 침묵하다가 다시 입을 열었다.

"저도 처음에 그런 이야기를 들었을 때 믿을 수가 없었지요. 그것을 눈으로 볼 때까지는⋯⋯."

"응?"

이어진 제갈승후의 말에 허탈해하던 모두의 고개가 순간 획하고 돌아갔다.

"혈사가 일어나기 며칠 전쯤 당가주가 한 무사를 데려왔었지요. 그런데⋯⋯."

제갈승후는 목이 타는 듯이 물을 한 모금 마시고 말했다. 깍지 낀 손에 땀이 찼다.

"생강시였습니다, 엄청난 위력의. 제가 직접 보았지요. 그 위력도, 그 모습도⋯⋯. 정말로 금강불괴에 만독불침이더군요."

"뭣?"

"그, 그런!"

모두 믿을 수 없다는 듯한 표정이었고, 유일하게 태사의에 앉아 있던 하군악만이 의미심장한 표정으로 제갈승후를 응시했다.

"하지만 문제가 있었습니다. 그 생강시는 만독불침이었고,

금강불괴였지만 미완성이었고, 무공을 알지 못했습니다. 즉, 전투 능력이 없는 괴물이었습니다. 당가주는 실패라고 했지만, 저는 그것으로도 엄청나게 놀랐습니다. 얼마 후에 그가 무공을 익힌 낭인 무사를 고가에 찾고 있다는 소문이 은밀히 나돌더군요. 하지만 나서는 자가 없자… 아마도 자신의 몸에 대법을 시행했나 봅니다."

"음……."

모두가 침음성을 삼켰다.

"그럼, 그것의 실패로 광인이 되었단 말인가?"

하군악이 묻자 제갈승후가 좋지 않은 기억 때문인지 힘들게 고개를 끄덕이면서 말했다.

"예……. 자신의 몸을 생강시를 만들고 난 이후에 이지를 상실하지 않기 위해 사용한 독이 아마도 골수에 침투해 그리된 것이 아닌가 사료됩니다. 그는 미치도록 독인을 만들고 싶어한 천재였으니까요."

하군악은 제갈승후의 말에 눈을 감고 태사의의 팔걸이를 잡은 채로 되씹기 시작했고, 장로들과 군사 역시 아무런 말도 하지 못했다.

정파의 세력에 포함되지는 않았지만 정파인 사천당가.

그런 사천당가에서 전 무림에 씻을 수 없는 죄를 지었고, 수많은 양민들에 대한 죄를 지었다. 만약 암황이 생강시 하나를 만들기 위해서 이러한 혈겁이 일어난 것을 알게 된다면 무림맹에 대한 전 무림의 지지도는 바닥으로 곤두박질치게 된다.

어쩌면 그 존립마저도…….

그뿐만이 아니라 정파는 수많은 시간 동안 그 죄를 씻어내기 위해 노력해야 할지도 모른다. 지금의 시기는 북해에 버티고 있는 빙궁과 신강의 마교, 사파의 거두 흑룡성, 서장의 포달랍궁, 남만의 독곡이 균형을 맞추면서 서로를 견제하고 있는 시기였다. 만약 지금 정파의 구심점인 무림맹이 혈겁으로 인해 인지도가 흔들려 버린다면 정파무림은 그 균형에서 벗어나게 될지도 몰랐다.

하군악은 고민하고 또 고민했다. 어떻게 할 것인가?

한참의 시간이 흐른 뒤 하군악의 입이 무겁게 열렸다.

"어쩔 수 없소. 반계를 사용합시다. 모든 걸 마교에 뒤집어씌워야겠소."

"예? 하지만?"

이제껏 한마디도 꺼내질 못했던 천산설가의 장로이자 무림에서 만박자로 불리는 군사 설무룡이 '어찌 정파로서 그런'이란 말을 생략하면서 하군악에게 말했다.

"물론, 정파로서 해서는 안 될 일인 걸 알고 있소. 하지만 이대로 사천을 저들의 손에 내줄 수는 없소. 만약 당가주에 대한 사실이 알려진다면 정도무림은 씻을 수 없는 상처를 입을 지도 모르니까……."

"……."

설무룡은 반박할 말을 찾지 못했다. 자신도 알고 있었다. 이번 혈겁의 주인공인 당가주에 대한 이야기가 밝혀지게 되었을 때 무림맹과 정도무림이 받아야 할 타격은 실로 감당키 어려웠다. 이미 너무도 많은 사람이 목숨을 잃었다.

"환룡단주, 개방과 연계하여 거짓 소문을 퍼뜨리시오."

"네… 알겠습니다."

제갈승후는 내키지는 않았지만 더 이상의 대안이 없었기 때문에 결국 힘없이 대답했다.

"비응단주는 무림맹과 연결된 모든 문파에 전서구를 띄우시오. 잔악무도한 무리인 마교의 패악에 대해서 꾸며대도록 하시오. 물론 당가주에 대한 내용은 절대 밝혀져서는 안 되오."

"존명."

정파인으로서 하지 말아야 할 짓을 하는 것 때문일까? 모두가 대답에 힘이 없었다.

힘없이 천천히 몸을 일으켜 대전을 나가는 장로들 뒤로 태사의에 앉아 머리를 부여잡고 말하는 하군악의 목소리가 나지막하게 울려 퍼졌다.

"여러분들이 지금부터 하는 행동 모두가 무림을 위한 것이라고 생각해 주시오. 미안하오."

며칠이 지나간 후.

무림맹의 전서구에 의해 엄청난 수의 무림인들이 사천성 근처에 집결했다.

마교주가 갑자기 중원으로 쳐들어와 청해성과 사천성을 거치면서 수십 개의 문파를 멸문시켜 버렸다. 그사이 수천의 양민과 무인이 목숨을 잃었다. 양민의 죽음에 관군이 파견되었지만 마교는 관군마저 학살하면서 밀고 들어왔다.

이에 격분한 무림맹은 전 무림에 참가를 고하고 무사대를 집결해 사천성 인근에 모였다.

수만의 무인들이 무림맹주 하군악의 말에 함께 움직였다. 엄청난 위용이었고, 엄청난 기세였다.

마교와 정도무림은 사천성의 당가를 사이에 두고 대치했고, 둘 다 어떠한 움직임도 보이질 않았다. 며칠 동안 서로 공격도 하지 않았고, 대화도 오가지 않았다.

무림맹이 마교의 일전을 위해 거대한 천막을 수백 개나 쳐두고 방어선을 구축했다.

맹주의 집무실을 임시로 꾸민 천막 안.

제법 무거운 기운이 흐르고 있었고, 침중한 표정의 무림맹주와 무표정한 얼굴의 무사가 밀담을 주고받고 있었다.

먼저 흑색 무복을 입고 무표정한 얼굴로 앉아 있는 무사가 말했다.

"독인을 만드는 비법 탈취가 목적입니까?"

하군악은 무척이나 난처한 표정으로 말했다. 언제나처럼 흑색 무복의 무사는 자신에게 직접적인 표현으로 물어왔다.

"아니, 그렇다기보다는 그 물건이 마교에 넘어가질 않길 바랄 뿐이네."

하군악은 가슴이 뜨끔했다. 마치 어린아이가 거짓말을 하다 들킨 듯한 표정이었다.

그런 하군악을 감정 한 올 실리지 않은 눈빛으로 바라보던 흑색 무복의 무인이 다시 물었다.

"다시 묻겠습니다. 독인을 만드는 비법 탈취입니까?"

그의 음성은 높낮이도 감정도 묻어나질 않았다.

하군악의 더럽고 추악한 목적이 드러날 만도 한 것이었는데 무인은 그 어떤 감정도 싣질 않았다.

"크흠… 그렇네……."

하군악의 마지못한 대답에 무인이 눈을 살며시 감았다 뜨면서 말했다.

"알겠습니다. 추가 임무는 없습니까?"

"……."

하군악은 무인이 자신에게 어떠한 말도 하지 않고, 명령만을 기다리고 있자 잠시 옆에 놓여 있던 차를 한 모금 마시고 나서 말했다. 그의 음성에서 잔인함이 물씬 풍겨져 나왔다.

"혹, 얻지 못하면 말살일세. 우리가 얻질 못하면 그 누구도 가지지 못하도록……."

흑색 무복을 입는 남자의 이름은 마강추. 무림에 알려진 명호도 없었다. 아니, 그는 절대 알려져서는 안 되는 인물이었다.

무림맹의 비밀 세력이자 있는지 없는지조차 알려지지 않은 멸마단의 단주였다.

그는 어느 누구도 아닌 단 한 사람, 당대 맹주의 명령만을 받는다. 멸마단은 그러기 위해 길러졌고, 그를 위해서 출신 역시 하급 무사 출신이나 출신 성분이 불분명한 낭인 무사들이 대부분이었다. 그들은 멸마단으로 비밀리에 뽑힘과 동시에 세뇌를 받아야 했다. 그리고 절대복종을 위해 뇌에 독성이 강한 세침을 박아 넣었다. 그들은 세 개의 대로 구성되어 무림맹의 어두운 곳에서 정도무림을 유지하기 위해 수많은 임무를 수행했다. 추악하고 더러운 임무였다. 항상 전쟁터의 가운데에서 싸웠고, 초개처럼 목숨을 버렸다.

그들은 알려지지 않은 무림맹의 주춧돌이었지만, 어느 누구 하나 알지 못했다.

하군악은 지금 이번 혈겁에 관련된 더러운 임무 하나를 이들에게 내린 것이었다.

금강불괴와 만독불침의 신체를 지닌 생강시를 만드는 대법과 독인을 만들어낼 수 있는 방법. 그 방법은 당천악의 아들이자 당가의 소가주가 알고 있다고 했다.

당천악이 미쳐서 죽어버린 지금, 만약 그 당가의 소가주를 마교에서 먼저 확보한다면 반드시 말살하라.

추악했다. 무림맹은 자신들의 힘을 기르기 위해서 인의마저도 저버리려 하고 있다.

하지만 마강추는 알고 있었다. 지금까지 그와 비슷한 임무를 수도 없이 해왔었기에.

"존명!"

정도를 걷는 무림인이었지만 하군악의 말에 일언반구도 반문하지 않았다.

마강추는 가볍게 맹주에게 고개를 숙이고는 들어왔던 것처럼 소리 없이 맹주의 천막 안에서 사라졌다.

마교와 정파가 대치를 시작한 지 일곱여의 해가 지고 뜨기를 반복했을 때, 마교의 움직임이 시작되었다.

마치 해일과도 같은 기세로 당가를 향해 마교의 무사들이 질주하기 시작했다.

붉은 혈룡이 수놓아진 검은 장포가 휘날리며 혈광살귀라 불리는 일백의 무사대가 쏘아지듯이 사천당가를 향해서 움직였고, 그에 맞추어 정도무림의 수많은 무사들이 움직였다.

검기가 난무하고 피가 튀어 올랐다.

난전.

일백의 혈광살귀들은 수백의 정도무림인과 격돌하여 그사이를 헤집으면서 거대한 낫을 휘둘렀다. 팔이 떨어져 나갔고 머리가 하늘로 떠올랐다.

순식간에 십수 명의 인영이 대지에 몸을 눕히면서 쓰러져 숨을 거두었다.

일백의 혈광살귀의 무공은 실로 엄청났다.

마치 전장을 헤집고 다니는 늑대처럼 잔인하게 웃으면서 정도무림의 무사들을 학살했다. 명백하게 밀리는 형세였다. 결국 무림맹은 철기대를 투입했다. 은빛 창을 들고 선 백의의 무사들이 은색 경갑주가 입혀진 말을 몰아 질주했다. 대지를 울리는 말발굽 소리는 전장을 들끓게 했다.

"철혈기마대! 전원 투창!"

대주 하후용백의 외침에 은색의 거대한 창 일백여 개가 하늘을 수놓으면서 날아올랐다.

마치 하늘에서 내려오는 빛살처럼 대지를 향해 쏟아지는 은빛 창은 혈광살귀들을 추적하듯이 쫓아 내려꽂혔고, 결국 그들의 발을 묶었다. 잠시 잠깐의 틈을 타 다친 정도무림인들이 동료의 부축을 받으면서 격전장에서 물러났고, 철혈기마대는 폭풍처럼 내달리기 시작했다.

"집창!"

창을 꼬나 쥐었다.

"거창!"

창을 세우고,

"연환창!"

은색의 빛이 마치 달리는 창의 대형을 이루면서 대지를 쏘아져 나갔다.

콰과과강!

혈광살귀들과 철혈기마대가 맞부딪쳤다. 거대한 폭음과 먼지가 일어났고, 기의 파장이 장내를 엄청나게 퍼져 나갔다.

검기와 창기의 어울림이 빛무리를 토해내었다.

철혈기마대의 기세를 따라 사기가 오른 정도무림인들이 또 한 번 격전장을 휘달렸다.

멀리서 지켜보고 있던 하군악과 각 문파의 대표들에게서 절로 침음성이 흘러나왔다. 고작 마교의 일백 혈광살귀로 인해 입은 피해가 실로 엄청났다. 수백의 무인이 치달려 왔음에도 마교의 일백 무사는 밀려 나가지 않았다. 오히려 압도하는 듯했다. 하지만 수적 열세와 철혈기마대의 마상 돌격은 막아내지 못한 듯 혈광살귀들이 점차 밀려나기 시작했고, 정도무림의 진영에서는 환호성이 울려 퍼졌다.

엄청난 격전장을 바라보며 멀찍한 곳에서 반듯한 돌에 걸터앉은 한 중년인이 히죽거리면서 웃었다.

"재미있군. 고작 일백 무사를 몇 배의 인원으로 막은 것이 저리 기쁜가? 크크크, 멍청한 놈들! 이장로!"

중년인은 바로 마교주 독고진악이었다.

"예, 교주! 하명하십시오!"

교주를 따라 혈광살귀 삼백을 이끌고 온 구양수 장로는 교주의 뒤에서 허리를 접으면서 대답했다.

"저들에게 보여주라, 마교의 힘을. 저들이 얼마나 우스운지 그리고 오늘 안에 당가를 손에 넣는다."

"존명!"

구양수는 대답과 동시에 몸을 날렸다. 엄청난 마기를 끌어 올리면서 격전장을 향해 내달렸다.

치열하게 일진일퇴를 거듭하는 혈광살귀대와 정도무림의 대치.

철혈기마대주 하후용백은 문득 자신의 애마가 푸르릉거리는 것에 알 수 없는 불안감을 느끼자마자 자신을 향해 다가오는 거대한 기운에 고개를 숙였다.

꾸앙!!

무언가 자신의 머리 위를 지나가더니 뒤에서 싸우고 있던 철혈기마대의 한 명인 황추가 말과 함께 튕겨 나가 버렸고, 땅에 떨어지면서 목이 꺾여 버렸다. 하후용백은 본능적으로 자신의 앞으로 고개를 돌렸다.

그의 전방에서 마치 한 마리의 매가 먹이를 향해 쏘아져 내리듯이 날아오는 인영이 작은 점과 같은 모습에서 점차 사람으로 변했다.

큰 키에 앙상한 체구를 가진 노인.

지면에 두 발을 세우고 선 그는 휘몰아치는 듯한 마기를 사방으로 퍼뜨리고 있었고, 그의 장이 휘둘러질 때마다 막강한 경력이 쏘아져 나가면서 무인들의 머리를 여지없이 터뜨려 버렸다.

"환혼수!"

하후용백은 발악하듯이 소리쳤다.

마교의 이장로이자 대마두 구양수였다. 그 강함으로 마교에서 교주를 제외하고 가장 강하며 전 무림에서도 열 손가락에 들어가는 최고수 중 한 사람이었다.

구양수의 기세가 온몸을 통해 느껴져 오자 하후용백은 몸이 떨렸다. 소문으로 들었던 그의 강함. 그와는 차원이 다른 실제적인 느낌.

두려웠다. 자신이 타고 있는 말은 이미 다리가 굳어 움직일 생각도 하지 못했다.

자신이 감당하기에는 너무도 엄청난 마기였다.

그런 자신을 보면서 잔인하게 비웃는 구양수의 일장이 뻗어 나왔다.

움직일 수가 없었다. 그냥 그대로 죽음이 생각되었다.

구양수의 장력이 하후용백에게 가까이 다가온 그때, 무언가가 하후용백의 옆구리를 세차게 때렸다.

뻐억!

엄청난 고통이 밀려오면서 하후용백은 몸이 마상에서 떨어지며 지면 위를 나뒹굴며 다행히 목숨을 건졌지만, 옆구리에서 밀려드는 고통 때문에 숨이 턱턱 막혀왔다.

그가 정신을 잃기 전에 본 것은 흑색 창을 들고 악마처럼 웃으면서 구양수와 대치한 흑색 무복을 입고 있는 무인이었다. 이제껏 한 번도 본 적이 없었던…….

까가강!

내질러진 흑색 창에 의해 자신의 공격이 튕겨 나가 버리자 구양수는 어이가 없었다.

약관도 되지 않는 듯한 얼굴의 애송이가 자신의 칠성 공력을 튕겨내 버렸다.

"하?"

마치 자신 따위는 안중에도 두지 않는 듯이 철혈기마대의 무사 한 놈을 후려치고 자신의 공격을 막아서더니 갑자기 시야에서 사라져 버렸다. 마치 순간 이동을 한 듯했다.

그리곤 그의 옆에서 싸우고 있던 무인들과 혈광살귀의 틈에 끼어들더니 순식간에 몇 번의 공방도 없이 혈광살귀대원 한 명의 심장을 창으로 꿰뚫어 버리고는 또다시 사라졌다. 그로 인해 살아남은 정도무림의 무인도 어리둥절한 표정으로 쓰러지는 혈광살귀의 얼굴을 바라보다가 자신을 도와준 무인의 종적을 찾기 위해 시선을 돌렸다.

구양수는 흥미가 생기기도 했지만 화가 났다. 자신을 무시하는 듯하지 않는가. 자신이 이토록 무시당할 만한 무인이었던가를 고민하게 했다.

"이런 싸가지없는 애송이 놈이!"

구양수는 다른 무인들의 모습이 눈에 들어오지 않았다. 오로지 방금 전 그 흑색의 악귀 같은 표정의 무인의 종적을 찾아 격전장을 누볐다.

그는 마치 돌풍과도 같았다.

이곳저곳에서 나타나면서 회오리치듯이 창을 휘둘러댔다.

그의 창에서 엄청난 소용돌이가 생기면서 뻗어 나갔고, 휘둘러졌다. 그의 창이 휘둘러질 때면 마치 세상의 모든 것을 빨

아들일 듯이 엄청난 풍압의 회오리가 생겨났고, 그 바람을 따라서 무인들이 휩쓸렸다. 그는 닥치는 대로 공격을 해대었다.

정도무림인이든 혈광살귀든 상관없는 듯했다.

가끔씩 창을 휘둘러 댈 때면 창의 회오리에서 생기는 바람소리와 묘한 느낌의 큭큭거리는 웃음소리가 모두의 소름을 돋게 했고, 그가 내뿜는 기세에 섞여 있는 살기는 함께 있는 이들로부터 피를 끓어오르는 흥분을 느끼게 했다.

"큭큭큭! 좋아! 재미있군! 이 기분이야! 바로 이 기분!"

멀리서 지켜보고 있던 양측은 그의 모습에 궁금증을 토로했다.

"누구지? 정파에 저런 무인이 있었나?"

묘하게 흥미가 가득한 목소리로 격전장을 권태로운 표정으로 지켜보고 있던 독고진악의 두 눈 가득히 호기심이 생겨났다.

"오호? 대단한 움직임이군! 눈으로 쫓기도 힘든걸?"

독고진악은 꽤나 즐거워졌다. 오랜만에 자신에게 호기심을 느끼게 하는 무인이었다. 중원의 웬만한 무공을 다 접해본 자신임에도 어떤 무공인지 파악할 수도 없었다.

"처음 보는 경신법이군. 저런 움직임이면 상대하는 자는 막을 수조차 없겠군."

독고진악의 얼굴에 서서히 미소라는 것이 생겨나기 시작했다. 거의 십수 년간이나 그 무엇도 자신의 흥미를 유발할 수 없었다. 그리고 지난번에 마교에 도전한 그 미쳐 버린 독인도 권태롭기 만한 그의 삶에 단순한 유흥거리일 뿐이었다. 그런 그가 지금 호기심을 느끼고 있었다. 이름도 없는 한 무인에게……

"천악! 모든 무인들을 물려라. 잠시 쉬도록 하지."

"저, 저……!"
무림맹 진영의 수뇌부들은 입을 벌리고 할 말을 잃었다.
"대, 대단한데……?"
그들이 보고 있는 것은 한 명의 무사였다.
마교의 환혼수 구양수의 공격을 받아내고, 창을 휘둘러 이제까지 엄청난 무위를 선보이던 혈광살귀들을 일방적으로 도살하고 있었다.
처음 보는 자였다. 마치 한 마리 호랑이가 토끼우리에 들어온 늑대 떼를 몰아붙이듯이 엄청난 기세로 창을 휘둘렀다. 멀리서 바라본 그의 창은 굽이치는 소용돌이와도 같았다.
"맹주님, 저 복장은? 멸마……?"
멸마단에 대해 알고 있던 무림맹의 장로들은 격전지를 어느새 장악해 버린 한 무사의 복장이 멸마단의 낡은 흑색 복장임을 알아보고 맹주를 향해 바라보았다.
"역시 맹주께서 멸마단을 투입시키셨구려. 그런데 저 인물은 처음 봅니다만……."
하군악의 두 눈이 부릅떠져 있었다.

자신이 멸마단에 내린 명령에 마교와의 격전에 참가하라는 명령은 없었다. 그런데 자신도 처음 보는 멸마단의 복색을 한 무인이 격전지를 휘젓고 있었다.

"그게……."

자신을 향해 물어보는 장로들의 물음에 하군악은 말을 하지 못했다.

그때 정도맹 무사들 중 누군가 외쳤다.

"호랑이다! 분노한 호랑이야!"

"그래! 노호다!"

어느새 그를 무인들이 노호라 부르기 시작했다.

너무도 적절한 표현이었다. 마치 그의 창은 분노한 호랑이가 내지른 앞발처럼 혈광살귀의 몸을 거침없이 꿰뚫고, 소용돌이치듯 휘둘러 허리를 꺾어버렸다.

그의 움직임 하나하나가 정도무림인들의 함성을 자아내었다.

"그는 노호광창이라고 합니다. 이번에 제가 멸마단에 편입시킨 무인이지요."

하군악은 자꾸만 그의 정체를 궁금해하면서 물어오는 장로들과 정도무림의 대표들에게 둘러대듯이 거짓말을 했다.

"오호, 노호광창이라… 대단합니다! 처음 들어본 무림명인데 무척이나 잘 어울리는구려!"

소림에서 나온 공해 대사가 감탄성을 토했다.

그의 나직한 합장에 이은 말은 일파만파로 무사들에게 퍼지기 시작했다.

"노호광창이래!"

"맹주님이 키운 무인이라는구만."

"이야! 대단하구만! 저 움직임은 마치 회오리 같지 않은가!"

"대단해! 그저 감탄만 나오는구만! 불세출의 영웅이 등장했구만!"

흑색 무복의 무인은 그런 양측 진영에서 오고가는 말들이나 정도무림인들의 함성과는 상관없이 격전장을 누볐다. 그의 엄청난 기세는 혈광살귀들을 압도했고, 그의 창이 휘둘러지고 내질러질 때면 한 번에 한 명의 무인이 목숨을 잃었고, 정도무림인들은 운 좋게 목숨을 구했다.

사실 그에게 정도무림인들의 목숨은 중요하지 않았다. 노호광창으로 불리든지 영웅으로 불리든지 그는 전혀 신경조차 쓰지 않았다.

단지 그는 지금의 격렬한 싸움이 자신의 피를 들끓게 해주었기 때문에 좋았다.

얼마 전 멸마단에 일반 무사로 들어왔다.

한동안 전쟁터를 떠돌았고, 그곳에서 광풍창이라 불렸다.

그는 전쟁이 좋았고, 싸우는 그 순간만큼은 온통 피가 격렬하게 온몸의 혈관을 타고 흐르며 살아가는 활력소가 되었다.

전쟁이 끝나고 평화로운 세상이 되어버리자 문득 따분해지기 시작했고, 권력의 암투가 짜증이 나기 시작했다.

결국 그는 싸움을 찾아서 낭인 무사가 되었고, 용병이 되어 중원의 전역을 떠돌다가 무림이라는 세계를 알게 되었고, 제일 처음에 발견한 것이 무림맹의 하급 무사를 모집한다는 방이었다. 만약 마교나 사파의 무사 모집에 관련된 방이었다면 그는 이곳이 아니라 다른 곳에 있었을지도 몰랐다. 그에게 있어 자신이 속한 곳의 이념 따윈 아무래도 상관없었다. 자신의 피를 끓게 해주는 전장이 있는 곳이라면…….

바로 몇 시진 전에 자신의 상급자인 대주가 밤까지 대기하라는 명령을 내렸고, 그는 귀찮음에 그들의 대기 장소에서 잠을 청했다. 그런데 그의 귀로 병장기가 부딪치는 소리가 들려왔다.

순간 그의 피가 끓어올랐다. 그리고 마음이 동하자 몸이 움직였고, 이미 그는 격전지에서 자신의 창을 휘둘러대고 있었다.

"크크크크! 재미있군! 강한 놈들이 잔뜩 있어! 냄새나는 몽고 놈들이나 힘없는 오랑캐 놈들이 아니야! 너무 즐겁다! 크하하하!"

자신의 창에 부딪치는 병장기는 미세한 떨림으로 자신의 피를 더욱 들끓어 오르게 했고, 마치 흥분이 최고조에 달하는 듯한 쾌락을 느끼게 해주었다.

생살을 찢고 들어가는 창의 느낌과 자신의 피부로 통해 느껴지는 살기가 미세한 세포 하나하나를 일깨워주었다.

격전지에는 지금 혈광살귀들과 그만이 존재했다.

자신이 어설프다고 느낀 정파의 무인 나부랭이들은 몸을 빼 버렸다. 하지만 저 검은색 장포를 휘날리는 무인들은 자신을 향해 끊임없이 달려들었다. 팔이 잘리고, 머리가 터지고, 다리 하나를 잃었는데도 묘하게 즐거운 듯 웃으면서 공격해 왔다.

그들 모두가 자신과 같은 부류인 듯했다.

벅찬 격전의 회열을 온몸으로 느낀 그는 문득 자신의 미세한 감각을 건드리는 무언가가 날아옴에 손에 쥔 창을 휘둘러 막았다.

까가가가강!

엄청난 충격에 몸이 뒤로 주르륵 밀려났다.

한참을 밀려 나가면서 창을 땅에 박아 세운 그는 회열로 물든 눈을 번뜩이면서 자신을 공격한 이를 노려보았다. 창을 통해 느껴진 충격이 엄청났다. 지금까지 느낀 것들 중 최고였다.

그곳엔 앙상한 몸과 주름진 얼굴의 반백의 노인이 싸늘한 표정으로 자신을 바라보고 있었다.

"애송이 놈. 본인은 마교의 환혼……!"

구양수가 일장을 날려 흑색 무복의 무인을 밀어버리고는 거만하게 몸을 세우고 자신에 대해 말하려는 순간, 멈추어서 자신을 바라보던 무인이 히죽하고 웃더니 사라져 버렸다. 그리곤 금세 자신의 옆구리 쪽으로 날아오는 엄청난 기운.

뻐억!

"커억!"

보질 못했다. 아니, 보이질 않았다. 히죽 웃는다고 느낀 순간 어느새 자신의 옆구리를 가격했다.

몸을 비틀면서 다리를 들어 막았지만, 막아낸 종아리엔 부러질 듯한 충격이 느껴졌다.

"이런… 무식한 놈! 말하는 사이……!"

그에게 분통을 터뜨리려는 찰나 또다시 시야에서 사라져 버렸다. 그리곤 사방에서 휘몰아치듯이 창의 기운이 날아왔다. 구양수는 온 사방에서 쉬지 않고 날아오는 창대 때문에 미처 자신의 공력을 끌어올리지도 못한 채 몸을 내주고 말았다.

빠바바바바박!

구양수가 창대에 맞아 튕겨지듯이 날아갔다.

정도무림인들은 어안이 벙벙해졌다. 말도 나오질 않았다. 벌어진 입은 다물어지지 않았고, 모두가 경악한 채 바라볼 수밖에 없었다.

노호광창과 마주한 이가 누구인가? 그 이름도 유명한 대마두 환혼수 구양수였다. 무림 내에서 열 손가락에 들어간다는 초극강의 고수. 그런 고수를 순식간에 개 패듯이 두들겨서 날려 버렸다.

구양수에게 있어서는 치욕적이었다.

하지만 그런 치욕을 갚을 새도 없이 교주의 명령이 떨어졌다.

무척이나 길게 격전지를 울리는 뿔 나팔 소리가 들렸다.

"제길…! 애송이 놈! 기억해 두지! 네놈 목은 반드시 내가 따 주마!"

구양수는 잠시 동안 욱신거리는 몸으로 무인을 노려보다가 몸을 뒤로 빼냈고, 혈광살귀들 역시 쓰러진 동료들과 시체를 하나씩 둘러메고 몸을 뺐다.

"네놈, 어째서 멋대로인 거냐! 어설픈 신입 무인 놈이 감히!"

인적이 없는 산속. 정파무림과 마교가 싸우고 있는 격전지에서 얼마 떨어지지 않은 곳에서 멸마단의 이대주 강환은 자신의 예하 한 대원에게 화가 난 듯이 소리쳤다.

자신도 보았다, 믿을 수 없는 움직임과 무공.

보고 있기만 해도 피를 들끓게 했다.

야단을 맞고 있음에도 꾸벅꾸벅 졸고 있는 모습에 강환은 더욱 화가 났다.

"이 자식이, 싸가지없게!"

그의 모습에 강환의 눈썹이 역 팔자로 휘다가 손이 올라갔고, 세차게 내려쳐지면서 졸고 있는 무인의 뺨을 때렸다.

짝!

무인의 얼굴이 세차게 돌아갔고, 천천히 돌아오면서 그의 게슴츠레하던 두 눈이 천천히 부릅떠지는가 싶더니 무시무시한 살기와 안광이 쏟아져 나왔다. 그리고 마치 유부에서 들려오는 듯한 감정 없는 목소리.

"죽고 싶은가?"

마치 눈빛이 자신을 관통한 듯했다. 순간 강환은 자신의 목이 잘려 나가는 듯한 환상에 뒤로 한 걸음 물러섰다.

"헉!"

두려웠다. 지옥 야차와 같은 눈빛.

그의 무시무시한 기세에 조금이라도 움직이면 난도질당할 것만 같았다. 심장이 멈추고 숨이 막혀왔다. 잠시 동안 무사가 강환을 노려보다가 귀찮은 듯 고개를 돌리며 작은 나뭇등걸에 앉아 고개를 숙이자 대기를 점유하고 있던 기세가 씻은 듯 사라져 버렸다.

"허억! 허억!"

강환은 몰아치듯이 숨을 토해내었다.

그런 그의 곁으로 마강추가 다가왔다.

"이대주, 그쯤 하지. 우리 멸마단에도 저런 무인 하나쯤 있는 것도 괜찮겠지. 그만 가서 쉬게."

마강추는 숨을 고르는 강환의 어깨를 토닥거리면서 말했다.

"단주님! 하지만 저런… 네!"

강환은 멸마단주의 말에 발끈했지만, 그의 슬픈 눈을 보고 이내 몸을 돌리며 힘 빠진 모습으로 자신의 자리로 돌아갔다. 마강추는 나뭇등걸에 기대어 졸고 있는 무인에게로 다가갔다. 그리고 그 옆에 앉아 무표정한 얼굴로 말했다.

"인상깊더군, 자네의 싸움. 우리와는 차원이 다른 힘이더군."

"……."

"아, 대답하지 않아도 좋네. 어쩌면 나의 마지막 말이 될 수도 있으니까. 하지만 들어두게. 분명 자네는 우리 멸마단의 무사네. 그리고 어쩌면 나보다 훨씬 강한 무인. 사실 내가 지금은 멸마단주를 맡고 있지만, 원래 이름 없는 하급 무사에 불과했네. 하지만 무림맹으로부터 잠력을 끌어올리는 모종의 대법을 받고 지금처럼 강해졌지. 하지만 이 생활을 거의 십 년간 하다 보니 알게 되더군. 언젠가 무리하게 끌어올린 잠력 때문에 내력이 고갈당해 죽게 된다는 걸 말이지."

마강추의 무표정한 얼굴에 보일 듯 말 듯한 미소가 지어졌다.

"우린 단지 무림맹의 소모품일 뿐이네. 혹여 자네가 멸마단에서 조금 높은 곳에 있게 되거든, 내 부탁 하나만 들어주게. 아직 자네를 비롯해 이번 신입 무인들은 갑자기 임무에 나오느라 대법을 받지 않은 상태라네. 그들을 지켜주게, 더 이상 더러운 무림맹의 추악함의 소모품이 되지 않도록. 강하지 않아도 좋네, 그들도 한 사람의 무림맹의 무사로 인정만 받게 해주시게, 부탁하네."

"어째서……."

무사는 자신의 단주가 처음 보는 자신에게 왜 그런 말을 하는지 궁금해졌다.

"어째서 내게 그런 말을 하는 거지?"

무사가 물었다. 이제껏 자신에게 이런 부탁을 한 사람은 없었다. 모두가 누구를 죽여 달라, 어느 전쟁에서 누구의 목을 베어달라, 복수해 달라 등의 부탁뿐이었고, 전장에서 살아 있음을 느끼는 그는 충실하게 그것을 이행해 왔다. 하지만 누군가를 지켜달라는 부탁을 받은 것은 이번이 처음이었다.

"그냥… 문득 그런 생각이 들었네. 나도 어째서 자네에게 이런 부탁을 하는지 모르겠군. 하지만 알아두게. 우리의 임무는 무림맹의 추악한 모든 것들을 행하고 있네. 하지만 거부할 수 없지. 그것이 우리의 운명이네. 거부하기엔 너무 약했고, 힘을 얻었을 때는 늦어 있었다네. 다시 한 번 부탁하네."

"……."

마강추는 한참을 그렇게 함께 앉아 있다가 일어나서 어디론가 가버렸고, 무사는 그의 뒷모습을 게슴츠레한 두 눈으로 한동안 바라보고 있다가 다시 잠을 청했다.

그날 저녁.

멸마단이 맹주로부터 받은 명령을 수행하기 위해 사천당가의 본가로 이동하는 동안 마교의 대대적인 공세가 시작되었다. 파죽지세로 몰아쳐 어느새 벌써 사천당가를 점거해 버렸다.

파카카캉!

"허억! 허억! 허억!"

멸마단 일대의 신입 무사인 사마수동은 정신이 없었다. 수십 개의 검이 자신의 몸을 노리고 들어왔다. 이미 온몸에 자잘한 상처는 둘째 치더라도 치명적인 것만도 수십여 개. 흘러내리는 피를 지혈하는 데에도 한계가 있었다.

"제기랄!"

고개를 돌려 바라본 곳에는 자신의 뒤를 지키던 대원이 눈도 감지 못한 채 턱 아래쪽에서부터 뚫려 들어간 화살에 시체가 되어 있었다. 벌써 일곱이 죽었다. 그리고 대주마저 죽어 시체가 된 지도 한참여.

멸마단 일대를 두 개조로 여덟 명씩 나누어 당가보의 소가주를 찾기 위해 마교의 방어선을 뚫고 들어왔지만, 검은색 장포를 걸치고 엄청난 크기의 대낫을 든 무인들이 시뻘건 안광을 토해내면서 막아서고 나서부터는 목숨을 생각해야 하는 위기에 직면한 것이다.

"클클! 이제 한 놈 남았군."

음산한 웃음을 내뱉으며, 검은 장포의 무인이 거대한 대낫을 들고 다가왔고 그 주위로 실웃음을 흘리면서 무수히 많은 마인들에 의해 둘러싸여 버렸다. 질식할 듯한 살기와 마기에 숨조차 쉴 수 없었다.

"재미있어. 얼마 전에는 독에 미친놈이 휘젓고 다니더니, 이번엔 정파 놈들 똥이나 치우는 것들이 우리 혈광살귀에게 도전하다니 말이야. 마지막으로 죽여줄 목숨이니 이름이나 가르쳐 주도록 하지. 나는 혈광살귀대의 부대주인 혈도위라고 한다."

취릿!

자신을 혈도위라고 밝힌 무인은 대낫에서 뿜어진 흑색의 기운을 채찍처럼 휘둘렀다. 한줄기의 검기였지만, 이미 거의 전투 불능이 되어버린 사마수동은 더 이상 막아낼 힘이 없었다.

혈도위의 흑색 검기가 자신의 목을 베어오는 찰나, 자신의 뒤쪽으로 흡사 짐승의 울음 소리 같은 울림이 들렸다.

"크아아앙!"

콰콰콰쾅!

거대한 짐승의 포효가 들리는가 싶더니 사마수동을 중심으로 엄청난 기의 소용돌이가 생겨나면서 반경 오 장여의 대지가 원형을 그리며 터져 나갔고, 사마수동을 포위하고 있던 마인들의 몸이 거대한 원형의 강기에 휩싸여 조각조각 잘려 나갔다.

순식간에 일어난 일에 죽음의 순간에서 어안이 벙벙해진 사마수동은 자신의 앞을 가로막고 선 인영을 바라보았다.

검은색의 창을 땅에 꽂아 넣고 구부정하게 몸을 구부린 혈인. 입고 있는 옷에서는 시뻘건 피가 뚝뚝 떨어져 내렸고, 온몸에 타인의 것으로 보이는 내장의 부스러기며, 살점들, 그리고 허연 뇌수가 붙어 있었다. 보기에도 토악질이 나오는 악귀 같은 모습이었다.

자신을 막아선 인영이 얼굴에 묻은 피를 닦아내면서 스산하게 웃었다.

"큭큭큭! 꼬락서니하고는… 난 이대의 신입 대원 장영이다. 뒤에 있는 당가 꼬맹이를 부탁한다."

올라오는 토사물을 손으로 막고 자신을 쳐다보는 사마수동을 향해서 짧게 말하고는 장영은 자신의 검은 창을 들고 고개를 돌려 버렸다.

"크윽! 뭐, 뭐냐?"

혈도위는 마기를 한번에 해소해 버리면서 엄청난 일격으로 사마수동의 주위를 포위하고 있던 십여 명의 마인과 오 장여의 땅을 강기로 날려 버린 인영을 찡그린 인상으로 쳐다보았다. 너무도 잘 아는 얼굴이었다. 낮에 엄청난 무공으로 자신의 부하들을 도륙했던 악귀!

마치 갑자기 생겨난 듯한 모습으로 위력적인 원형의 강기를 퍼부어대는 공격은 생각해 본 적도 없었다. 순간적으로 위험을 느껴 몸을 뒤로 빼냈음에도 불구하고, 회오리 같은 강기에 휩쓸리면서 가슴 부분이 짐승의 발톱에 당한 것처럼 한 치 깊이로 잘려 나가면서 피가 뿜어졌다.

"큭큭큭! 재미있군, 재미있어! 역시 전쟁터와 똑같군! 오랜만에 피맛을 보는군!"

스윽—

장영은 자신의 손등에 묻은 피를 혀로 닦아내면서 잔인하게 웃으며 혈도위를 향해 한 걸음씩 다가섰다.

으드득!

마치 지옥의 야차와 같은 모습으로 킬킬대는 장영을 보면서 혈도위는 어금니를 부서지듯이 깨물었다. 자신 따위는 안중에도 두지 않고 즐기는 듯한 모습, 조롱이었다.

"이 개자식! 죽어랏! 마(魔)!광(光)!참(斬)!파(波)!"

혈도위는 지혈이고 뭐고 흘러나오는 피를 신경 쓰지도 않고는 내력을 끌어올려 대낫을 바닥에 찍었다. 아직 강기에 미치진 못한 기운이었지만, 거대한 기운이 땅바닥을 물결치듯이 장영을 향해 쏟아져 나갔다.

슈악! 뻐억!

"크억!"

순간적으로 장영의 모습이 사라진다 싶더니 어느새 자신의 복부로 창대가 틀어박혔다.

혈도위는 허리가 끊어지는 고통을 느끼면서 뒤로 튕겨져 나갔다.

"크크크! 모조리 쓸어주마!"

찰나의 순간에 혈도위를 쳐내 버린 장영이 구부정하게 몸을 숙이더니 빛살과도 같은 속도로 바닥에 몸을 붙이면서 마인들의 틈을 헤집기 시작했다.

꽈드득! 뻐벅! 쾅! 슈아악!

장영의 신영이 순식간에 이곳저곳에서 번쩍거리면서 나타나더니 흑색의 창을 휘두르고 찔렀다. 마치 창이 소용돌이처럼 휘돌려지면서 서너 명의 무인 허리를 잘라 버렸고, 장영이 움직이는 공간 안에서는 거대한 폭풍 같은 피의 회오리가 일어났다.

어떠한 초식도, 순서도 없었다. 적이 공격해 오면 오는 대로 창대를 휘둘렀고, 창극을 박아 넣었다. 다가오는 무인에게 창을 찔러 넣고, 양손으로 배를 잡아 살갗을 찢어 창자를 걷어내었다. 장영은 갑자기 창을 쓰다가도 던져서 두서너 명의 무인을 꿰어버리고, 허리춤의 칼을 빼어 마인들의 목을 베었다. 혹여 손에 머리라도 잡히면, 잡히는 대로 가죽째로 뜯어내고는 주먹으로 머리를 터뜨려 버렸다.

마치 한 마리 야수와도 같은 모습으로 마인들을 닥치는 대로 짓이겨 버린 장영이 잠시 신형을 멈추자 그의 머리 위로 잘려 나간 살점이며 피가 후두둑 떨어져 내렸다, 흡사 그의 주위로 혈우(血雨)가 쏟아져 내리는 것처럼. 그 속에서 장영은 앞머리에 의해 가려진 얼굴로 스산하게 웃었다.

"큭큭큭!"

온몸을 난자당한 상처의 아픔조차 잊은 채 사마수동은 경악한 표정으로 장영을 바라보았다. 자신을 포위했던 수십 명의 마인이 조각난 채 대지에 뿌려졌고, 머리가 터져서 검붉은 피를 울컥울컥 쏟아내는 시체와 가슴뼈가 함몰되어 눈을 뜬 채로 죽어버린 시체, 그리고 팔이며 다리가 잘려져 나간 마인들이 장영의 주위로 쓰러져서 신음성을 토해내었다. 그리고 장영에게서 퍼져 나온 스산한 기운이 그의 주위를 가득 채웠다.

마치 자신이 지옥의 한 문턱에 서 있는 듯한 기분이 느껴졌다.

두려움과 공포. 자신과 같은 멸마대원이라고 했다. 하지만 전혀 그렇게 보이지 않았다. 그는 분명 언제부턴가 이 격전장에 퍼지기 시작한 불세출의 영웅이라던 노호광창이라 불리는 무인이었다. 하급 무사 출신인 사마수동과는 격이 다른 인물이었다. 그런 그가 자신과 같은 멸마대원이라니, 믿을 수 없었다.

조금 전까지 자신과 자신의 동료를 도륙하던 혈광살귀들을 난자하듯 베어내었고, 지금은 오히려 둘러싼 마인들이 주춤주춤 겁을 내며 물러나고 있었다. 스산한 웃음을 흘리는 장영의 걸음이 그들에게 다가설수록 조금씩 뒷걸음쳐 어느새 사마수동을 둘러싸고 있던 포위망이 넓어져 갔다.

사마수동의 눈에 비친 장영의 모습은 무인이 아니었다. 피에 굶주린 살인자이자 악귀였다.

주위를 바라보면서 스산히 웃던 장영이 힐끗 사마수동을 바라보고는 말했다.

"이봐, 그런 눈으로 봐야 변하는 건 없다. 우리가 맡은 임무는 너의 뒤에 있는 꼬맹이를 맹까지 데려가야 한다. 그 꼬맹이가 당천악의 비법을 알고 있다고 하더군."

장영의 입가로 머리카락에서 흘러내린 피가 스며들어 갔고, 장영은 그런 피를 마시며 이야기하고 있다. 사마수동은 장영이 주는 지독한 공포감 때문에 무릎이 떨리고, 몸이 마비된 듯 움직일 수 없었다.

"다른 사람들은… 다 죽은 거냐?"

사마수동이 이빨을 부딪쳐 대면서 장영에게 묻자 장영이 웃음을 지우고 굳은 표정으로 말했다.

"아니! 내가 목을 잘랐다, 그뿐이다. 남은 건 그 꼬맹이 하나다."

목을 잘랐다니, 죽였단 말인가. 어째서 정파인으로서 그런 짓을……

"뭐, 뭐라고? 어째서냐? 어째서 죽였냐! 니가 보여준 무위라면 충분히 구해오고도 남았을 텐데, 어째서? 당가보의 무인들이 도왔다면 다 살릴 수 있었을 텐데!"

사마수동은 일순간에 공포심이 걷어질 정도로 분노를 표출했다. 정의를 구도하기 위해서 무림맹에 들어온 그였다. 그것이 협사의 길을 걷는 정도 무인의 사명이라고 생각했기 때문이다. 그런데 같은 정파인으로서 구해야 함에도 오히려 그들을 죽였다니.

"큭큭큭! 멍청이! 무언가 잘못 알고 있는 거 아닌가? 내가 대주로부터 받은 명령은 그 꼬맹이의 구출, 그리고 극비 임무 하나를 더 들었을 뿐이다. 어차피 마교인들에 의해 죽을 무인들이었다."

사마수동은 스산하게 웃으면서 자신을 비웃는 장영의 말에 당가의 소가주를 바라보았다. 이를 깨물고, 눈을 감은 어린 소가주는 분노에 몸을 떨 뿐 아무런 말도 하지 않았다.

그런 소가주를 바라보던 사마수동이 장영에게 고개를 돌려 외쳤다.

"궤변이다, 놈! 마땅히 구해야만 했었다! 이 살인자!"

발악하듯이 소리치는 사마수동을 물끄러미 쳐다보던 장영이 표정을 굳혔다.

순간 장영의 신형이 흔들린다고 느낀 순간, 사마수동의 턱이 돌아갔다.

퍼억!

"전쟁에서 옳고 그름을 따지다니, 아직 덜된 놈이군. 소리칠 힘이 있으면 그 꼬맹이나 잘 지켜라. 또 온다. 이번엔 좀 강력한 놈인 듯하군."

어느새 삼 장여를 이동해 와서 사마수동의 턱을 때린 장영이 자신의 흑색 창을 교차로 잡아 몸을 구부정하게 만들고는 긴장한 표정으로 앞쪽을 노려봤다.

그때 그들의 앞쪽으로 주위를 둘러싸고 있던 마인들의 틈을 헤치고 누군가가 걸어나왔다. 그의 산책하는 듯한 움직임에 주위에 있던 마인들이 양옆으로 쫙 갈라서면서 무릎을 구부리고 고개를 숙였다.

"천하 마도의 종주이신 교주님을 뵈옵니다. 충!"

시뻘건 장포를 휘날리듯이 걸음을 옮기는 남자. 미끈하게 내려온 이마에 굳게 다문 입술이 무척이나 오만한 느낌을 주고 있었다.

"호오, 아직 살아남아 있는 놈이 있었나?"

마교의 교주 독고진악은 일만 마도인의 틈에서 아직까지도 목숨을 부지한 것이 매우 신기하다는 듯한 표정으로 말했다.

벌써 그의 세수가 구십에 달했다고 알려져 있지만, 그의 얼굴과 다부진 몸매는 반노환동이라도 한 듯이 잘 연마된 사십 대 중년인의 모습이었다.

허허롭게 웃으면서 말하는 모습이었지만, 그에게서 뻗어져 나오는 기세는 수십 걸음이나 떨어진 장영의 피부를 벨 듯했기 때문에 장영은 말없이 눈을 떼지 않고 노려보기만 했다.

"재미있는 얼굴을 한 놈이군. 정파의 뜨내기들 중에 악귀 같은 모습을 한 자라……."

교주가 마치 신기한 동물을 발견한 듯 눈을 빛냈다.

그런 교주의 뒤에서 검은색 장포를 걸친 무인이 교주의 앞쪽으로 오더니 허리를 숙이면서 말했다.

"교주님! 부대주의 허리를 접은 놈입니다! 제가 목을 베도 되겠습니까?"

평소 잔악한 성격의 교주였지만, 그는 강자를 사랑하는 마교의 무인.

그런 교주에게 읍을 하면서 말한 자는 이장로인 구양수의 직속 휘하 단체인 혈광살귀대의 대주를 맡고 있는 혈마(血魔) 천지륜(天志崙)이었다.

"호오, 혈도위를? 재미있군, 해봐라."

"존명!"

천지륜은 교주의 허락이 떨어지자 천천히 앞으로 나서면서 자신의 대낫을 꺼내 들며 주위를 둘러싼 마인들에게 외치고는 장영에게 말했다.

"물러나라! 본마는 마교의 혈광살귀대주를 책임지고 있는 혈마라 한다! 일전에 보니 아주 대단하더군! 나의 수하들의 목을 베고, 부대주를 쓰러뜨린 자네의 어설픈 창을 보고 싶군!"

천지륜의 말에 장영의 옆과 뒤를 막고 있던 마인들은 고개

를 숙이고는 장영의 주위에서 물러났다. 장영은 그런 천지류
을 보면서 킁킁댔다.

"크크크! 어설프다라… 보여주지!"

장영이 교차로 잡았던 창을 한 손으로 옮겨 창극을 뒤로 빼
들면서 튀어나갈 듯한 자세를 취했다.

"밝힐 이름조차 없는 애송이였나?"

천지류이 장영의 자세를 보면서 피식 웃는 순간, 천지류의
등 뒤에 악마 같은 표정으로 장영의 신형이 나타났다.

피웃!

"시체에게 밝힐 이름은 없다."

천지류의 등 뒤에 나타나자마자 휘둘러진 창. 천지류은 헛
바람을 집어삼키면서 자신의 대낫을 등 뒤로 돌려 들어 막아
냈다. 대낫에 엄청난 충격이 느껴지면서 앞으로 세 걸음이나
밀렸고, 장영을 향해 자신의 낫을 휘두르려는 순간, 또다시 앞
쪽에서 그의 기세가 느껴졌다.

"엇!"

뻐버버벅!

천지류은 미처 대낫을 상대에게 휘둘러 보지도 못한 채 막
아내는 데만 급급했다. 공격을 하기에는 상대의 신형이 눈으
로 쫓을 수 없을 정도로, 아니, 기세를 느낄 새도 없이 자신을
향해 쇄도해 왔다.

'치잇!'

천지류은 밀린다는 느낌이 들자 공중으로 일순간 몸을 띄워

올리면서 거대한 대낫을 바닥을 향해서 후려쳤다.

"혈(血)!광(光)!천(天)!하(下)!"

대낫에서 뿌려진 날카로운 기가 빛살처럼 떨어져 내렸다. 천지륜은 장영의 신형을 찾을 수가 없었기 때문에 무작위로 기의 화살을 쏟아 부었다.

빛살 같은 기의 화살이 장영의 주위를 가득 메우면서 떨어져 내리자 장영은 살짝 미소 짓더니 순식간에 여러 개의 신형을 만들어내면서 피하고는 공중으로 솟구쳐 올랐다.

"크크크! 와류선창(渦流僊槍)! 승룡파(乘龍破)!"

흑색의 창에 어린 기운이 벼락처럼 천지륜의 신형을 향해 튀어 올랐다.

까강!

한 번의 격돌. 천지륜과 장영은 엄청난 공방을 쏟아 붓고는 바닥으로 내려와 잠시 숨을 골랐다.

"휴우! 놀라운 놈이군. 까딱하다가는 우리 부대주처럼 새우가 될 뻔했어."

천지륜은 너무도 즐거웠다. 그는 마인이었다. 강함을 숭상하고 미친 듯 수련을 해대는 전형적인 마교의 인물. 지금의 천지륜은 너무도 즐거웠다. 이런 강한 무인과의 비무는 정말로 오랜만이었다. 그리고 너무도 기뻤다. 자신의 모든 무공을 써도 상대는 히죽대면서 다 받아내 주었다. 수많은 자신의 부하를 베어버린 놈이었지만 점차 호감이 생겼다. 더구나 눈에도 보이지 않는 빠른 움직임에 이은 소용돌이 같은 창술이라니.

"자, 다시 해볼까? 하하하!"

천지륜은 교주와 수많은 마인들이 지켜보고 있었지만, 그가 느끼기에 이 순간 자신과 장영만이 존재하고 있는 듯한 기분을 느꼈다.

"크크크! 좋아, 좋아. 적장의 기세! 나를 즐겁게 해주는군! 너희 같은 적들이 있는 이곳, 무림을 선택하길 잘했어!"

장영은 무엇이 그리 좋은지 즐겁게 웃으면서 창을 고쳐 잡았다.

"응? 넌 무림의 인물이 아니었나?"

천지륜은 문득 장영의 혼잣말에 의문이 들었다.

그런 천지륜의 말에 대답하지 않은 장영은 벌써 자세를 고쳐 잡고 공격을 준비하고 있었다.

"그럼, 내가 할 수 있는 최고의 기술을 보여주지! 내가 만난 최고의 전사를 존경하는 의미에서 나의 모든 걸 쏟아 부어주마! 어디 막아봐라! 격공보(格空步) 초광속(超光速) 일점혈(一点血)!"

순간 장영의 발바닥에 엄청난 양의 기가 모인다는 것이 느껴지더니 풍압이 발을 타고 소용돌이치듯이 솟구쳐 올랐다. 쥐어진 창은 천지륜을 향해 서서히 뻗어졌고, 장영의 발이 땅을 박찬 순간, 마교의 교주가 표정을 굳히면서 천지륜의 앞쪽에서 나타났다.

파캉!

천지륜은 미처 기세도 느끼지 못했다. 눈을 감지도 않았고,

장영의 신형이 움직이지도 않았다. 그런데 자신의 앞쪽에서 들린 충돌음은 무어란 말인가? 그리고 교주님이 어째서 자신의 앞에 서 있단 말인가?

'어?'

천지륜이 의문을 가지며 교주의 얼굴을 바라보았다. 그 잔인한 교주가 즐거운 웃음을 흘리면서 우측을 바라보았다.

"재미있군, 이 기술. 내가 없었다면 천 대주가 그대로 뚫릴 뻔했군. 으하하하하! 너, 재미있는 놈이구나. 이름이 머냐?"

독고진악은 자신의 손을 통에 느껴진 창의 압력이 그의 기분을 무척이나 좋게 했다.

분명히 언젠가 느꼈던 기분 좋은 통증이었다. 자신을 무척이나 즐겁게 했던……

자신의 모든 기를 쏟아 부은 일격이었다. 그런데 저 괴물 같은 놈이 한 손으로 막아냈다. 마교 교주라는 저놈. 자신은 말할 기운도 남기지 않고 날린 일격인데, 모처럼 만에 만난 강한 상대라 차후의 일은 생각도 하지 않은 채 날린 일격이었는데. 장영은 실소가 나왔다.

"장영… 이라고 하지."

쥐어짜는 듯한 음성.

"장영이라, 크하하하하! 아직은 무리다. 그러나 좀 더 자라면 쓸 만하겠구만. 좋아, 좋아!"

한참을 하늘을 향해 웃어대던 독고진악은 미소가 가득한 표정으로 장영을 한번 바라보고는 몸을 돌렸다.

"돌아간다. 이번 나들이는 매우 유쾌하군."

그렇게 말하는 교주를 보고는 모두들 어리둥절했다.

"교주님! 돌아가시다니요! 아직 당가의 핏줄이 살아 있습니다!"

교주를 따라나왔던 이장로 구양수는 교주를 향해 물었다.

우뚝!

"왜, 불만있냐? 이번 일은 이 정도로 하지. 독인 따위에게 휘둘릴 정도의 무인은 죽어도 싸다. 더구나 재미있는 놈도 만났고, 격공보 일점혈이라… 으하하하하! 기억해 두도록 하지."

교주는 좀 더 크면 자신을 더욱 즐겁게 해줄 수 있는 무인의 싹을 자르고 싶지 않았다.

조금만 더 크면 분명 자신을 상대할 수 있을 듯한 기분이 들었다.

그 말을 끝으로 마교주는 사라졌고, 무척이나 아쉬운 얼굴을 하면서 마교주 이하 모든 마교 무인들은 교주를 따라서 떠났다.

사마수동은 말조차 나오지 않는 허탈함으로 당가의 소가주를 끌어안고 헛웃음을 흘렸고, 이 모든 일의 중심에 있었던 장영을 바라보았다.

"제길… 괴물이었군. 하지만 임무는 성공했다."

그 말을 끝으로 장영은 허물어지듯이 쓰러지면서 정신을 잃었다.

그 후 중원에서는 노호광창이 마교주와의 일전을 벌여서 그를 신강으로 쫓아내었다고 전해졌고, 격전지에 있었던 이들에 의해 '불세출의 영웅'의 이야기는 날개를 단 듯이 세상을 떠들썩하게 했다.

하군악은 무사히 맹주로서의 임기를 끝내고 무림 은퇴를 선언했다.

결국 하군악이 의도한 대로 무림에는 '마교주의 나들이'라는 내용의 소문이 퍼져 나갔다. 마교는 더욱 마교스러워지게 되었다.

장영과 사마수동은 모두가 죽어 해체되다시피 한 멸마대의 유일한 생존자가 되었고, 얼마 후에 무림맹주가 된 화무군에 의해 새로운 성격의 멸마대가 창설되었다. 장영은 그 멸마단의 최초의 대주가 되었고, 이후 시간이 흘러 멸마단으로 승격되면서 이대주가 되었다.

♠전귀의 작업 정보 TIP♠

1, 2권의 시대적 배경의 오류.

─1권의 두 번째 서장 부분에서 16세라고 나왔던 인물 설정 부분은 20세, 2권의 남궁세가가 최초로 등장했던 부분에서 역사적인 배경을 숭정제[1] 라고 표현한 부분은 영락제였음을 알려 드립니다. 미처 수정하지 못해 죄송합니다.

지난 1, 2권은 대체적으로 무림이란 곳에서 전귀의 모습과 설정이었다면, 3권은 이제 본격적인 이야기가 시작되는 부분입니다. 그리고 4권은 광수혈족에 대한 이야기가 서서히 밝혀지는 부분이고, 장영이 전귀로 살아가게 된 이유가 등장합니다.

실제적으로 전귀라는 인물은 무림과는 전혀 상관없는 인물이었으나 3권의 초입에 등장하는 공헌현비와 만나게 됨으로써 무림에 개입을 하게 되고, 이후 자신의 과거에 대한 복수와 과거에 대한 기억들을 찾아가는 이야기로 전개될 것 같습니다.

[1]숭정제 : 대명의 마지막 황제(1611─1644)

1. 전귀 장영(1384—1438).

전귀라는 책을 쓰면서 만들어낸 가상의 인물.

장백산(현 백두산) 근교에서 태어나 44세의 나이로 그 일기를 마감.

광수혈족의 사생아로 태어난 사실 이외의 추가적인 사항은 4권 분량부터 등장할 예정임.

—1384~1410: 장백산 근교에서 태어나 북원 정벌군에 참가하기 이전까지의 시기.

—1410. 5. 영락제 시기 1차 북원 정벌(달단 토벌)에 최초로 창병으로 참가. 100여 명의 달단 정병의 목을 베고, 달단의 수령이었던 본아실리(本雅失里)의 돌격대 300의 목을 베어 당시 대장군 황엄에 의해 전장군에 추대되었으나 거절.

—1410. 6. 달단의 아로태 장군의 기병 600을 정로진(靜虜鎭)에서 몰살시킴. 그의 출신 내력은 아무도 아는 이가 없었고, 검은 창에 검은 무복을 입고 싸웠기에 '흑무(黑霧)'라는 별명으로 불림.

—1414. 3. 2차 북원 정벌(오이라트: 와자정벌) 시 전사한 도지휘 만도(滿都)의 휘하에서 패퇴하는 명나라 군사의 등 뒤를 지키면서 달단의 와자 왕자의 일만 돌격대를 검은 창 한 자루로 홀로 막아내면서 '전신광풍창(戰神狂風槍) 흑무'라는 별명으로 불림.

영락제 주체의 눈에 들어 전륜대장군으로 봉해졌으나, 전쟁터를 떠남.

—1414. 8. 무림맹 멸마 이대의 신입 무사로 시험을 보고 합격.

―1414. 9. 사천 혈사 당시 특수 임무대로 참가.

―1414. 11. 멸마단의 몰살 이후 멸마단주로 추대되었으나 거절하고 멸마 이대주로 취임.

―1424. 3. 남궁가휘와 함께 5차 북원 정벌군에 참가.

―1424. 7. 한왕 주고후로부터 선덕제의 목숨을 구해줌.

―1424. 8. 하북 전쟁에서 홀로 한왕의 10만 대군을 맞아 싸움.

2. 정난의 변(역사적 사실).

태조 홍무제가 죽고 16세의 황태손인 주윤문이 2대 황제로 즉위하고 연호를 건문(建文)이라 하여, 이를 건문제(1383－1402)라고 불렀다.

홍무제에게는 모두 스물네 명의 아들이 있었는데, 이들은 모두 변방이나 요지에 영지를 수여하여 왕으로 삼아 다스렸다.

건문제가 즉위한 후 당시 태조의 아들이던 그의 삼촌이자 각 영지의 제왕들로 인해 황제는 수많은 부담을 느끼게 되었고, 문신 방효유와 태자의 스승이던 황자징은 건문제에게 고해 제왕억제책을 폄으로써 제왕들을 하나씩 제거하기 시작했고, 제일 처음 연왕(주체)의 동복 동생인 주왕이 작위를 박탈당하고 서인으로 강등되었다가 운남으로 귀향을 갔으며, 상왕은 자살하고, 민왕, 제왕, 대왕 등도 연이어 폐위되었다. 그것은 연왕 주체를 폐위하기 위한 시발점이었고, 이러한 사실은 연왕 주체 역시 감지하고 있었다.

1399년, 건문제는 북평(현재의 북경) 포정사사에게 연왕부의 책임자 연왕 주체를 체포하라는 칙령을 내렸고, 연왕은 이를 미리 알고 군사를 일으켜 정난(靖難)의 사(師)를 일으켰다. 정난이란 근심을 없앤다는 의미였고, 사는 군사를 뜻했다. 후에 이를 정난의 변이라고 명명하였다.

건문 3년(1401) 12월경 연왕은 군사를 몰아 불시에 황하강을 넘어 응천부(應天賦:남경)를 쳤고, 건무제는 방효유의 건의를 받아 영토의 일부를 할양해 주는 조건으로 화친을 제의했으나 받아들여지지 않았고, 오히려 화가 난 연왕은 건문 4년(1403) 6월에 궁성을 포위하고, 남경의 황성을 불을 질러 궁전과 누각을 불태워 버렸고, 결국 연왕이 승리하게 되었다.

당시 건문제의 시체를 찾지 못해 불에 탄 시체를 주워 장사를 지냈으며, 이후 건문제가 비밀 통로를 통해 빠져나가 중이 되었다는 설이 있으나, 현재까지 건문제가 폐위된 이후 그의 삶에 대한 것은 야사로 남아 있으며 무수한 추측이 일어나고 있지만, 이 책에서는 건문제는 영락제에 의해 목이 베어진 것으로 묘사한다.

3. 영락제(1402—1424).

묘호는 성조(成祖). 시호는 문황제. 태조 고황제(홍무제 주원장)의 네 번째 아들.

1371년 연왕으로 봉해져 영지는 북평(지금의 북경)이었다.

1391년에는 만리장성을 넘어 몽고를 원정하여 공을 세우고 홍무제로부터 인정을 많이 받는 아들이었다. 의문 황태자(홍무제의 장자)가 죽고 태자가 될 뻔하였으나 장자 우선의 정책에 따라서 의문 황태자의 아들이자 태손이던 건문제가 즉위하고 연왕의 자리를 지켰다.

건문제와 그의 측근에 의해 제왕억제책이 시행되자 이에 반발하여 군사를 일으켜 1403년에 건문제를 폐위하고 황제의 위에 올라 수도를 남경에서 자신의 근거지였던 북평으로 옮기고, 현재까지 중국에 남아 있는 자금성을 지었다(1407).

영락제의 치정에서 가장 현저한 것은 주변 지역에 대한 대규모의 정벌과 그것에 의한 명나라 국경의 확보라고 할 수 있다. 동북 지방에서는 흑룡강(黑龍江) 하류에 누르간도사를, 백두산 북쪽에는 건주위를 두어 여진 부족을 통할하고, 타타르 해협에서부터 남만주에 이르는 영토를 지배하였다.

1410년 고비사막 원정을 시작으로, 1424년 전장에서 병사할 때까지 다섯 차례의 친정을 하여 그 위협을 막았고, 3리 5출이라고 하였다.

또한 환관 정화를 단장으로 남해 지역에 6회에 걸친 대원정군을 보내 멀리 아프리카 동해까지 세력을 확장하였다고 전해진다(정화의 남해 원정).

4. 선덕제(1399-1435).

선덕제 주첨기는 1425년 즉위하였던 황제로, 영락제의 장자인 주고치가 홍희제로 즉위한 후 1년을 체 채우지 못하고(제위 8개월) 병사(고도 비만으로 인한 합병증이라고 전해짐)한 후 삼촌이던 주고후가 무장들과 함께 음모를 꾸며, 전장에서 급히 귀경하는 황태자를 암살하려 하였으나 무사히 북평으로 귀환하여 제위를 계승하였고, 주고후의 근거지인 낙양을 기습해 나라를 안정시킨다.

이 책에서는 3권에서 5차 북원 정벌 당시 전장에서 공헌현비로 인해 전귀와 주첨기의 친분이 생겨, 영락제의 죽음으로 반란을 일으킨 주고후의 군대를 패퇴시키고 낙양에 유폐하는 것으로 묘사함.

5. 공헌현비 한씨(恭獻賢妃 韓氏).

조선(朝鮮)인이다. 아버지는 한영균(韓永均)이다(그런데 명의 역사에서는 '권' 씨라고 묘사되기도 한다는데 한씨가 맞는 듯). 그녀의 남동생은 한확(韓確)으로 세조 때 좌의정을 지냈으며, 한확의 딸 중 맏딸은 세종의 서자인 계양군(桂陽君)에게 시집을 갔으며, 막내딸은 세종의 손자이자 세조의 장남인 의경세자(懿敬世子:추존왕 덕종)에 시집을 가니 곧 성종의 모후인 인수대비(仁粹大妃)이다. 즉, 공헌현비는 인수대비의 고모인 것이다.

1417년 조선에서 공녀(貢女)를 뽑아 후궁에 배치하였는데, 자못 용모가 아름다워 황제가 아끼고 사랑하여 현비(賢妃)로 책봉하였다. 1424년에 죽었다.

이 책의 내용에서 전귀의 과거를 이끌어내는 중요한 인물.

전귀 장영이 자신의 의지로 귀원련과 북원, 혈교 등과 싸우게 되는 이유를 만들어주는 인물이며, 장영의 어머니와 관계되어 있어 그의 과거에 대해 묘사하고 있음.

6. 오군대도독부(五軍大都督府).

명나라 태조는 천하 통일 후, 원(元)나라 때부터 있던 추밀원(樞密院)을 대도독부(大都督府)로 고치고 도사(都司), 위소(衛所)를 통할하게 했으며, 1380년 대도독부를 중(中), 좌, 우, 전, 후의 다섯으로 나누고 오군도독부라 불렀다.

병부(兵部)가 군정(軍政)의 권한을 가진 데 비해 오군도독부는 통병(統兵), 출병(出兵) 등 통수(統帥)의 권한을 가지고 있었다. 도독부의 장관을 좌우도독이라 하고 그 밑에 도독동지(都督同知), 도독첨사(都督僉事) 등의 관직이 있었고, 도독에는 공(公), 후(侯), 백(伯) 및 훈공이 있는 사람 등이 임명되었다.

지금의 오군대도독부의 장관은 국방부 장관쯤 되겠지요.

7. 내위진무사와 금의위

1380년 명의 건국 초기 태조 주원장은 자신들을 도왔던 공신들을 권력 남용제로 처단하는가 하면 황제의 권력을 강화하기 위해 수많은 공신을 숙청하였다.

당시 중국의 인구는 6,000만 정도라고 하는데 드넓은 영토를 다스리고 있던 황제가 모든 권력을, 자신이 가지고 모든 것을 관장하기에는 무리였다. 그래서 만든 것이 내위진무사와 금의위라는 단체였다. 바로 비밀 경찰 혹은 정치 경찰이 그것이다. 명대의 특무 조직도 역시 주원장의 각별한 관심 속에 만들어졌으니 검교(檢校)와 금의위(錦衣衛)가 그 중심에 있었다. 물론 무소불위(無所不爲)의 기관으로 당시 관리들에겐 저승사자보다도 더한 공포심을 안겨 주었다.

그런데 이런 기관들이 꼭 황제를 위한 정치 사찰과 반역 탐지에만 매진하는 것은 아니었다. 관리들의 부정부패 색출과 예방에도 상당한 성과가 있었음은 사실이다. 이 또한 주원장의 바람이었으니 그가 한미했던 시절에 관리의 부패와 권력 남용, 그리고 이로 인해 도탄에 빠진 인민 생활상을 너무도 뼈저리게 보고 느꼈기 때문이다.

금의위는 정3품인 지휘사(指揮使)를 수장으로 방대한 규모를 가지고 있었는데, 이 책에서는 그 금위위에 '특별 법무관' 정도의 직책을 가졌던 내위진무사에 대해 4권에서 이야기하고자 한다.

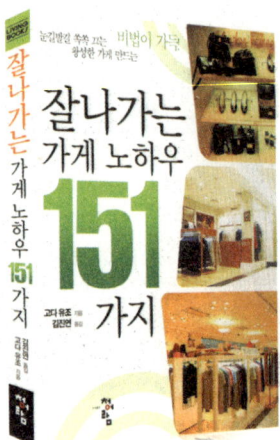

초등학생이 반드시 읽어야 할 좋은 책 49권

각 학년별로 초등학생이 반드시 읽어야할 좋은 책을
선정하여 통합논술의 기본이 되는 '올바른 독서법'을
일깨워 줍니다.

교과서와
함께하는
초등학교 통합논술

초등1학년 | 값 12,000원 / 초등2학년 | 값 9,500원 / 초등3학년 | 값 11,000원 / 초등4학년 | 값 9,500원 / 초등5학년 | 값 9,500원 / 초등6학년 | 값 11,000원

♣ 혼자 할 수 있어요.
엄마가 책 읽는 방법을 가르쳐 주어도 좋아요.
독서지도하는 선생님이 가르쳐 주어도 좋답니다.
"초등 교과서와 함께하는 **통합논술 시리즈**"는
아이 스스로 독서할 수 있도록 꾸며진 책이에요.
엄마와 선생님은 요령만 가르쳐 주시면 된답니다.

♣ 교과서의 중요한 내용이 총정리되어 있어요.
각 학년별로 중요한 교과 내용이 함께 수록되어 있어요.
초등학생은 교과서 내용을 충실하게 공부해야합니다.
아울러 그와 병행한 독서가 대단히 중요하지요.
"초등 교과서와 함께하는 **통합논술 시리즈**"는
두 가지 방법 모두 알려준답니다.

♣ 이 책은 훌륭하신 선생님들이 함께 쓰신 책이랍니다.
동화작가 선생님들이 쓰셨어요. 소설가 선생님도 쓰셨답니다.
국어 논술독서지도 선생님들도 함께 쓰셨지요.
"초등 교과서와 함께하는 **통합논술 시리즈**"는
엄마의 마음으로 모든 선생님들이 함께 꾸민 책이랍니다.